辽宁文学
*Liaoning Literature*

# 2023 辽宁文学散文儿童文学卷

李海岩 主编

北方联合出版传媒（集团）股份有限公司
春风文艺出版社
·沈 阳·

# 目录 Contents ▶

| 散文 |

1

# 建筑至美

◎李忆锋

## 1

艺术至美，建筑亦如此，因为建筑也是艺术。

建筑让目光更美丽，让心情更美丽，让人更美丽，所以，建筑让生活更美丽，让历史更美丽，让世界更美丽……

如果文字是平面的历史，音符是韵律的历史，那么建筑，她是立体的历史。他们都是具有奇妙生命元素的艺术表现形式。

建筑之美，触手可及。走近她，触摸她，可以感知到她的质地、形状，乃至温度，体味……可以和她亲近，就像和亲人亲近一样。

建筑之美不能被替代。建筑是视觉艺术，给予视觉的直接震撼。

"哇，这栋楼太高了，都看不到顶。"这是其他艺术形式达不到的外感冲击力。

## 2

爱上一座城，很可能从爱她的建筑开始。

高大的给你震撼，小巧的给你眷恋，豪华的给你自信，朴素的给你感动……

在高高低低的一大片建筑群里，找一处最温暖、最踏实、最不起眼却最渴望抵达的房子，那是属于自己的家……

建筑不仅仅有形，还有色彩。

写字楼蓝白轻盈的亮丽风格，住宅楼棕色暖调系的温馨，幼儿园欢快跳跃的多彩……都是触发情感脉搏的艺术表现，都是包含人文关怀的用心选择。

很多人因为一栋建筑而爱上一座城市——那个展览馆的拐角处，是她初恋开始的地方。

也会有人因为一栋建筑而离开一座城市，这叫离开伤心地，他处寻芳草。

每一座建筑都有属于自己的故事。大剧院的爱恨情仇，写字楼的风花雪月……这些兜兜转转的建筑故事，让一座城市更加活色生香，栩栩如生。

因为一栋建筑而爱上一座城，或者因为一座城而爱上建筑，都是极美好的事。

### 3

建筑不言不语，是一本无声的教科书，在潜移默化中发挥作用。

一个孩子和妈妈走在街道上，抬头看见一栋楼，大声说：这栋楼好高。

妈妈引导他：你数一数，一共多少层。

小孩子便认真去数：一共××层。

妈妈接着问：这栋楼是什么形状的？像什么？

小孩子答：长方形。

或者回答：一层一层的，像花瓣。

或者回答：像张开翅膀的大雁。

或者回答：像闪闪发光的钻石。

妈妈有意识地赞美：好漂亮的大楼。

小孩子重复道：好漂亮的大楼。

在母子俩关于建筑的对话中，数学、文学乃至美学教育，在润物无声中完美地完成了。

小孩子对建筑有着精灵一样的观照。

他们可以不厌其烦地数高楼的楼层，把成年人眼中的无用功，做得津津有味。

他们用童真审视建筑，用童言童语形容建筑的体量。比如说：这栋大楼好胖，那栋楼好瘦……

还说：这栋楼是那栋楼的哥哥，因为他高了好几层。

建筑就在那里，以自身的体征教人做人，做更加理智和善美的人。

高楼很高，让人学会仰视，懂得敬畏。

大楼厚重沉稳却不喧嚣，告诉你沉默是金的道理。

4

窃以为，世界上最早的建筑是山顶洞，后来是茅草屋，再后是小木屋、泥土房……这些远古的建筑简单而落后，但也美，一种原始美。

没有荒蛮时期建筑的简陋，就没有现代城市现代建筑的宏伟精彩。

建筑具有结构美，不只是高楼大厦才有结构之美，矮小普通的房子也有。

街角处一家小小的咖啡店，就美得很有情致。

不是只有富丽堂皇才是建筑，小院里古朴的茶馆一样有只此青绿的迷人味道。

你有一双发现美的眼睛，就能看到很多美的建筑。

"那些好建筑，你能从中看见一种真正平静的美好生活状态，它很真实。"

过去的建筑是无声的，现在变得有声了——很多景点的景观建筑物，添加了扫码解说功能。

来来往往的游客一边看建筑一边听解说，可以更快捷地了解这座建筑的前世今生……

"建筑可阅读"，建筑在阅读中变得更加丰润生动，风月无边。

有一句广告词，叫"建筑让城市更美好"，窃以为，建筑不仅仅让城市更美好，也让乡村更美好，让自然更美好，让一切更美好。

## 5

建筑于人，为善为真为美，引导人向往真善美。

文明不断进步，人与人之间的关系越来越和睦，建筑也变得越来越和谐，越来越美。

美是和谐。

建筑用实实在在的存在讲无穷无尽的故事：一座前朝的遗址，用实物诉说古老的铁马冰河；母女二人开的小巧的奶茶店，用傍晚的霓虹灯演绎女人独立的故事；老街区的风情建筑，继续点缀着属于这条街的夜色阑珊……

厂房也是建筑，展现工业生产之美。于是，很多荒芜的工业建筑，成为时尚前卫的文化产业园……

万物更新，气象万千。可以把大建筑的概念融入生活。

比如：城市的内河，是流淌的建筑；街心花坛，是带着香味的建筑；音乐广场的歌声，是声音的建筑；轻盈灵动的快餐店，是饮食的建筑；那个小巷深处尖顶的小酒馆，是释放心情的浪漫建筑……

人也是建筑的一部分。

和凝固的建筑相比，人是"行走的建筑"，上演着立体美、行走美的起承转合。

生活发生着翻天覆地的变化，"行走的建筑"散发越来越强的自信美，让建筑越来越美，让世界越来越美。

建筑至美。感谢建筑从原始的古老中坚毅地走来，来到当今的现代生活中；

感谢设计、建设建筑的所有人，他们都是伟大的人；

感谢生活在建筑里的人，他们的一颦一笑让建筑之美生生不息；

感谢自己，对建筑之美怦然心动，一见钟情，并且心悦诚服……

# 初识苤苢在故乡

◎李萌森

我不由得停下了脚步。

在通往故乡老宅的甬道上，一株正在绽放的苤苢吸引了我。

那是一株孤零零的苤苢，不仅没有同伴相随，附近连其他的杂草也不见一株。甬道是临时用碎石铺就的，已经被来往的行人踩踏得坑洼不平。苤苢就生长于甬道的碎石间，身子有些欹斜，叶片青碧，叶脉清晰，在阳光明媚中，羞答答、颤悠悠，明眸皓齿，顾盼流波。最炫目的是株身中央抽生的穗状花序，若一束束冰花，似一根根纤指，如一支支玉笛，在清风中翻跹着、演奏着、吟唱着，咝咝咝、嘤嘤嘤、嘀嘀嘀，时高时低，时断时续，时急时缓，或细声细气，或高亢激昂，或委婉矜持，那是草木的絮语，那是乡村的梦呓，那是大地的呢喃，那是生命的律动……

适逢多年前一个炎炎夏日，老家宅院的甬道上弥漫着一丝若有若无的凉意，我俯身观察这株野草。"认识它吗？它俗名车前草，雅称苤苢。"父亲冲我粲然一笑。

第一次关注这种野草的我，脸上自然是一副迷茫无知的表情。

车前草最早出现在《国风·周南·苤苢》中，"采采苤苢，薄言采之……"《诗经》中的苤苢正是车前草。因其好生道边及牛马迹

6

中，故有车前、牛遗别名。于我而言，它不仅是一种普通野草，更是一种充饥果腹、药食兼备的野菜。

见我瞪大了眼睛，父亲继续他的讲述。20世纪70年代，大多家庭并不富余，口粮青黄不接。一年积攒下来，细粮掺着粗粮能够维持温饱就算不错了。但凡遇上饥荒之年，那便雪上加霜。记得有一年闹灾荒，庄稼绝收，仓廪见底，一家人愁苦无盼，能干的奶奶只好带着他们兄妹上山挖菜充饥。那些鲜嫩可口的野菜早就被人一扫而光，只有顽强的车前草还在山峁、垄野和岩缝摇曳着，成为一道重要的生活食材。

我愣怔在原地无言以对，下意识地"噢噢"嗫嚅着，循着父亲的指尖方向四下巡睐。

奶奶把采回的车前草洗净，沥水切碎，撒上调料，继而拌匀，掺入玉米糁，揉成面团，擀薄置锅沿烘烙。未几，一锅让人垂涎欲滴的车前粑粑就热气腾腾地出锅了，这是当时最常见最普遍的吃法。最诱人的吃法莫过于凉拌。奶奶先是切除须根，只保留茎叶，过水轻焯，去其生味。晾置半会，浇上料汁，奶奶再十分郑重地滴入几滴稀罕少见的香油，用筷子快速地来回搅拌。筷碟叮当，盈耳入心，声随筷动，心随声动。奶奶还不时冲着父亲他们咂嘴弄舌，扮出一副贪馋的俏皮吃相。一时间，整个厨房香气弥漫。甫一入口，口舌生津，细咀慢嚼，一股淡淡的苦味在舌尖萦绕。须臾，便慢慢渗溢出甘甜菜汁，顿觉唇齿留香。

一碟车前，就是一碟人间烟火。那时的孩子们，快乐的体验总是大于吃念，童趣也总是压过饥饿感。在那个年代，生活虽是艰难的事情，却总有许多快乐在这艰难之中。一餐一食间，一筷一碟的人间烟火最温情。

精神的东西，有时比物质更让人留恋。父亲滞留在往事中，醺然欲醉。

我后来读史方知，将苤苜引为食材，古人早已有之。清代人郝懿行在《尔雅义疏》就说："野人亦煮啖之。"野人即为当时的乡野之人。没想到，奶奶、父亲都曾有过这样的经历。对他们而言，食用苤苢既是一种酸楚，也是生命中一段最长情的记忆。

不远处，那一片密密匝匝、蓊蓊郁郁的苤苢，宛若婴儿的脸，灿烂地，偷偷地，微微地笑着，每道叶脉，每枚花瓣，都是它脸颊上的笑纹，在清风中恣意地绽放着勃勃生机，卑微的生命潜藏着岁月无法解读的隐秘，仿佛在向世人诉说着它的前世今生。苤苢之语，非用心聆听而不能解，每一株苤苢，都有前生来世。沿着叶脉的走向，我定睛凝眸，回溯过往，躬身摩挲着那些携着先人情感的脉序，遍寻先民生存记忆的点点滴滴……

采采苤苢，薄言采之。采采苤苢，薄言有之。

采采苤苢，薄言掇之。采采苤苢，薄言捋之。

采采苤苢，薄言袺之。采采苤苢，薄言襭之。

恍惚间，有清越的歌声隐隐飘来，忽远忽近，忽断忽续，缥缥缈缈。伴随着歌声，一群扎着头巾的葛衣女子从《诗经》里姗姗而来。她们三五结伴，衣袂飘飘，裙裾飞扬，穿梭在阡陌之上，熏风之中，笑语盈盈，采之捋之，手中已是满满当当，那就撩起衣襟来兜吧，袺之襭之，衣襟也是鼓鼓囊囊。

一大片乌云飘了过来，俄顷便遮挡住那一片旷野之上的阳光，于是那一带就给阴着，凉飕飕地窜着冷气。天色渐渐暗了下来，山气氤氲中的葛衣女子若隐若现，幻化成天地间一个个模糊的剪影，活像一帧水墨写意山水画卷。草木掩映下的几处粉墙黛瓦，便成了那一幅"采采苤苢"景致的另一种色调，另一种构图，若朴的几点，恰好！

山里的雨说来就来，歌声经过小雨的过滤，更加甜美。斜雨无声，柔柔润润地飘来，齐刷刷地洒在田畴，我的心里不由得也跟着滋润。淅沥的雨水中，人们渐次散去，间或两只雏燕扑棱棱地从头顶掠过，消失在蒙蒙细雨中。"江南雨斜，斜成檐前翻飞的燕子；江南雨细，细成荷塘浅笑的涟漪。"旷野逐渐沉静下来，犹如滤去俗世中一切尘埃的纯净水，天地间的一切都呈现出澄明的状态，依稀可以听到苯苣花开的声音。

山里的雨奇奇怪怪，总是一片孤零零的云彩罩着一片孤零零的地域下个不停，很无聊似的。细雨飘洒，拂过苯苣，滋润着花蕊，一滴滴晶莹的水珠聚集，随着叶脉滚动。风骜骜而过，花叶颤动，一阵摇曳，噼啪脆响。

岁月经年，淹没多少世事。小的时候，我时常徜徉在山冈、田塍和溪畔，与苯苣不期而遇那是常有的事，只不过那时候并不识得，更不知道它还是一味古老的中草药。

不期然间，我与苯苣有了一次邂逅。记得那次我患上暑湿泻痢的急症，不住咳嗽，还伴有气喘。上医院看遍医生，均不见起色。眼见病痛折磨着我，父母一脸焦虑。束手无策之际，奶奶起身拎上竹篮，捎带把小铲就出门了。少顷，但见奶奶捋回满当当一篮苯苣，根白叶绿，养眼养心。奶奶随即濯泥渍水，文火煎制。那个终日不用的瓦罐派上了用场，在殷红火苗的舔舐下，咕咚咕咚地冒着气泡，一股草药味的蒸汽在屋子缭绕。

这普通的野草也能治病？在众人疑惑的眼神中，奶奶端起煨好的苯苣汤，一汤一匙喂我入口。那一刻，原本有些苦涩的汤汁，竟然有一丝清香滑爽。三两天后，我奇迹般痊愈如初。

"坐酌泠泠水，看煎瑟瑟尘。"一罐苯苣，完成自然生息的使命后，煎制成一碟氤氲馥郁的中药汤，这是质变的重生。梭罗说，荒野中蕴含着这个世界的救赎。为民众解粝食、缓饥馑，为生灵疗病疾、遣苦痛，苯苣无不是以另一种生命姿态护佑苍生。毋宁说，它就是庄户人家的守护神。

千百年来，岁月见证了苯苣的奉献，也见证了先民的智慧。世间万物，草木至美。我们的先祖早就通晓人与草木共沐日月、气韵相连的事理，故而先祖时常自谦为"草民"，意即如野草一般的普通民众，今人也常以"草根"自喻，其实二者相通。人草相和，生生不息。先祖以朴素的智慧悟出了人与草木之间不同寻常的关联，附着于大地，与草木相依，与草木为伴，也与草木共融共生。敬畏草木本是我们固有的一种姿态，善待它们其实就是善待我们自己。

草木有本心，盛载温情的草木，给人以灵魂的归宿。光阴荏苒，命运流离，我们一家三代人如今天各一方。我因学业告别故乡徙居东北，父母创业扎根中原，只留下了年迈的奶奶在故乡生活，还有昔日俯身大地的苤苢与之为伴，故乡显得更加孤独。草木懂得坚守，不离不弃。游子离家，草木不离；游子遗忘的记忆，被草木一一拾起。

《百年孤独》里说："生命从来不曾离开过孤独而独立存在。"人生，终究是一场孤独之旅。人的一生，就是不断地告别，再不断地相逢，直至终老。每一个生命都会老去，都会随岁月而去，再难如昨，那些熟悉的身影在四季的轮回里渐行渐远……

生命从不同的方向来，却不约而同地向同一个方向去。

一部《诗经》，半部"吃经"。岁月不羁，随着现代都市人膳食结构的变化，越来越多的人开始返璞归真，追求原生态的蔬食文化。诗经里的苤苢、荇菜等山野菜竞相成为市民餐桌上的新宠和主角，人们在体验野菜文化和自然之美的同时，更可以品味浓浓的乡愁。

味蕾间的感触最是长情，岁月沉淀过的滋味炙烈而醇香。尽管一二十年来的人间烟火，早已把我的嗅觉和口味熏染得百毒不侵，但偏爱苤苢的情结始终没有改变。每逢见到餐桌上或拌或炒或炖的山肴野蔌，被或白或黄、或健全或残缺的牙齿分割，我便想起伴随父亲饥荒年代的车前粑粑，想起奶奶用于治疗病疾而煨制的苤苢汤，还有故乡那株摇曳的苤苢，以及星星月白的小花。

苤苢萋萋，独美千年，犹如温婉女子，不悲不喜，在寥廓的煦风里寂然守候，一如故乡日益苍老的奶奶，默然守候着她天各一方的儿女。时光，不会辜负也不会错过任何一个生命，包括一株苤苢。

生命、孤独和爱，都在故乡得到另一种诠释。在寂寥、贫瘠的荒野里，我看到了生命最本真、最美好的姿态。人，或许就像苹苴，阳光雨露不拒，风刀雪剑不畏，扎根任一或贫瘠或苍凉的土地，均能泰然处之，随万物生长。

# 东北大鼓随想

◎刘 玲

  喜欢听东北大鼓，常常是在下雨或者是有雪的天气，尤其是在夜晚，只觉得有东北大鼓在耳边回响，那夜色的景致便越加深沉，当婉转缠绵的曲调飘过来，总有挥不去的淡淡忧愁和惆怅。鼓板随着鼓套子满堂红的曲牌子响起，发出清脆悦耳的声音，当演唱到高潮，"花板"配上鼓槌儿击打在鼓面上"粒粒珍珠落玉盘"似的，越听越觉得有味道。难怪沈阳当地的唯一的曲艺形式——东北大鼓至今已经传承了二百多年，因为它那一唱三叹，行云流水般的唱腔，令人如醉如痴，简直就是在咏叹时光，就如同我们走进了一个时间隧道一般，盘桓良久，且行且看，渐行渐远。

  清晨，窗外下起瓢泼大雨，像雨帘一样打在地上，四周只有哗哗的声音，忽然想起了东北大鼓，于是打开电脑静静地听。半个时辰，窗外的雨逐渐变小，天上落下的雨正在润泽大地，我不无遗憾地想，要是能有一个雨帘或者是存得住这场雨的地方该有多好，那样《忆真妃》韵味岂不是更显得沧桑和悲凉？这时，我突然想起了一个地方，老北市的戏台似乎比较复古，去年6月、10月我曾经到访过两次，看到那露天舞台，那面画着古色古香的舞台背景墙壁，以及长在舞台后面的两棵柿子树，我停下来与柿子树、舞台分别合影，驻足了好一阵子，舞台以及四周好像没有下水设备，我想雨水也许可以停留久一些去看看吧。

我坐公交车下车后，又走过一条马路，穿过一个巷子，再沿着老北市的花鸟鱼市场，很快就到了老北市锡伯族家庙前的露天广场，走近一看"盛京戏曲论坛"六个大字非常醒目，《寻根之旅——北市舞台与盛京戏曲》仿佛在展示它昔日的风采。老北市曾经是沈阳城最热闹的地方之一，而今，站在舞台前只有我一个人，出奇地安静，地面上是湿润的，但是没像我想象的那样有一些积水，我不免有一些失落。我闭上眼睛，四下除了风，就是舞台背景被风刮得哗哗作响声。随着风声，于是我耳朵里慢慢地响起了鼓套子轻松悦耳、错落有致的声音，演唱者就站在舞台中央，一手拿鼓槌儿，一手拿简版，随着鼓槌儿在她手中翻云覆雨，《游湖借伞》中音韵之间微带水音声音圆润，嗓音甜脆，轻打慢唱，她的眼神忧郁地望着寂寥的广场，"两岸旁倒栽垂柳，湖里扎草密双稠……"正一句一句地演唱。我非常欣喜地走到舞台前方，大呼小叫地喊着好，我的双手不停地鼓掌，不知道雨什么时候又下起来，打在我脸上。我睁开眼睛四下里找了很久，雨越下越大，高高的舞台上安安静静，我落寞地看着舞台。

我抬头看着飘落的雨水，东北大鼓婉转缠绵的唱腔，丝丝入扣伴着我在雨水慢行。看到了复古的墙壁上面爬满了不知道叫什么的青藤，绿色的、黄色的叶片把墙壁装点得古色古香，枝枝蔓蔓的藤还在墙上交织着，一地的枯叶还有蔓上的黄叶，所剩无几的几片绿叶，在雨水的敲打下，发出叭叭的声音，两棵柿子树，我还记着挂满黄澄澄柿子的样子，今天只有枝枝杆杆随着风摇曳，树上仅有的叶片也随风飘落下来。时光的隧道，悄悄地增长着年轮，似东北大鼓在一唱三叹的曲调里，几个轮回都已经走过。曾经的花繁叶茂，蜂围蝶阵的时光，仿佛就在昨天，转眼间便花尽了、叶枯了。雨还在哗哗地下，我哼唱着那一段"似这般，不作美的铃声，不作美的雨呀……"慢慢地往家走。到家衣服全都湿透了，我一边换衣服，一边听东北大鼓，听到开门声，我知道家里有人回来，我把声音调到只有我一个人能听见的音量。

我是在外婆身边长人的，外婆是一个大鼓迷，有事没事都唱两口"王二姐闷坐绣楼房，思想二哥张家郎……"小时候懵懂无知，也能唱两句，主要是让外婆高兴。到了青年听大鼓是找个开心，心有余而闲不足，到了中年听大鼓，是品味人生，是对人物内心的咀嚼，事情也不那么多，有了闲情，大鼓便听得激情充沛，到了现在有大把的时间，人生经历的事情都已经经历了，余下的时间就是听大鼓，每每听到动情处，都会潸然泪下，便成了与人们交谈中的话题。

生活仿佛就是一段东北大鼓，每一个人都在高潮和谢幕中与岁月告别，长江后浪推前浪。但我觉得，只有更好的传承，才能把宝贵的历史遗存保护好。小小的感伤，不是正好让我们活得更清醒和更珍惜吗？

"我听你绿窗人静棋声响，我懂你流水高山琴韵佳……"听了半生的东北大鼓，我还是那么痴迷，我想有一天它在我心里再也掀不起涟漪，估计我就老了！想到这，我站起来大声唱道："我许你高节空心同竹韵，我重你暗香疏影似梅花……"

# 风暖人间草木香

◎王　芳

　　"风传花信，雨濯春尘"，这乍暖还寒时，户外生活已然悄悄兴起。

　　住在建设中的新城区，举目远眺，尽是围板和塔吊。建筑工地的嘈杂声和进进出出的重型自卸车，时刻惊扰已成常态，见怪不怪。但是腿不懒，出小区走过两个岗，再走到下一个路口，却是"世外桃源"。

　　我家随着浑河蜿蜒而居，以前是绿野荒原的村庄，春天汛期一到，浑河水位上涨，泥浆翻滚着漫过河堤，遇到大暴雨，沿河的房屋也被淹没。大自然的任性，给居民带来的困扰是苦不堪言。还好，时代的列车，载着瞬息万变的新区，迈进幸福的时光。寄托了几代人记忆的浑河，在潮起潮落中，成就了风光之秀。

　　在东陵大桥的上游，紧邻鸟岛东侧，有一座更宏伟的大桥，叫伯官大桥。它像两条丝绦，被舞者抛起，形成波浪，飞跃过浑河水面，搭接在两岸。伯官大桥的建成，不仅缩短两岸的车程，更给浑河添了一道彩虹。

　　曾经破败的南岸，就着伯官大桥之势，挖河筑堤，铺设塑胶跑道，修凉亭、浮筒式码头，因美景引来白鹭鸟，而又得名白鹭岛。

清晨时，站在码头上，浑河水面上雾气缭绕，恰似仙境一般。几座河心岛，或大或小缠绕着白雾，久久不愿散去。鹭鸟畅游嬉戏其间，还有几只大白鹅，神态安详，悠悠转转地凫在水中央。河水的缓急，丝毫没有影响它们。解除封冻的浑河，被春风催促着，一浪紧迫一浪，拍打着岸边的沙石，尽情释放着舒畅。

沿着跑道漫步，绿地上的桃花开到芬芳，梨花也越来越浓郁，白鹭岛最是春意盎然。红的花，像染透的胭脂；白的花，如云锦似白雪；遍地的二月兰，紫色流溢，芳香未艾。

时近中午，白鹭岛的盛景来了，大小车辆停满路两旁，从各个车上下来的成群来客，齐力搬出后备厢里的野营装备和食材，蜂拥着下了河堤路，各自寻找喜欢的位子，瞬间，一座座帐篷缤纷绽放，每座帐篷前都架起烤炉，刚刚燃起的炭火，升起的白烟，氤氲袅袅，烤肉的香气，随后扑鼻而来。这神仙之地，又满满的人间烟火。来白鹭岛休闲的人很多，但从没有吵闹声，享受觥筹交错的醺醉，也自觉保持与环境的和谐。离开城市的喧嚣，每个人都深爱这块净土。

午后，光线充足，是拍照的绝佳时间，拍摄婚纱外景怎么能错过！一对对准新人，以伯官大桥为背景，河畔做幕布，青青绿草托起洁白的婚纱，在翩翩起舞的鹭鸟群的助兴中，见证百年好合的留影。快乐与幸福，在白鹭岛无处不在。

乌金西坠，水面被霞光浸透，圆鼓鼓的落日，慢慢地坠入河底，人渐渐离去，只留下烧烤的余味，和老僧入定般的垂钓者，他们稳坐钓台之上，手持钓竿，盯着水面上带有夜光的鱼漂。最后的落日余晖，笼罩住他们的身影，朦胧且安逸。

结束一天的繁华，浑河变得温顺，微弱的波纹簇拥着伯官大桥的倦怠，趁着春色尚在，正是约上知己，搬出收藏的酒瓮，唤醒春蚁之时。

# 母亲的豆酱香

◎王晓军

总能想起母亲做的豆酱。那豆酱飘香，曾伴随我走过难忘的时光。

20世纪70年代，对于生活在东北农村的人们，都会有一段特殊的记忆。当年每家每户都不富裕，日子过得紧巴巴，吃的是粗粮，什么玉米面、大碴子粥、小米饭了，吃上一顿细粮，如大米饭、白面饼、馒头，就算改善伙食，当过年节了。白菜、萝卜、土豆这些主菜填腹，凑合过农家日子。还好，这些饭食是养人的，祖祖辈辈都是吃着它过活的。

农村人有两宝当配食，家家户户都有大小不一的坛坛罐罐，至少有一个酱缸，坛坛罐罐腌咸菜，大小二缸是酱缸。我家有两个二大缸的，比头号又高又大的小一号，比小一点儿的半大缸又高一截儿。还有不少大小不一的坛子，都是油漆的，烧制得里外光光亮亮。缸上口大，底座小；坛子口小肚大，围着酱缸立在小园距墙半米远处。咸菜坛子围着酱缸并成排，好像大人领着孩子在排队。坛坛罐罐里腌着各式各样的咸菜：咸黄瓜，咸豆角，咸茄子，咸萝卜，咸芥菜。

我忘不了我家园子石墙下那口油漆二缸，那里是母亲下的黄豆酱。缸的上面是母亲用高粱秸秆最上头的梢儿，用麻线绳穿起来的盖帘，一般人家的酱缸咸菜坛上头总会压着一块块石头，而我家的酱缸或坛盖上面是大小不同的半块铧犁，那是在生产队当队长的父亲把耕地铧坏的工具带回家的杰作，它们光亮光亮的，一声不响地趴在盖帘上，在日光照耀下特别显眼，仿佛是在显摆什么似的。正因如此，搞得我的小伙伴们总想去摸摸或掀开瞧瞧藏着何方神圣。这个时候的母亲总是冲孩子们笑，并叮嘱千万不要挪动，砸到脚可不得了。越是这样，小时的我们越好奇，心想那酱缸里一定是母亲藏了什么宝贝，总想偷着看。有一回，我又去"探宝"，由于个子小，搬开铧犁，挪开盖帘，往里一瞅，那浓郁的酱香味甚是好闻，差一点儿栽进缸里。恰巧母亲在窗台上坐着纳鞋底，把我好顿吓唬，说我蔫淘，啥都好奇，我才和小伙伴们撒野跑掉。

母亲是个做酱高手。记得每年忙完年，农村人就在年前开始烀上一大锅大豆，准备开始做农家酱了。母亲总要选最饱满的豆子，用簸箕滚出大粒的，那是最饱满的豆子，让它们派上用场，而后再从中把有虫眼的一一挑出，用陶泥大盆洗净，把上好的豆子泡上一宿，为的是让豆涨个子，第二天放在大铁锅里，盖上秸秆锅盖或铝锅盖小火烀。我家一般不用铝盖子的，母亲说，不透气，会影响豆子的香味。灶台里的火红红的，锅里呼呼冒白汽，母亲在火光与白汽中忙个不停，我伴在她左右跑跳。整个屋里飘满豆香。这个时候，母亲总会把没有豆腥味的豆盛出半大盆，把事先切好的葱花备好，把大粒盐用石蒜缸捣碎，趁热把葱花和盐一并倒入，盖上盖帘，两手上下颠簸几回，用半盆水压上。开饭时，喷香的盐豆咸菜端上桌，一家人就美美地享受大餐了。我最爱吃那带褶皱的盐豆，吃在嘴里有嚼头，满嘴生香，比花生米好吃多了。而妹妹她们却爱吃鼓鼓胖胖的，说好咬。母亲总是向着我，说我会吃，两碗大楂子粥下肚，撑得那样儿满屋窜，小吃货的名头非我莫属。我听着，总是用手咚咚拍肚皮，让大家大笑。

酱豆烀上大半天左右，母亲总会看着成色。她说黄的不行，酱色不好看；太红的也不中，酱色会暗淡，不好吃也不好看；必须得在黄红中间，这样的酱才既好看又香喷喷。她还说，这是她的经验。听着她跟邻居讲这烀酱豆的经验之谈，我觉得母亲确实厉害，要不然怎么会有那么多小媳妇来我家取经呢！

最累的是把酱豆捣成泥状，再团成酱块子。这时候的母亲是不会让父亲上手的。她嫌弃父亲粗手笨脚，担心他把锅杵坏。我家那杵子可是个老物件，据说是奶奶传下来的，是用黄檗树木做成的，柔软而结实，太硬会把锅捣裂纹。这样的事情，在农村烀酱时总会发生。据母亲讲，后院二嫂子有一年烀酱，不听婆婆话，用榆木杵子捣豆，居然把锅底杵掉底了，半锅酱豆干到灶膛里，婆婆气不打一处来，用笤帚疙瘩给儿媳妇一顿打，惹怒了娘家人，差一点儿抛下吃奶孩子离婚。这样的笑话，让我听起来都忍俊不禁。母亲讲的时候，差点儿把我笑岔气。母亲个子不高，站在灶台旁，面对大半锅半黄微红的酱豆，显得更娇小了。她头上围着白纱巾，包得严严的，胳膊上戴上一副白套袖，身上系着蓝花围裙，口里还哼着《沙家浜》。加上母亲这身行头，俨然成了唱大戏的主角阿庆嫂，她可能把那豆兵们当成刁德一了吧。也是的，母亲在我的生命的这场大戏中，绝对是主角。家里外头，大事小情，人情往来，哪一样能少了她呢！母亲先酝酿气息，用两手握住豆杵子头，沿着锅边一一捣起，那杵子一下去，下面的豆有的被挤碎了，有的向旁边滚。豆好像商量好了似的，一齐涌过来，仿佛是不怕死似的，把杵子淹没，但最后的结果总是全军覆没。就这样一下一下，成百上千下，大半锅的豆成了泥，成了瓣。看着母亲辛苦的样子，望着她脸颊的汗水，我会用毛巾帮她擦拭，母亲也会暂停下来喘气，顺便用手把刘海儿往纱巾里掖一掖。我看见母亲的眼睛是笑意盈盈的，红光满面的她，可真好看。母亲这时会说："傻儿子，你笑啥？嫌娘长得难看不是？快长大吧，等你娶了媳妇，娘就享福喽！"这时我会噘起嘴假装气气她："才不呢，俺不娶媳妇，俺跟娘过一辈子！"母亲笑得前仰后合："臭小子，看我不用豆杵子打你，收回你这傻话。娘老了，指望你长大享福呢！"我假装躲闪，还是被她的武器轻轻地扫了一下，我只得投降告饶了。我们娘儿俩在笑声中又开始干活了。我问母亲为什么不把豆子全捣碎，母亲说太碎是不好的，必须这样，只要团成团就行，这也是老人留下的法子。我将信将疑：难不成是先人们想偷懒？母亲看穿了我的想法："就你脑子灵光，老祖宗留下的法子，你也不信？等长大你就明白啦！"可不，时过多年，我再想起当年母亲的说辞，还真有道理，书上说，不能太碎，更有利于发挥豆的本质，这样制作出的豆瓣酱，酱香醇厚。超市里有豆瓣酱为证。

烀豆捣豆这道大工程完毕，我也能插上手了，帮母亲把捣好的豆瓣盛在木桌子上，开始做长方体枕头状的酱块子。母亲告诉我用手夯实，否则会散落，不利于包纸。包酱块的纸是从村上要来的旧报纸，母亲把一块块差不多大小一样的酱块用报纸裹严实，整整齐齐码放在土炕的炕梢，下面还垫上一块光溜溜的木板呢。就这样，酱块也像我们小孩子一样，蓄着童年梦。别说，有一回那酱块出现在我的梦里了，它居然长了手脚，不知什么时候钻进我的被窝呢。事后，母亲说，我的睡相不好，咬牙放屁的，不老实，打把式，把酱块手刨脚蹬弄被窝里，多亏她包得紧，要不会惹出笑话，弄一被窝豆渣子呢！

后来，母亲也不是怕我把酱块弄坏，就是说为了让它发酵更好，居然让父亲把它们并排摆放在房梁上。那些小酱块，活像一排小丑一样，伸着头往下瞅，好像冲着笑，向我挑战呢。终于有一天，我放学一推门进屋，闻到一股呛鼻子的味道，臭中带着烟熏火燎味，我顺着味往屋里西北角一望，在一个柳编大笸箩里，有一块块不规则的，浑身长满白毛，而又油乎乎的小酱块摆在里面了。我仔细瞧去，居然有蛆还在蠕动！捂着鼻子跑远好一阵恶心。母亲笑着说："觉得埋汰了不是？"我拼命点头。"井里蛤蟆，酱里蛆。不生蛆，才不灵光哩！"我寻思：母亲总有道理可讲，这是啥逻辑呀！老一套能不能打破呀。我发誓，以后我可不吃酱了，想想都能吐。可这只是小孩子最单纯的想法而已。

日子一天天过去，转眼到了五六月。母亲开始下酱了。她把晾好的小酱块，一块块用刷子刷干净，放在瓦泥盆里，用筛子罩上，生怕苍蝇落上。母亲说，要是苍蝇产卵，那才脏呢，那生的蛆可没法吃的。我一听蛆，就更讨厌酱了，心想：这么脏的玩意儿，爱谁吃谁吃，我免了。母亲对我念叨："哈，肉香佛跳墙，等着瞧吧！"我冲她撇着嘴跑了。

至于母亲是按什么比例往酱里兑盐，让盐化成盐水，让酱彻底与盐水融合，我也问过，她只说这是门手艺。她和东院小媳妇说的，大概是这样的：盐少水多，酱会变臭；盐多水少，酱不会发酵，没香味。只有恰到好处，才能让豆酱香味浓郁，更纯正，吃起来既口感好不咸又醇香。所以她的哲理是：一百个人做酱，有一百种口味，没有一个是重复的。她还打比方说，一母生九子，九子各不同。我追问她跟谁学来的，她说没人教，她几岁时姥姥就过世，有谁能教哇。全凭自己看着别人做，上上心慢慢就会了。

母亲总在晴朗的正午，把洗干净沥干的酱块放在缸里，把盐水倒进缸里没过三分之二，泡上。用酱耙子早晚打耙搅匀，每回都撇去上面漂浮着的埋汰泡沫和杂物，直到酱块完全化开与水渐渐融合，没有了泡沫与杂物为好。等日光照彻，吸天地之气，彻底发酵，再用细细的筛子过滤不易化的残渣，黄亮亮的酱在酱耙的上下搅动下，油光闪亮而不清汤寡水，且散发出阵阵清香之时，方可在白蒙布上盖上盖帘，但每日早晚依旧打耙两次，方可永葆酱香。每当母亲舀来新酱，父亲把小葱生菜小白菜洗净端上桌，就着带饭豆的大碴子粥，一场农家饕餮大餐总让一家老小吃得沟满壕平。若是再在野地水沟边挖回来苦菜、婆婆丁、小头蒜什么的，那更是不能再丰盛的了。农村人，有谁没这样吃过呢？

母亲对于她的酱缸可上心了，仿佛她生的孩子，总是天天侍弄。后来母亲撤去了那盖帘，用一个白面袋子的布罩着，四角缝上了四块马掌钉。里面有根酱耙子支着，好像　把伞罩着什么宝贝似的。我每次放学或在外面玩够，走到院子，第一眼就会看见母亲弯着腰在用酱耙上下打酱，有时凑上前去看热闹。别说，一天天的，那酱味越来越浓，钻进鼻子里挺香的，那蛆的事早忘九霄云外去了。当看到父亲用发芽葱蘸酱吃，那个香劲儿，那冲我挑逗样儿，我有些败下阵来。父亲还特意冲我咂嘴。我强硬着，不吃才怪呢！有一天，趁母亲不在，我也像父亲那样，一尝，嘿，可真香！

　　现在，我已从农村走出，进城二十载，母亲已离世二十个年头，可母亲忙碌的身影，依然清晰在眼前，那油亮金黄的酱散发的酱香，时常飘进我的梦里……

# 我已走过，却依然停留

◎王　妍

人说，回首百年，只是岁月一瞬的失神，却让一代生命的历程，在升殒中，起伏，跌宕。

那么，来去匆匆的一年，或许只是岁月眨动双眸的一个间歇，却牵扯起一代青春奋斗的史歌，低回，高昂。

岁月流淌，在人生的河谷里留下沙砾，一如这年华的纪念，却也用锋利的石刃，为这一场青春的战斗，抹下鲜红的一笔。

重新掬捧起熟悉的墨香，在那刻印在我脑海中的诗词章曲间，流连，流连在那我已错失的青葱岁月和那流连的路途中，重新体味那漫长的、充满磨砺的日子里我的迷茫与焦灼，希望与失落，和流淌不尽的泪水的味道。

那是怎样的一种信念，在我十九岁美丽的季节里，用不知结果的耕耘，期待一个飘忽不定的梦。而今，却也在这耕耘中，翻犁出新鲜的土壤，来滋养这厚厚的生命的底蕴。

于是，我迎着这清晨的曦光，在记忆的翻动里，收集点点滴滴参差的悲伤，只把它留在这晨起的静谧里，纪念这陡增在生命长河中，激荡过的一朵浪花。

我已走过，却依然停留。假若重返，在那包含了我求学岁月里

23

最多的酸甜苦辣的一段百味人生，也许，我不会再遗憾。

我已走过，却依然停留，停留在这观望的彼岸，拨开茫然的雾霭，看过往的霏霏细雨，和那未来不可探知的层层阴霾。

我已走过，却依然停留。在那同样的战斗的号角声里，扫去一身尘埃，用最纯真的灵魂，期待着春风的到来。

# 母 亲 树

◎文 汀

　　一直惦记望海寺山上一棵山丁子树。

　　每天早晨起来，总有个声音在提醒：那棵树要开花了。不久前我去看她，那时离开花还早，她只能以初春明媚的初绿迎接我。一晃过去了很多天，被许多事缠身的我，被藏在眼前那座山里的那棵树弄得心绪不宁。

　　其实还是心里有了怠慢。在沈阳长白岛森林公园看到一棵很大很大的开着白花的树时，我想起了她。在千山看到很多很多苍翠的大树，挂着一串串的白花时，我也想起了她。只是这种想念已经不再纯粹。和这些树相比，那棵开在心中、开在家乡的一树小白花，忽地暗淡下来，以至回来时本应急切见她的心也变得懒散了。等手头的事都忙完，我才忽然醒悟似的想起来。在一个有风的早晨，我拎起相机上山找她。

　　一路绿色，一路小野花，吸引我不断停下脚步。穿过一丛又一丛丁香，一片又一片草地，飞跑着奔向那棵藏进深山里的山丁子树。那一片白茫茫的花，一直未能从心中跳到眼前，我几乎怀疑自己走错了路。终于在不远处一把绿油油的大伞中，闪现了零星的白色。到底是开过了，还是未开呢？走到跟前不得不确认：我已错过她的一树繁花……

我不甘地站在这棵山丁子树前，歉意油然而生，禁不住双掌合十，禁不住向她致歉：对不起，我来晚了！

在找心中，她是一棵母亲树。

想起第一次见到她时，是在一个早春二月，那遒劲粗壮的树干，伸出五个粗黑的分枝，我像个淘气的孩子，忙不迭地爬上去，感觉是母亲的大手，将我的童年时光托住。儿时的家，后院，一排大榆树，树上的我也是这样快乐地向树下俯瞰。此时我无法确认这是一棵什么树。甚至因为她旁边有一棵山楂树，我错误地认为她也是山楂树。直到来年，看到她开花了，那满树的和煦的质朴的小小白花，像母亲的温暖笑容在微风中荡漾，不由得就种下了喜欢的情由。

那年秋天，她挂满一树小红果，我才明确知道，这是一棵山丁子树。

这是儿时的我和小伙伴总去深山采摘的小野果，又涩又难咽，一点儿也不好吃，我们只咀嚼吞吸一下青涩的汁液，然后就吐掉。似乎小小少年的青涩时光，也在百无聊赖的品尝中，和不同寻常的快乐中，一起吐掉。

我已很久没见到山丁子了，只留下一串串半红半绿小野果的青涩记忆，全不记得山丁子树的模样，更不知道她开花时的美丽。如今见到这样一树婆娑，像母亲一样又亲切又清丽，一下子抓住了我所有的感觉。此后我就常常惦记她，尤其惦记着她繁花盛放的美好时光。

也曾在冬天来见她，她用白雪裹着小红果，笑意盈盈地望着我，使我惊艳于她总有非同寻常又云淡风轻的美丽。然而我总是来去匆匆，不去想：她在漫长的冬天，是否冷寂？是否悲苦？我只愿我只知道我见到的她，是美丽的是满足的是安定的，然后我就欢喜地走开，盼着下一次相逢的更大欢喜。

今年，我竟然忘记我们之间的约定，竟然有意无意忽略她在我心中的重要。此刻,她站在我面前,站在群山脚下,和所有的苍翠一起,仍然是那么神圣,仍然是那么怡然。好像带着不经意的谴责,又似带着不忍重责的宽容。我一步一步退去,此刻她在我心中的美,已有了不同寻常的意味。

忽然懂了:有一种感情无关乎美与不美。或者说,情到深处,美已不是最重要。诚然美是最初的吸引,并使我们热爱。真正的爱,却反而不在乎世俗的考量。走过他乡的万种风情,而只有家乡的美为我们永存,即使此时已凋零,她还有来年的盛放可以瞻仰。

忽然懂了:正是因为这种建立在对方会时时为我们而存在的,我们因之而自以为是的优越感,我们常常怠慢至亲至近的爱,怠慢她们为我们所付出的坚定而朴素的守护与等待。我们怠慢这种挥手即来、挥之即去的至真、至纯,却去千山万水、千辛万苦地追求远方的美景。殊不知情分如花,经不起风雨,禁不住蹉跎。未及珍惜,转眼就会错过。没有永远的存在,更没有永远的等待。

忽然懂了:人生有得有失,因缘分而来的感情,可遇不可求,是精诚所至的结果。你追求什么,就会得到什么,同时也会相应地失去一些什么。越在乎,也越伤不起。

这棵山丁子树,任我走过他乡的所有繁华,所有喧嚣,归来,她已卸去缤纷,守一树宁静的绿,默默孕育那些青涩小果。她不会为取悦别人而开花,也不会为别人的不喜欢而不结果。她只为自己一棵树的命,春夏秋冬的美丽而存在。

# 停 锣 酒

　　郭师傅说，那天孙大喇叭的老屋（棺椁）停在院子里，没设灵棚，但左右两排有几十号喇叭手，都闭着眼睛，神情专注地吹奏着《江河水》。这一曲《江河水》是同业兄弟为他"涮檐儿"①的，一辈子，他就给别人"画圈"②"出棺"③"掏股子"④了，末了，兄弟们几十把唢呐给他哭道，这是绝无仅有的。那曲声呜呜咽咽飘出院子，苍凉之势许是感动天地了吧，雪花簌簌地在空中纷扬而下，只一会儿，整个村庄便都披了孝衫似的，哪哪都白亮亮的。

　　我站在孙大喇叭家的旧宅子前，院子极静，有一棵老树，上面的家雀许是受了我们惊扰，叽叽喳喳惊叫着飞往别处，留一树空寂，余音却久久不散。

　　这院子很大，蒿草遮住房子，看不到一爿空地儿。我拧紧眉头，盯着那紧闭的铁栅门，心在问，他儿女和家人呢？郭师傅猜到我在想什么，他说这个院子从孙大喇叭落炕时起，就已经冷清了。唯一

---

① 涮檐儿：安神儿。
② 画圈：出城。
③ 出棺：起殡。
④ 掏股子：报庙。

热闹的几天就是发送师傅那几天，村民把这个院子围得跟夹的苞米栅子似的，想进去人得拨拉一阵子。院子里的人哪，跪着的，站着的，三五成群唠嗑的，都被《江河水》《苏武牧羊》《烟花叹》那些苍苍凉凉的调子弄丢了魂，各种嘈杂声，连着整个村庄的狗吠鸡鸣都被唢呐声给淹没了。那曲儿忒悲了，让人打心眼里想跟着哭。

我想象着当时的情景。灰色的云低到能碰到村庄的树，撞上被风扯起的孝带子。白色的雪扬得棺椁上、物件上到处都是，唯独孙大喇叭的黑白照片上唇角挂着明晰的微笑，看着百十号的喇叭手，为他长长地吟啸。在一曲《江河水》的轰鸣声戛然而止时雪停了，风继续，骑自行车的、走路的、骑马的、开轿车的人继续来继续走。

郭师傅说，孙大喇叭的家人，对这些突然从四面八方拥来的同道人，一下子坠入始料不及的震惊中，不认识的人实在太多。这些吹喇叭的人是自发地从辽宁各地来的，方圆相距几十里、几百里的都有。甚至好多人是一路打听着道儿寻来的，没有谁特意通知他们，他们是一个传十个，十个传百个，一路传下去的。这些人都是平日"上活"的人，有班主也有走台跑场的。所谓的上活就是民间专门为红白事情搭台子演出的活。这些人是来送他最后一程的，看样子，他们都准备把孙大喇叭送到坟茔地。

事实证明，那些"上活"的匠人三天两夜轮班守在孙大喇叭灵前，饿了食物自备，累了就几个人挤在一起扎堆打盹儿，但喇叭声一直没间断过。通常，别人家送亡人，都是音响和鼓乐班子分开的，可到他这里，音响却是特多余的物件。不仅如此，这些匠人一会儿跑灵前上炷香，一会儿又点支烟，不管年龄大小，嘴里叨叨咕咕的都喊爷儿。郭师傅说，其中一位叫"鬼七"的班主，哭得娘儿们似的，边哭边数叨，爷儿安心走吧，咱们这伙人，平日里没少祸害你，今生就这么着吧，来生我们由着你祸害，放心吧！今晚上我亲自带着这帮弟兄给您《哭七关》，明儿个《大出殡》一直送您到新盘子。

郭师傅说鬼七在当时同业界中，除了孙大喇叭他就是二号人物，他比孙大喇叭小五岁。两个人经常在"上活"时对棚，为了抢观众，讨赏钱，两个人经常拼活儿。记得有一次孙大喇叭在对棚子时，头顶一盏灯，两个胳膊上分别托着一盏灯吹喇叭，观众呼啦一下子都围到孙大喇叭的戏台子前。鬼七急眼了，他让丧家准备一口小墩缸，也是头顶一盏灯，胳膊上托着两盏灯，走缸沿吹喇叭。观众呼啦一下又转到鬼七戏台子前。孙大喇叭不怒反而笑了，他说老小子还真没看出你有这一手儿，今儿大哥服气了。说罢让人拿掉胳膊上的灯，换了一个埙，跳下台子站在观众当中，居然跟鬼七的喇叭协奏起来。

鬼七原以为孙大喇叭会操绝活对付他，因为鬼七知道孙大喇叭除了头顶灯，双臂还能分别托着四盏灯走缸沿吹喇叭。今儿他是抱着豁出去的想法跟孙大喇叭对克的，甚至他都布置好，让他最小的徒弟在孙大喇叭预备好的大缸沿上抹了黄油。万万没料到孙大喇叭主动在台下给他以埙伴奏，同业界人都知道，这是真心服气的一种表达方式。这也意味着孙大喇叭自认为技不如鬼七，此后鬼七之名在民间艺人中将是头号。孙大喇叭这样做，让他门下这班人马愤愤不平，更让鬼七摸不着头脑。鬼七惶恐着走完缸沿，已经是一身冷汗，腿肚子都快抽筋了，他强自镇定情绪，对着台下孙大喇叭抱拳。孙大喇叭哈哈大笑，甩开大步回到自己台子上。百姓似乎看出了什么端倪，掌声突然雷鸣一样响起，而鬼七越发惶恐。

事后，鬼七满腹疑虑，上门拜会孙大喇叭，进门正好撞见孙大喇叭在摆"墙头"。所谓的墙头，就是一口绿釉粗瓷大缸，里面装满水。孙大喇叭正吹着埙，头顶一碗水，左右双臂分别放四碗水，后背绑着一把刀，刀尖朝上，顶在脖子后，只要姿势或者脚下一滑，那刀，那脖子……鬼七看了近一分钟，在心里喊了一声爷儿，转身悄悄走了。

孙大喇叭自顾自地练着，根本没觉察到鬼七到来，更不知道爷儿这个尊号来自鬼七。他知道自己是个民间跑江湖的艺人，至于为啥都喊他爷儿，从谁开始喊的一概没用心研究过。按照他大徒弟郭师傅说法，我这个师傅哇，在活儿上他是爷儿，但在日子里头连小孩都是他的爷儿。这老头儿一辈子不管谁咋对待他，他就是嘿嘿一笑。

孙大喇叭原籍是辽阳县，清朝时期他家祖辈就开始跑堂戏"上活"，后来跟随爷爷那辈搬到辽中，依然以"上活"为生。他父辈哥四个，大伯在河东胡家窝棚落脚、二伯在茨榆坨落脚，三伯在三台子落脚，他父亲在肖寨门落脚。这老哥四个分别在四个地方撑起戏班子，在辽中地区一下子风生水起，呈现"上活"一族四大金刚局面。

他爷爷80岁去世，那时10岁的孙大喇叭还没进过学堂门槛，就被父亲孙可武带进江湖。其实孙大喇叭有个很好听的名字叫孙宝奇，只是由于"上活"时人比较小，且喇叭上特有绝活，慢慢地真名便被绰号取代，甚至到去世，都很少有人知道他的名字。

东北这旮儿，有钱人家办白事情最讲究，不管对活着的人孝顺不孝顺，反正对于死去的人那是绝对不含糊，面子活儿得带劲儿。经常有人家整俩戏班子搭建对棚唱戏，节目以打诨逗趣、辣舞劲歌为主。演员妹子要最靓的，哥也要棒的，尤其大冬天衣服还要穿最少的，活儿要绝的。所以对台戏那是最拼绝活，各使出看家本事的卖命时刻，孙大喇叭在对棚中玩的绝活，没人敢比。用他徒弟郭海鹏老人的话说，他长得不俊，就是"活儿"硬实，有他在，所有"上活"的人都让道儿。因为在乐器上，他是大小唢呐、单双管、打（打击乐）、拉（弦乐）、吹（管乐）、卡（卡戏）样样精道，一个人忙活全场是常事。对棚子本身就是结冤家的活儿。大家干活都是在拉以后的主道，有时为拼绝活经常出现大打出手的事，也经常出危险。

比如吐火，那是我亲眼见的，我住那个小镇，临街门市有个姓田人家，女主人去世，叫了对棚。一个小伙子为了拉对面棚子的观众，也为了拿到孝家取乐子打赏的钱，就玩命地出花样。大冬天地脱了衣服，就穿一个短裤，嘴里大火团子不停地往外喷，观众倒是拉过来了，赏钱也一百两百地往上涨。但是他没防备风婆婆来使坏儿，忽悠一下子把吐出的火堵回去，落在他裤头上。连烧带吓，他蹦跶着嗷嗷怪叫，还没想出应对的辙，一眨眼工夫就春光全露。辛亏台下有人反应快，抛上来一件军大衣，他裹在身上，跳下台子，一骨碌滚进台子下面。观众先是惊叫，看他不一会儿安然地从台子下面钻出来，都松口气，接着又都爆笑起来。

但孙大喇叭不玩火，他玩技艺绝活。只要在辽中方圆千八百里之内，有他在，就算勉为其难跟他对棚，也是心甘情愿地配活儿。大家当然不是怕他，是真心佩服。有些活儿，别人想都不敢想，比如转棺那场子，他头顶着一盏灯，两个胳臂上分别放上四盏灯，托着九盏灯吹喇叭，一米七几的身高，近两百斤的体重，跟一座小山似的，要跪倒爬起数次。不仅灯要稳还不能灭，曲调变化还要做到吹、卡等多项技巧。整套活儿玩下来，腿发酸，胳臂发软，嘴发麻，头缺氧。

他靠一手硬活，撑起自个的班子，也抢了不少同道中人的饭碗。同道中人自然有不服气的，如鬼七那样的人无处不在，与他对棚拼命，私下说话也夹枪带棒，甚至产生整垮孙大喇叭的想法。但是，孙大喇叭对于一些挑衅，总是装听不懂，笑呵呵地说，拼个啥嘛，你演。他人迁就，往往是东家不干，人家花大价钱，图的就是个闹哄。他就说，都是出来混饭的，非得要拼，那就上来几位咱们一起来。时间久了，同道中人都知道他活儿虽然硬气，但为人实在厚道。遇到应付不了的场子，就去求他，不管以前是敌是友，只要他能办到的，他都答应。不知不觉中孙大喇叭为同业兄弟救场的事越来越多，那些对他妒忌和憎恨的人，都变成敬畏。

别看他台上一棵松，平日里他家就是同道兄弟们打尖落脚的大车店，每日车水马龙的，整个村子，因为他的风光都跟着沾光。尤其20世纪80年代初期，村子里来一辆解放大汽车，那是非常新鲜和隆重的事，孩子们先是远远地看着，看着看着就试着爬上去。孙大喇叭看到了就嘿嘿笑着说，这群小犊子真淘，都小心着点儿别磕着碰着。他家门前隔三岔五地还来小轿车，孩子们进不去，这摸摸那瞧瞧地绕着车转悠，还编出一套顺口溜，大意是："孙大喇叭就是牛，马车天天排村头。汽车轿车不是事，天天停在家门口。"

那些车车辆辆的，除了他的新主顾，还有老主顾混成朋友的。他每年"上活"是同道人中最多的，但他不知道攒钱是啥概念。别的班都讲究"开锣酒"①和"停锣酒"，也就是开锣唱戏以前，整个戏班的人聚到一起，先烧香拜祖师爷，然后班主设宴，不分男女老幼，大家一起吃喝热闹。与开锣酒相对应的就是"停锣酒"也叫"敬班酒"。大约每年的农历十二月中下旬，所有戏班子和艺人都要杀鸡宰牛放鞭炮，然后一起吃酒，因为过年要停演，这也是艺人们给自己放假的日子，所以被称为"停锣酒"。

孙大喇叭却从来不管这一套，更不像其他班子那样盘道，只要赚来钱，有朋友来，不分档次，来者是客（qiě），杀鸡宰鹅，有时吃喝一整天，有时边吃边吹打弹唱到半夜。他老婆虽然也是好客的人，但庄户人家哪受得了这样的胡吃海造，不免生气闹腾一番。每到这时，孙大喇叭就跟没长耳朵一样，溜到村外，找个背静地儿，拉上胡琴，随意吼几句，心舒坦了回家再哄老伴，老伴乐呵了，上活的人落脚自然还是一顿厚实招待。

这样一个厚诚人儿，在20世纪60年代末，他"上活"吃饭的家伙该不该砸的都被砸个稀巴烂，"上活"的那一群人呼啦一下子也都没了影。他四处一打听，人家"上活"那些家伙什都是自个藏起来的，就他凭着血气方刚的年龄和傻实惠劲，觉得那些东西是养家糊口的，谁动谁就是跟日子过不去。偏偏有一拨子人把他这个态度看成牛气，不收拾他手脚都痒得慌。

---

① "开锣酒"是开锣唱戏以前，整个戏班一次大的聚餐，艺人们要集体烧香拜祖师爷。之后，由老板摆酒设宴，戏班中不分大小和男女一律参加，与开锣酒相对应的是"停锣酒"，也叫"敬班酒"。

日子就是日子，啥样的苦都是人来接招的。孙大喇叭一下子没了吃饭的家伙，填饱一家老小的肚子成了他最难迈的坎。那一年他45岁左右，没了从小鼓捣惯的家伙，不得不为活着找出口，他咋熬出的那十年，就不说了。因为其他匠人也都是夹着尾巴走过来的。

1974年老伴先走了，那是最苦的一段日子。进入20世纪80年代初期，年近60岁的他又操起老行当，老伴却再也看不到他在江湖猛虎蛟龙的样子。三个儿子也因意外伤的伤，残的残，没的没。女儿们不爱惜这行当，徒弟年龄也都到了秋后阶段，他的一身绝活眼看着后继无人，门厅也日渐冷清，他突然意识到指不定哪天喝下"敬班酒"就没机会喝上"开锣酒"了。到了该攒钱养老的时候，却没力气上太多的活，而且因一生豪爽不吝啬钱财的习性，他拼了力气才攒下三万多元，按他自个话说，够棺材板钱就中。

偏偏有人谣传他攒下很多钱，有朋友搞养殖借上门来。他一辈子不懂啥叫拒绝，奔儿都没打，就拿出自己的全部家当。但在朋友眼里，那三万（20世纪90年代初能有万八千的户都是少见的）对于远近驰名的他来说，就是拔一根汗毛而已。事实上也不能怪他朋友那样想，据他同行人说，他有时一场活儿下来的钱就能够置办一座四合院。

这朋友点子也真够可以的，非但没赚，连本钱都砸进去。这可是他的棺材本啊，他不得不硬着头皮去催债。他那个朋友也不知道是真赔得没招还是故意赖账，就拿三间风雨飘摇的房子抵债给他。那房子离辽河大堤近得能鼻子碰鼻子，破烂得别说三万，就是三千都没人要，好歹当院还算宽敞，他这样安慰着自己。偏偏遇上1995年辽河百年不遇的那场大水，那水位高的，跟孙大喇叭含在眼里的泪水一样，随时都会哗啦一下冲出来。他这颗心悬到嗓子眼儿，真怕房子被冲了去，没事就合十双手求天老爷多保佑。怕啥来啥，辽河水还真上岸转悠一圈儿，等水位退下去，他的房子就剩一堆瓦砾。他曾去那个村讨说法，回话说土地是集体的，房子可以买卖，但土地谁都没权利买卖，他是外村人，啥补助都没有。

就这样，三万块棺材本名副其实地打了水漂，咋回的家，他自己都不知道。回到家就撂倒在炕上，用道上的话说，他熬了三个月"活土码"①，人生这台大戏就彻底停锣，那一年他75岁。而拿他钱的那个朋友，却趁水灾之名，捞得补助在原地盖了一座大瓦房，踏踏实实地住进去，连一张纸都没给孙大喇叭烧过。

郭师傅说，孙大喇叭下葬时，弟兄们在坟前一起吼，爷儿，干了人生这杯"停锣酒"，来生咱们还要一起走哇！一起走！

---

① 活土码：活死人。

# 香 雪 梅

◎闫丽欣

寒冷的冬夜，愈加使人觉得漫长。小村里空旷着，静得出奇，仿佛世界上的一切都被冻得僵硬起来。石壁附着一层惨白的光辉，在惨淡的星光下，惨淡地僵硬着，松树的枝头、柳树的枝梢挂着晶莹的冰凌，晶莹的微光里僵硬着。

往日的喧嚣，往日的氤氲都被冻得僵硬了。一个人的世界，很寂寞，没有声音的世界更是寂寞，寒夜的寂寞尤为浓烈，挥之不去，拂之不走，似乎它也被冻得僵硬，声音，哪怕一点点的声音，难道也被冻得僵硬了吗？终于有了声音，惨淡、僵硬地摇曳起来，房檐的草，唑唑地凄惨地嘶叫起来，风起了，云起了，看来风云是不甘寂寞的，是不会僵硬的，终于寂寞而寒冷的夜空又飘起了雪。玻璃窗上的霜花，一层一层地生长着，又一层一层地开放着。窗台上的两盆香雪梅，早已经长满了一串一串的骨朵，一盆淡淡的黄、淡淡的红相间着，一盆淡淡的白、淡淡的蓝。"香雪梅，很好的花，块茎植物，兰花属，易于管理，对土肥要求不高，腊月底开花，色泽鲜艳而不妖冶，蕴藏着淡雅之美，开花时由顶端依次开放，花期两三天的时间，雌雄同株，开放时瞬间有淡淡的烟雾，是孢子粉释放，用来授粉，同时花香馥郁，清馨氤氲，满室芬芳。只要顶端的第一朵开放了，就依次地接连开放，不过一两个时辰，整枝就都开放了。"窗上的霜花愈加浓厚了，担心两盆稚嫩的香雪梅不耐寒冷，便端过来安放在离火炉相近的书案上。

风，停息了，雪，似乎愈下愈大，草尖也停止了咝咝的哀嘶。梨花似的雪片儿，幽静地、悠闲地、慢条斯理地飘落着。万籁俱寂，越发觉得百无聊赖，寂寞的旷野，寂寞的柴院，寂寞的小屋，孑然一身不禁内心怅然。好在有许多书，有这两盆香雪梅相伴着，还不至落寞。坐在书案前随意地翻着，一本一本地看着书目，《小窗幽记》《围炉夜话》似乎都已经读过，至于诗、词、曲，这样的冷清，这样的孤寂，这样的寒冷，这样的雪夜，也就失去了兴趣。灯光下，伏案痴痴地看着两盆香雪梅发呆。似乎若有所思，而又若无所思。忽然，屋外轰然一声，不觉战栗。起身院中探视，原来篱笆院外的草亭，耐不住大雪的重负，倒塌了。伫视良久，浑身早已瑟瑟发抖，始觉寒气透骨，须发结霜，哑然失笑道："草亭已经倒塌，如此呆看，有何益处？"转身回屋，忽然一缕清香细细飘入鼻孔，沁入心脾。味道清新淡雅，似茉莉又似桂子，似夜来香又似芍药，只是没有那般馥郁浓烈，一种淡淡的幽幽的香甜。

抬头看见书案上的香雪梅，一枝顶端已经开放了一朵，香气是从那里飘来，不觉懊悔不已，早知如此，就不该看顾草亭那么长时间，以至于错过端详香雪梅的开放。倏忽兴趣益然，等待香雪梅开花，以便看见那淡淡的烟雾，欣赏静静的花开，吸吮幽幽的芬芳。

夜似乎已经深了，那花怎么也不肯开放。这时才觉得，人生最难耐的并非痛苦，并非贫困，也并非孤独，并非寂寞，而是期盼与等待，而是备受期盼与等待的煎熬。忽然，电灯闪了几下，熄灭了。停电了，也没人过问。尽管习以为常，今天也觉得怨恨，毕竟使人扫兴，看不见静静的花开，看不见淡淡的烟雾。借着炉火从缝隙间蹿出的光，一闪一闪的，屋内立即有了一种一闪一闪的朦胧，书案上的香雪梅，也随之有了一隐一现的影像，自己映在土墙上的身体也是一闪一闪地高大，一闪一闪地消失。朦胧着，似乎整个世界都处在若有若无之间，望着墙上忽然高大、忽然消失的身影，不知是炉火的一闪一闪，还是身影的忽而高大忽而消失，亦不知是香雪梅的忽隐忽现，还是世界的若有若无，眼前渐渐地朦胧起来，整个屋宇，整个世界也跟着朦胧着。然而，屋内的幽香愈来愈浓郁，知道是那两盆香雪梅，一朵接一朵地开放着，忽然觉得胸臆释然，畅快无比。其实朦胧着的、深邃着的、意蕴着的，才是真正的美。三分形似，七分想象，如同雾里看花一般，美而无尽。就像美丽的姑娘罩了轻透的面纱，越发觉得她神秘，越发觉得她美。如果揭掉面纱，实实在在地呈现在面前，或许就会说"美也就不过如此而已"。如若永远在神秘的揣测中，朦胧的想象中，美就不同了。

# 腹有诗书气自华

◎张立春

约上三五好友，推杯换盏酒酣耳热之际，从不敢以读书人自居，即便谁恭维一句文化人，我也会尴尬一笑心虚半日。究其原因，一是因为我真的没读过什么圣贤书，二是所读之书多为不入流的闲书，登不得大雅之堂，你来我往之间，真真是不够卖弄的。

这个从我对书籍的态度就可见端倪，可以大言不惭地承认，我家没有书房，没有书架，我的书基本都是散养型的，沙发扶手上、床头柜上、茶几上、电脑桌上，甚至窗台上、阳台上，总之凡是我能到达的地方书皆可见。我读书没有仪式感，有的时候做家务累了，躺一会儿，随手拿过一本书，翻几页昏昏欲睡，那书但凡有点儿厚度，做枕刚好，适合像我这种颈椎不好的人，又正好应了"枕上诗书闲处好"的景儿。

二十岁的时候，信奉"书非借不能读也"。那时候一个人在沈阳，囊中羞涩，休息时间都用来逛二手书市场，在那些散发着霉味的旧书里挑挑拣拣。想看新书就去租，留了押金读书就进入了倒计时状态，我曾创造了三天看完一本《穆斯林的葬礼》的纪录，争分夺秒之余还不忘哭肿了眼睛，现在回想起来，咂咂嘴那感觉还是甜的，初恋一般。

说到读书，不得不提《平凡的世界》，还有那段几乎尘封了三十年的往事。1995年，正是路遥去世后其作品一路封神的年代，那个叫王卫国的四十二年间穷困潦倒，在人间尝尽苦难、辛酸、寂寞的陕北男人一夜之间火遍了大江南北，路遥的名字占据了沈城大小书店的显著位置，成为畅销书的榜首。那时候我正在和一个丹东籍在沈服役的男生通信，我们相识于电台一档读书节目，在同一个城市，我们说得最多的是少年的烦恼、对未来的迷茫、人生观价值观的认知，我给他推荐《平凡的世界》，他欣然接受。在那个夏天的午后，他来我这里拿书，随手把我夹在书里的一张照片拿走了。后来他说，他想要做像孙少平那样的人，但他接受不了田晓霞的死，更接受不了孙少平和惠英嫂无奈式的结局。

　　我和他的故事毫无悬念，他服役期满去吉林读书，我辞职回家相亲结婚，我和他除了那个草长莺飞的夏天，再无交集。后来我想，可能是我们骨子里对感情都是畏惧的，我们读的书告诉我们，感情更多的是爱而不得，孙少平田晓霞如此，楚雁潮韩新月亦如此。后来我把我们的故事写成一篇五千多字的散文，题目是《没有牵过手的初恋》，在辽宁广播电台全文播出。2001年，时隔六年后，我又一次来到沈阳，在他曾经工作、生活了三年的沈阳武警总队附近的一家工艺品厂打工，晚上和三五工友一同出去逛街，在街角闪烁的霓虹灯下，看见一个丹东口音的男孩大声打电话，我瞬间泪流满面，恍如隔世。

　　后来，读周励《曼哈顿的中国女人》，也曾深深地对小说中少女的初恋而唏嘘不已，怀春的年纪，谁心里还没装过一个玉树临风的裴阳呢！包括后来读村上春树《挪威的森林》，直子死前对渡边说"请你永远记住我，记住我这样存在过"。我们没办法不走进二十岁，二十岁的年纪，爱情是隔岸的烟火，只有瞬间璀璨的美。多年后我想说，不管你还记不记得我，你都要好好地爱别人、爱自己，我们终究是错过了！

到了三十岁，读书读的是一份自省、一份感悟、一份从容，从《十八春》和《倾城之恋》的字里行间疯狂地爱上张爱玲，一度沉迷于她孤傲颓废的美不能自拔。那时候女儿还小，日子平淡，波澜不惊，小镇只有一家小小的书店，也只是以经营学习材料、笔墨纸张为主，读书成了最大的奢侈。日久天长，几本旧书翻得都已面目全非，我开始牵着女儿的手，去邮局订阅全年《读者》，从四块钱一本，到六块钱、九块钱，再到现在的十二块钱，我见证了《读者》二十年的风雨历程。

那时候我家有七亩多地，春种秋收，也不过几千块钱的收入。老公在外打工，一个月累死累活也不过四五百元的工资，我每年拿出一二百块钱买书，其实现在想想也不算过分，但农村人的想法是吃饱穿暖，多吃几顿肉人家不会嘲笑你，花钱买书读就是不会过日子，关键是无用啊！有时候自己想想也是，读书有什么用呢？日子无非柴米油盐酱醋茶，人生哪能一路琴棋书画诗酒花？可是一到春季杂志征订的时候，还是会心痒难耐，后来也就释然了，无用的事多了，人的一生若都是为有用活着，那该多无趣呀！

四十岁是一笑泯恩仇的年纪，不疾不徐、淡然处之，是你的跑不了，不是你的何必强求，这时候读书自然读的是通透，是淡然，岁月沉淀，一切都变得随遇而安，读的是"闲敲棋子落灯花"的闲适与懒散，是"蓬门今始为君开"的豪迈和坦荡，是"吹面不寒杨柳风"的舒缓与温暖。我们已经过了"书中自有黄金屋，书中自有颜如玉"的为读书而读书的年纪，人生过半，越来越懂得，这人世间，谁都可以和你渐行渐远，只有自己和自己的内心越走越近，人活着的过程，就是自己的世俗身与孤傲心和解的过程。最近和一个文友聊天，说起汪曾祺的散文，这个中国现代文学史上最有趣的老头儿把人生五味写得唇齿留香，让人意犹未尽、欲罢不能。"先将西瓜泡在井里，捞起后一刀下去，咔嚓有声，凉气四溢，连眼睛都是凉的。"读到这里，我们都惬意地笑了，因为我们都希望有朝一日拥有这样简单而又纯粹的人生，被一颗井里的西瓜凉了眼睛。

　　若有诗书藏于心，岁月从不败美人。在这个快餐式阅读的全新时代，让我们利用生活中的点滴时间，以诗书丰盈岁月，撷文字温暖人生。愿每个人的心里都珍存一本书，受伤时自愈，孤独时自赏，沉沦时自律，成功时自省。欣逢盛世，知己二三，有书共勉，何其幸也。

# 读画叶茂台

◎朱　姝

　　远远看去，那山就像一只卧睡千年的狐。

　　云掠过山，樟子松林老树又得新绿。一座叫圣迹山的小山，云山雾罩中，正享受着悠闲的时光。

　　山上竖直的巨石酷似狐狸的大耳朵，有鲜亮的红山丁子在耳边像挂满铃铛，即便是松涛阵阵也是似听非听，闪烁其词。有明艳的山花在脖颈处一颤一颤，即便是开到荼靡也是不慌不张，守口如瓶。

　　忽听啪的一声响，是枫树林顺着山势向西把绛红、绯红、胭脂红的晕染拖在山脚下，逶迤成了巨大火红的"狐尾"，还把橙黄、杏黄的叶子掺杂其中，灿烂得令我狐疑。

　　这样的情形在马尔克斯笔下那个充满玄机的加勒比海小镇马孔多出现过，在萧红笔下那个叫呼兰的神奇小村也出现过。据说，从前的叶茂台村山林茂密，野草丛生，山禽野兽时有出没，一种头长得像猫的鸱鸮鸟最多，夜里鸣叫觅食，俗称"夜猫子"，故其村名取为"夜猫台"，也有称呼"野猫台"的。难怪这山又叫"野狐山""大猫山""西山"，不单单名字听起来诡谲，山脚下著名的叶茂台村的辽代古墓群更是充满玄机。

　　不仅如此，《辽史地理志》说，这里是萧太后的领地，辽代驸马都尉萧昌裔曾建辽代头下军州"渭州"。也许但凡好人或者好的地方，都有那么几分说不清道不明的狐狸美人的媚惑与痴迷吧。

我推算了一下，修得怪石、狐媚、枫林醉的一千年倒退着刚好停在了辽代。这样看来大辽与法库叶茂台村，刚好是收起黄沙漫卷、金戈铁马的急骤，掩去车马仪仗、钟鸣鼎食的浮华，藏匿起海东青的凶猛与凌乱，大辽把最恬淡最从容的命题给了小村子。大辽朝惊鸿一瞥，却故意视而不见。原来那些遥远与亲切的、熟悉与陌生的、明亮与忧伤的，有关于生与死的柔情都藏在了这里。

山脚下出土的辽代古墓群叶茂台7号墓的画，竟真的把我引向一个梦般的境地，奇迹就要被我看到：

——如雾似纱的月色笼罩四野，星辰蜷睡在秋凉里。

月色中蓬蒿芦荻，邈远若影，相叠如梦。一人行色匆匆，峨冠上沾着露珠，一袭长袍博带当风，已挂满薄霜，手握木杖或是宝剑的他一定是士大夫。后面跟着两个童仆，背酒葫芦的谨小慎微，个子略高的捧着琴囊，亦步亦趋地正吃力前行，他们要去赴一场特殊的琴棋约会。

大雾缭绕，平日熟悉的路不知所云，画中人转过大树、山石，绕来绕去，总是在原地打转，急得他鼻尖浸出汗水。

忽然林尽水源，便得一山。山有小口，薄雾之上月色清冷，似有非无。青绿的山峰峭崖陡起，远山隐约，山与山之间阴阳略以浓淡花青皴染，石与石勾连顿挫，尽显瘦硬嶙峋之态，平添古意遒劲之感。近水溪流激石，映带左右、虚实相生。松林茂密，山崖处亭台楼榭各得其所，似吐还含。展之得三丈许，应接不暇，这是一个常人无法企及的神秘境地。

"好一幅青绿重彩山水画，历经千年还这么色泽鲜艳如新。"

"树林的画法与五代江南的董源、巨然特点一致。"

"其创作年代在辽太宗会同三年至穆宗应历十八年的辽代中期。"

辽宁省博物馆考古工作人员在杨仁恺先生的带领下正在研究这

刚出土的古画。面对这幅珍品古画，大家难掩激动之情。

"嘘，小点儿声。"工作人员屏声静气，生怕惊动。

"快看那人——"

月黑风高，画中人举头四望，那山起伏，峰回路转仿佛有光。山崖亭台楼榭，飞檐勾连，且有人影绰绰，熙熙然怡闲自得，山上传来袅袅丝竹管乐声，余音绕梁。他惊呆了，前方莫非就是天堂！他欲登临，苦于无路；想后退，可来时的路有水自横，堵住了退路。山间独留一白，他无助地站在那里进退维艰。

"看，他有些害怕了。"

"他全身发抖呢！"工作人员说。

画中人有些犹豫时，画家落笔沉稳，以坚重之性，用远山与近水的时空交叠，·色彩轻重的顿挫转接，把过去与现在融合在一起，突然呈现峰回路转的强烈画面感——

画中人突然嗅到一阵阵河水的清香，笔墨一点点渲染，松林下蜿蜒如小花蛇的河水便流淌出来。水波潋滟，很像他童年玩耍的地方，他看见小时候的自己正在捉鱼。自在的小鱼从他指缝间穿梭而过，似流年丢失的纯真，他黯然神伤。一转身看见一袭白衣人在路边下棋，他走过去，让他吃惊的是这人竟是过世多年的父亲。

一片樟树松林，几棵杨柳，一条弯弯曲曲的路，一头连着家，一头通往树林，父亲领他天天走过。莫非自己回到了阔别已久的家，他又惊又喜。父亲恬静地坐在路边下棋，蝉翼般的衣襟干净透明，完全没有了平日劳作的困顿。父亲还是年轻时送他去学堂的样子，他奔过去想拉住父亲的手，可怎么都拉不到。他听到父亲说：孩子，你迷路了吗？世上的路，于千回百转后终将通往家。他感到无比怆然，心里的话一下涌上来变成了一个永恒的命题——生与死可否轮回？他眼中的泪水夺眶而出，滴落在父亲衣襟上，霎时父亲不见了，棋盘枯烂，只留下一地惊怵。他大骇！

"我发现这画与一般山水画显著不同的是，所绘树林悉皆一色的落叶松。"杨仁恺先生说。

"这松林里发生了什么?"工作人员问。

画中人抹去泪水,侧耳听到松涛声,那是一片博大、深邃、神奇的樟子松林。他知道父亲特别爱松风,每当听到风吹松林,怡然为乐。忘记田间耕作之苦,扔下锄头独自坐在松林溪下听松涛阵阵,远远望去,酷似仙人。传说林子里有遒劲的大松树,百岁千岁成了树精,变为狐狸、青牛精什么的,吃食松树精的果实松子,能长生不老。

风声大作,画中人眼前划过一道飞翔的闪电,会飞的闪电现身为一只火红的狐狸。狐狸在林中修行一千年,要吃上一千颗自然成熟坠落,又刚好不掉地上的长寿果——松子。当地有这样狐狸成仙的传说,《辽史地理志卷四十一》也有类似记载:蔚州飞狐县,相传有狐,于紫荆岭食松子,成飞狐转世。此时画中人听到历经四季风霜雨雪、饱尝日月精华的一朵松塔吱吱地拔节,啪的一声响一粒松子飞出——

"快看这里!"清理文物的工作人员惊叫着。

7号墓让考古工作人员激动不已的,除了东南角桌下那两个白釉盘口注壶封存的千年老白酒、棺床小帐前的石桌上,各式镏金银扣"官"字款白瓷碗、青瓷碗、虾青釉瓷碗、灰青釉花式小碗、青釉小碟、青釉雕莲瓣纹盖罐外,一只雅素的青釉碗盘里,还盛装着泛黄但且生动的松塔和几粒饱满的松子——

东墙壁上,醒目地悬挂着一幅松林层峦叠嶂的青山绿水珍品绢帛画,就是这幅《深山会棋图》,亦称《山弈候约图》。这是辽代出土极为罕见且保存完好、艺术价值较高的绢帛画。

# 荷塘听雨

◎华　飞

　　三十多年前，一首歌曲《水中花》曾以优美的旋律和妙雅的歌词在歌坛风靡一时，引得不少人竞相传唱，当时处在少年时代的我也是其中一个，把这首歌唱得多了，也让我对这种出淤泥而不染的植物产生了好奇，可惜北方的荷花极少，多年来我一直寻找观荷赏花的机会。

　　去年冬天，我乔迁到与沈阳植物园隔路相望的楼盘，常能借距离之便呼朋唤友，踏晨露、踩石径、听松涛、闻暗香，消解工作生活的劳累与烦恼，置身体验大自然美妙绝伦的同时，也能了却我赏荷的多年心愿，奈何彼时时节未到，只能耐心久待。

　　初夏五月，老天施恩般地降下大雨，而且是在人们没任何思想准备的情况下突然骤降，我心中充满"久旱逢甘霖"般的激动与喜悦，禁不住走进雨中植物园享受久违的痛快淋漓。大雨把我"留"在了荷塘的前亭中，旋即转成霏霏细雨，园区呈现出神话般的意境。远处满目苍翠，雨帘汪亮着垂下，与近景的深重墨绿拉开层次，草哇树哇仅仅经过一天的洗涤，便显示出勃勃生机。尤其在石径两侧，竟盛开着或黄或红或粉的小花，其中黄色成为主色调，花朵沐着雨水吐着芳香，沿着弯弯石径向远处无限延伸，成为雨幕中极为鲜活的点缀。眼下，塘内积水已蓄满，干枯的荷叶在一夜之间变得墨绿油光。

　　雨点由稠密变得稀疏，节奏也由急促变得缓慢，此时的雨点应该是轻柔的，它落在荷叶上的声音没有让人有丝毫的心惊肉跳，那种嗒嗒的情人喁语般的击打声，会使你产生无法抗拒的快意。微风中雨点线条有点儿斜，落下后，荷叶会不由自主地激灵一下，那动作轻盈而得体，但每每都令我怦然心动，浮想联翩。我默默地闭上了眼睛，那种情人喁语般的击打声变得亲近而强烈，其乐感如琵琶或者古筝，韵致美妙，意境悠远，恍若见一古典美女飘然而至，我的眼前闪现出一道七色彩虹，彩虹与美女在乐曲中翩翩起舞，一时间，天地浑然，混沌苍茫，如诗如画，若雾若仙。我猛然睁开眼睛，把这种美妙的幻觉告诉友人，一言语苛刻者夸奖我想象力极为丰富的精华，就在于白日做梦。

　　雨点继续不紧不慢地击打着荷叶。我看见，远处有一朵含苞待放的荷花，亭亭玉立，花骨朵绷得很紧，似乎费了很大劲，才张开粉红的小嘴儿，若和人联系起来的话，她应该像一个十四五岁的少女，其娇嫩与羞怯，天真与纯情，让你产生哪怕丁点儿的杂念都会觉得是在犯罪。雨点溅起层层涟漪，偶有不同颜色的鱼不甘寂寞，腾空跃起，在平添雅兴的同时，也在破坏着与荷听雨的宁静。此时，大地是深沉而凝重的，石头是滋润而柔滑的，植被是湛绿而湿漉的，植被掩映中的石缝淌着小溪，溪水汇集池塘，声音与雨打荷叶成为变奏，但并不影响旋律的和谐，反而更引人入胜。

　　此刻，我斗胆认为，我目前正在享受的"荷塘听雨"和朱自清老先生的《荷塘月色》一定有异曲同工之妙，我甚至觉得我眼下的亭前静坐，让雨敲荷叶的声谱在心扉有节奏与韵感地穿过，一定要比朱老先生当年沿着荷塘，背着手踱步，独自受用无边的荷香月色的感论，还要多了一些悸动的感受。

　　来荷塘听雨吧，让我们这些平日里为生活而奔波的芸芸众生，在甘霖的沐润中与荷莲为伴，褪去尘世的铅华，不用耳朵，用心、用灵魂，享受大自然赐予的美妙恩典。

# 属于母亲的五月

◎周　兰

　　春天稚嫩的鹅黄褪去，五月的色彩渐渐趋于浓重和热烈，和风细雨中，大地绿意盎然，世界美得像一首跃动的散文诗，充满着韵律和活力。孕育着果实和希望的五月，就这样走近了我，触动了我。如果把五月比作一份礼物，我会将五月献给谁呢？我问自己。我想，五月，应该是属于母亲的。

　　五月的暖阳如母爱般让人感到舒适和温馨；五月的花朵如母亲般美丽而多姿；五月的花草树木正孕育着新的生命；五月的节日深刻而深情，五一劳动节、五四青年节、母亲节，正适合献给勤劳而伟大、曾经充满理想与梦想的母亲们。五月，用盛满鲜花和祝福的日子为母亲献礼，那是大自然最富有创意的礼物，更是人类最富有诗意的表达，因为母亲的伟大和美丽足以配得上世间最美的鲜花和最高的礼赞。

　　五月的繁花各有各的美，却不同于四月的花朵，色彩艳丽略显轻佻。你看那雍容华贵的牡丹、清幽淡雅的樱花、圣洁芬芳的槐花、娇媚可人的蔷薇、端庄沉静的郁金香，还有温暖热烈的康乃馨……如不同风韵气质的母亲。而这些花中，我尤其喜欢槐花，因为它朴素而无华，从不畏惧自然环境的恶劣，无论是在贫瘠的土地

49

还是在荒凉的山野，都能自顾自地绽放，就像我们随遇而安、吃苦耐劳的母亲。

北方的五月，正是槐花盛开的季节，每当漫步在槐花盛放的槐林间，看着一串串挂满枝头的洁白花朵，嗅着那清馨素淡、甜蜜芬芳的味道，常会让我想起母亲，因为那种朴实淡雅的味道正是母亲身上的味道。只要有槐花的地方，我总会情不自禁地深呼吸，想把整个人包裹进母爱的温馨里，犹如婴儿躺在母亲怀里，感受着母亲的温暖和淡淡的体香，贪婪而满足，舒适而沉醉。

如果要为母亲写一本书，我会从五月写起，因为五月开启了女人生命中最宏大的序曲。那里有她的青春、她的爱情，还有初为人母的喜悦。从此，她的付出和辛劳将围绕着一个家庭和孩子们展开……

我会在书的扉页上画一张母亲的肖像，我要画她年轻时的样子——乌黑浓密的秀发，白皙光滑的面庞，明亮闪动的眸子，洁白整齐的牙齿，温和含羞的笑容。我要用七彩的花朵装饰四周，用洁白的槐花做一串项链，戴在她光洁颀长的脖子上。书的封底我要嵌上一张母亲如今的照片——花白稀疏的头发遮不住爬满皱纹的前额，昏花黯淡的眼睛，消瘦的面颊，依然温暖慈爱的笑容。

而在扉页和封底之间，我要用最真挚而热烈的情感，书写母亲如何为我们损耗一辈子的精力，苍老了容颜，沧桑了岁月。我要书写每一个平淡日子里她给予我们的无私的爱，书写每一段琐碎生活中她的付出、她的惦念、她的欣喜与哀愁、她的孤寂与委屈。让人一捧起它，就会听到母亲的呼唤，嗅到母亲的芬芳，感到母爱的无私与伟大。最后，我要给书起一个好听的名字——属于母亲的五月。

如果把四季比作人生的不同阶段，我想母亲一定是从五月开始的。不是吗？刚刚做了母亲的女人，那份风姿绰约的美，恰似五月花满枝头的绚烂。之后，她要舍弃这一切，用一生的爱去祭奠五月的美、五月的凋零，再用一生的责任和坚持去守护五月的果实、五月的梦，这就是我要把五月献给母亲的原因。

# 村里来了高跷队

◎王晓菊

干冷的冬天，阳光却是明媚的浅黄，无力却也殷勤地匍匐在村子中央那一溜低矮的泥墙上。暗黄的土垛在儿时的我们眼中，毕竟是高不可攀。只靠着它，那点点的疏落着的稻秆儿从泥墙里露出斜茬儿，偶尔刮到冻得微红的耳朵。不过连耳朵上极细微的茸茸也沾着那貌似温暖的金光。

这耳朵的主人吃过初一大清早的饺子，又不愿接二连三地去给谁挨个行礼拜年，便清静地贴在这泥墙上，像探子一般伏地听音，以期第一时间闻得高跷队由远及近开进村来的声响。那时的过年，锅里的饺子总有个限数，头上的红绫终是不舍得久戴以防褪色。只有那高跷队的表演，成了贫与富、老和小共同的盼头。

可恼的便是高跷队真的大张旗鼓地来了，那些避之唯恐不及的人便也一窝蜂地集合来，当然哪个也顾不上看你，密匝匝地向固定的场地上挤，仿佛要表演的是自己。后来长大一点儿才知道人们这个挤场子的空当儿是高跷队的领队在与村大队的领导商议可否请下，赏钱多少……倘若村里不肯出三五十元的，大家便是白挤一场，要快快散去。但初一、初二大多是不会遭此沮丧的。觉得漫长的等待是片刻便谈妥了，那个奇装异服的队伍依墙根站得靠住，小孩子们

51

的心便稳了，撒开了往大人前面挤——

头跷、二跷却是在这时随鼓点跳跃着出场了，你当是他们在表演，却是为圈场子。每一个环节都艺术化了，让你看不到凡俗。两个如神似鬼，半仙半妖，衣帽一色青黑，以白色条缕为饰：或麻花细辫系几个扣儿在胸前，或长短流苏绕几层于腰间。手执鞭杖，白色长流苏随着人的上下翻飞而在鞭子上神气地舞动，让你唯恐一个躲闪不及被抽刮到，但绝对不会。你只消识相地后退去，且看他正对你做鬼脸，抹得极红的脸膛上是夸大的黝黑麻点，长而翘的黑胡子正随着嘴巴的龇合一抖一抖地弄威风，高帽子上的大红绒球和金色三角叶也一颤一颤地作气势……鼓点敲得更急，两人跳得更高，翻转幅度加大，靠前观众不由得纷纷避让——场子圈得压住。

慢条斯理一阵嗒嗒嗒嗒滴滴答的唢呐响，一两组普通的表演过去，或翻身，或下腰，基本功展示而已。

每个高跷队里都有压鼓的高手。譬如这一队的"母女"吧。"女儿"的确是扮相娇俏的小姑娘，二十郎当岁，红腮粉额，明眸皓齿，花袄绿裙，金丝绒帕，将一切肢体语言演绎得淋漓尽致，风情万种。别说场上的"书生"，连场外围着的后生们也看得痴了，恨不能近得身去充当调情的角色——未及羡慕得满，那"老妈妈"已发现端倪，抄着大烟袋锅子尾随而至，说是冲将上来，却要颠起小碎步才得好看，走得滑稽急切，身子又扭打又颤巍，高跷在地面上留下细碎而尖深的钉印，这正是高跷艺术无须言语表达的魅力所在。"老太太"到了"不争气的女儿"和"没家教的儿郎"近前，腰身极大幅度向前弓，大烟袋锅猛然向"书生"刨去，这一下子作势要猛，收招要轻，脚下三尺来长的木跷瞬间前倾，扮老太太的男演员心中有数，却惊煞旁人！紧锣密鼓敲打得人呼吸急促，心跳加速！

随着"小女儿"花容失色，她的"情郎哥"戏剧性地化险为夷，"娇娃美婿"扶衬着老太太欢舞一场，待你未从境界中还神，那头跷二跷便率队谢赏来了：二十余人翩翩跹跹，在高鼓低锣声中舞将起来，有如仙境魔域，令人七分神往三分畏怯。头跷大喝一声："××大队赏钱五十元！"给足彼此体面，队伍群和一声："谢赏！"作势收招，锣鼓渐稀，尘埃落定……爬上墙头的那颗小小的心儿悄生凉意。

# 古　钟

◎祁敬君

　　家乡村中广场，有棵三百多年的老榆树，遮天蔽日，水桶般粗的一根枝杈上悬挂着一口古钟，就像电影《地道战》高家庄那口钟。钟内铁链连着一段硬木棒，木棒下垂着一段青麻绳，离地面恰好一人多高，以便敲钟用。

　　这口古钟，听一直当村干部的父亲讲，打我爷爷的爷爷那时起，就挂在这里。

　　晚清时期，我们村子就已经很大了，分东街、西街、南街、北街，近八百户人家。玄菟古道由东向西横贯村庄，往来的大轱辘车很多，民间大车运输业兴起，于是村西头出现了一家七间草房大车店，每天客人爆满。

　　一年的春天，不知哪个住店车老板烟头没掐灭，随手一扔，半夜大车店的草垛突然失火。店伙计发现后又是喊又是敲击铜盆，怎奈劳作一天的村民睡熟了，加上东西南北街距离拉得很长，压根听不见。火借风势，风助火威，火头犹如一条巨龙吟啸着朝村里嗷嗷地烧过来，等村民从睡梦中惊醒，火势太大，已经无法扑救，整条西街差不多烧落架了。那时村里仅有几家大户是瓦房，其余皆为草屋，再有柴垛、草垛、牛圈、猪圈等紧紧挨着，家家户户基本连成一片，火烧连营七百里是极容易的事。

大火过后，村里痛定思痛，乡贤们组织募捐，铸造了一口大钟，悬挂在广场老榆树上，用途是救火，钟声乃为集结号。

童年，村里有一次将钟落下，更换挂钟粗铁链，我曾有机会近距离接触古钟。钟体铁铸，上小下大，钟裙八叶向外扩张，顶有钩吊，钟身刻有繁体字铭文与图案，造型精美，工艺精湛。我立在钟旁，好家伙，它居然比我要高出一头还多，钟口比腌酸菜的大红陶缸还粗，我与三个小伙伴坐地上手拉手才勉强能抱过来。听村民议论说，古钟重六百余公斤呢。

遗憾的是，那时我刚上学，识字不多，更不认识繁体字，未能知晓铭文内容，只记得当时大人们说上面有捐款者姓名。

古钟，历险两次，差点儿被砸碎。

20世纪五六十年代，村里在北山有座炼铁炉。上级有位干部在村里蹲点，他要求村里把这口古钟卸下，砸碎炼钢。古钟卸下来了，恰好这位干部接到电话回去开紧急会议，父亲借这空当儿找了些身强力壮的棒劳力，连夜将古钟抬上村东莲花山，藏进半山腰仙人洞里。上山时天黑路险，抬着古钟的父亲脚下一滑，一个趔趄，古钟磕到突兀的砬子上，钟裙撞击掉小孩子手掌那么大一块。父亲懊丧地直咂嘴，心疼地捡起装进口袋。第二天，蹲点干部回来了，问古钟呢。父亲说，砸碎了，炼啦。喏，你看，给你留一小块呢。父亲掏出那块钟碴。蹲点干部接过左瞧右看，掂量掂量，深信不疑。

后来，"小将们"要爬树上砸古钟。父亲说，这口钟与《地道战》高家庄那口钟一模一样，是吧？它是抗日战争时期民兵铸造的用来打日本鬼子的英雄钟，有功劳啊，砸不得！那时电影《地道战》家喻户晓，人人皆知。"小将们"一听，嗯，对啊，有道理，于是扔掉了手中的铁棒子。

就这样，这口古钟躲过了劫难，幸存下来。

小时候，我记得倘若谁家一旦失火，第一个发现火情的人就及时跑去敲钟。钟声那叫一个响，洪大、清脆、纯净而又悲怆，响彻云霄，几十里开外都能听到。起初，钟声缓慢，当……当……渐渐地越敲越急，当当当当当当，让人心里发凉，头皮发麻，情不自禁地打激灵。在野外耕田的村民，卸下犁骑上马一溜烟朝村里跑去；在家里劳作的立马放下活计，全体出动。不管原来是亲朋好友，还是世代的冤家仇人，钟声一响，都提着救火的家伙什，齐心协力扑向浓烟滚滚、火光冲天的火场。

平时，古钟静静地悬挂在那里。久了，静得人们似乎忘却还有这口钟。

说来也怪，多顽劣的孩童，上房揭瓦，爬树掏鸟窝，就是不玩钟。村里有个酒鬼宝祥叔，天不怕，地不怕，动辄喝得酩酊大醉，倚着老榆树对村干部破口大骂，只要他稍一伸手就可拽响古钟，发泄郁闷心情，可他没拽过。

老榆树旁住着张家，张家有个四十来岁的智障儿子叫二郎，两腿软得像面条，两脚向外掰，拄着一根脏兮兮的拐棍，走起路来踉踉跄跄，眼看就要倒的样子，三百六十五天都坐在老榆树下的大石头上。我每每放学路过这里，都能看到二郎。

一个炎热的中午，人们大都在午休。忽然，当……当……一阵久违的钟声划破了村庄的宁静。人们慌忙跑出来，只见二郎举着拐棍，摇摇晃晃敲钟呢。二郎今天犯什么混？人们诧异。这时，二郎母亲张老太太佝偻着腰，步履蹒跚奔到树下，拽响了钟，人们方明白，啊！果真着火啦。

后来，二郎还是每天坐在老榆树下消磨时光，我每天放学都向他伸大拇指。

我曾问过父亲，倘若没着火，有人将钟敲着玩会怎么样？父亲若有所思地说："失掉信用的人，在这个村子里相当于已经死了。"

是的，古钟在村里是一种秩序，也是一种传承。要求村民坚守一条道德底线，那条底线是对生命的尊重。

古钟给我的印象极深，烙在脑海里了，乃至影响我的人生。

后来，我走出村子，读书，进城，在省直机关做经济管理工作，经手的资金无数。看见有的昔日穷光蛋靠外财变成大款，眼热，不免活动心眼。每每这时，我便想起家乡的古钟。古钟警示我：有所为，有所不为。几十年来，我老老实实做事，清清白白做人，不越雷池半步。

离开家乡四十多年了，再也没见到古钟。去年"十一"，我回到阔别多年的故乡，专门拜谒古钟。村中广场，老榆树还是虬枝叶茂，雄壮挺立，古钟依然静静地悬挂在树杈上。我抚摸着老榆树，望着缺失一块碴的不完美的古钟，心潮澎湃，眼睛湿润。

村民讲，现在家家户户住的是大瓦房，做饭用上液化气罐和电饭锅，柴垛草垛早已消失，街上铺的柏油马路，一根草棍都没有，干干净净，所以不像过去那么容易失火，古钟多年都不响，但村民依然信守那条乡规民约。

百余年时光流逝，古钟承载着这片土地的人民最单纯的企盼与希望，也见证了发生在这里的沧桑巨变，现在默默地护佑着村庄的安宁。尽管古钟饱经风霜，已经残损不完整，却在村民心里越发神圣，成为当地一个独特的民俗现象。

有些东西，变了。有些东西，始终没变。有些东西，不会变。

# 故　园

◎闫明霞

　　离开家乡的人，心底总有一处所在，安放着关于成长的种种记忆，难以忘怀，那里便是生养我们的家园。

　　9岁那年，在亲戚们的帮助下，我们家建起了梦寐以求的属于自己的房子，从此有了自己的家园。此前最早我们和爷爷奶奶住在一起。爷爷去世后，奶奶打算让姑姑养老，于是提出分家。当时父亲因矿井事故造成脚部骨折尚未痊愈，父母不得不带着我们和一点不值钱的家用出去租房子。在租房的日子里，经历了许多艰辛。印象最深的是一个程姓老太，因受人挑唆把我家的锅拔下来扔在院子里，逼我们立即搬家……几年以后，勤劳的父母终于用他们的双手为我们建起了幸福的家园。

　　此后，家园给予了我们成长所需的营养，给予了我们勤劳的品质，也给予了我们无限温暖。

　　我们的家园坐落在村西的河岸旁，那里原是一片菜地连着一片河滩。和普通的农家院一样，我家由居所、仓房、猪舍、禽舍和菜园等构成。其中占地面积最大的是我们的菜园。父母在新房子前面圈出了一个大大的园子，但多半个园子布满了河石。搬进新家后全家人便投入了建设家园的劳动中。我们捡走了数不清的石块，又拉来很多适于种植的泥土，经过几日的付出，我们的菜园就在大家的汗水中诞生了。对于菜园的记忆是美丽的，它是我心中的一座花园，每一个角落的模样都清晰地深藏在我的记忆中。

菜园临河的一面地势低，是涝洼地；东面地势高则偏干旱；中间由一道垒起的石台儿隔开，把菜园分为台儿上和台儿下。母亲总是因地制宜地栽种，使大大的菜园里各种菜蔬一应俱全。父亲在菜园的四周栽上了果树，有苹果、沙果、李子、梨等。砖墙边，父亲还栽下好几株葡萄，葡萄架搭在院子里，夏天，院子里满是绿荫，那满眼的绿和累累的果，怕是梦中葡萄藤都会沿着窗子爬进屋呢！春天果树开花时，满园的芬芳吸引着纷飞的蜂蝶。夏秋时节，低矮的李子树上结满了青涩的果子，放暑假时李子就逐渐成熟了，已熟透的味道极甜，令人吃起来欲罢不能。初秋，葡萄架下晶莹剔透的紫葡萄流光溢彩；黄澄澄的香水梨和黄元帅苹果看得人眼馋；橙红色的沙果像一串串小灯笼高高地挂在枝头，它们一直可以坚守到落霜之前，那落光了叶子的树枝上赫然地挂着密密的红果，煞是好看。我们小时，果树都还小，果子不够吃，等我们渐渐长大了，树上果实累累缀满枝头，果子也多得吃不完。母亲和姐姐就把果子晒干，留到冬天吃。晒干的李子皮、梨坨、沙果坨，冬天可以上锅蒸也可以煮着吃，煮时加一点儿糖精，酸酸甜甜，成为我们最喜欢的自制饮品。

母亲是打理园子的好手。果树下、园子的边边角角都充分利用起来。母亲喜欢花，满园芳菲，一茬接一茬。菜园的小铁门右侧，有一墩芍药花，每年春天，红红的芽尖破土而出，及至四五月间，芍药盛开，颜色粉红，花瓣层层叠叠，花朵硕大，芳香袭人。铁门右侧，母亲栽下一棵爬墙虎，卵形小叶片，茎上有刺，这种植物串根，两三年后已是茂盛的一大片，每到初夏，上百朵花茂密地怒放着，花色水粉，花香浓郁，招蜂引蝶，好不热闹。母亲还在果树下种了各种草本花——五彩缤纷的步步高、玫粉色的鸡冠花、红彤彤的串红、粉红的秋菊……姹紫嫣红，争奇斗艳。母亲在园子的角角落落种着适合的作物。李子树下是一片螺丝转儿；沙果树下种了几架豌豆；西南边的苹果树下栽了一片草莓，翻开叶片，总能找到令我们垂涎的鲜红果子。

在并不富裕的年月里，菜园奉献给我们充足的果蔬，使我们生活无忧。我们精心地侍弄它，像照料自己的手足，在劳动中我们也收获了不尽的乐趣。少雨的夏季，台儿上的蔬菜一天不浇水就晒得打蔫，每天放学后的浇菜劳动成为我们必做的功课。我家厨房有一口压水井，我们把胶皮管接到井的出水口，然后把管的另一头放到垄沟里，姊妹几个轮流压水，从井里压出的水很清凉，那就是我们儿时的饮料，也是蔬菜喜欢畅饮的琼浆玉液。我们总是把水井压得声嘶力竭才能把菜地灌饱。很多时候地下的水都抽干了，第二天又会源源不断地压出来。已晒蔫的菜，浇过水后，一夜间就打起了精神，继续与干旱抗争。水是万物之灵，没有那清澈的井水，就没有我们的菜园。那嫩绿的葱、深紫的茄子、鲜红的西红柿、粉盈盈的水萝卜、顶花带刺的嫩黄瓜、翠绿的芸豆……样样泛着水灵气。入冬前，我们在菜园里挖一个深深的菜窖，把大萝卜、白菜、胡萝卜放好，上面盖上厚厚的玉米秆，白雪皑皑的冬天，从雪被下掏出的蔬菜依然是新鲜的，那鲜嫩的绿色、暖暖的橙色就会带着春意跑上我们的饭桌。

我们的童年被包围在浓浓的田园气息中。

我们和父母一起耕种、浇灌，也一起收获。每到秋天就是农人最繁忙的季节。收白菜、腌渍酸菜，还要把大地里的粮食颗粒归仓。房子山墙边就是仓房，上层是粮仓，一进仓房门右手边是一架窄窄的梯子，只能容纳一个人。秋天收回的苞米都要运到粮仓上，通常是哥哥守在粮仓上边的梯口处，我们则在下边装筐，姐姐踉踉跄跄地将筐举到梯子上，哥哥再使劲接上去。劳动的过程很辛苦，但这个过程让我们懂得衣食无忧的生活要靠自己劳动去获得。

家是最温暖的地方，在那并不富裕的年月里，我们的家其乐融融。

我们的新房子只有一间半，进门的半间是厨房，里屋是我们的客厅兼卧室，有南北两铺炕。家虽小，却是极温暖的。在那清贫的日子里，一家人和和气气，生活有滋有味。那时父亲是煤矿倒班工人，母亲务农，我们都在上学，一到星期天，我们便和母亲一起下地干活。木制的房门下端板面平整，我们常常在房门上给父亲留言。记得有一次哥哥用白粉笔写着——我们去铲地，黑馒头里有糖。因为那天母亲蒸的荞麦馒头里放多了糖，咬一口红糖就会流出来，细心的哥哥特意提醒父亲。我们一家六口的日子过得和谐温馨。后来，奶奶提出到我们家来生活，父母把奶奶接来孝敬她，为她养老送终。

我们的家园默默地见证了奶奶安享晚年、寿终正寝，见证了我们的成长，也见证了我们姊妹四人的爱情。在妹妹的婚礼上，母亲跳起了妹妹教的交际舞，舞步之轻盈令所有亲朋拍手称赞。母亲勤劳坚忍、乐观豁达，凡事只要做就一定要做好，她所具有的品格一直影响着我们。

前年秋天，母亲打来电话，说我们的老房子卖了。当时，我听到这个消息心情非常复杂。既为父母高兴——他们年岁已大，守着这个家实在体力不支，却又有一种失落感袭上心头。因为那里承载着我们童年的欢乐、少年的梦想还有青春的期盼。

那个秋天，我带着摄像机赶回老家，与我魂牵梦萦的家园最后一次亲近。推开色彩斑驳的铁大门，迈进熟悉的老院子，心中轻轻地说——我回来了！历经了二十多年的风风雨雨，老宅满是沧桑。地上落着一片片果树的枯叶，两边的矮墙水泥脱落，院子里一派萧条。从前，夏日傍晚，我们常坐在树底下的矮墙上乘凉、聊天。那些远去的岁月已不复存在。老房子虽经父亲多次修缮仍难掩破败之相，松木窗子已是油漆斑驳，石头房身也多有裂痕，被父亲罩了水泥面后稍显结实。墙根的那把旧梯子，我们曾踩着它爬上爬下，现在它依然坚守着家园。

房门已换了新主人的铁锁，透过窗子，我看到了父母住过的南炕，看到了水泥地面，也看到了拐角我曾住过的卧室。小时候我们曾并排睡在北炕，后来姐姐结婚了，哥哥去城里读书，人少了，扒掉了北炕，占用了一角厨房，间壁出一个可以放张双人床的小屋子，母亲用一块黄底撒花布帘隔出了我和妹妹的小天地。上初中后，在暑假的雨天里，我总喜欢躺在床上听雨读书，屋后几棵高过房檐的樱桃树，有几根枝杈斜伸进窗口，樱桃带雨，鲜红欲滴。窗台上，常会摆着我和妹妹从山上采回的各色野花……隔着玻璃窗我看到屋里空荡荡的，而发生在屋子里的故事恍然如昨。

我拿着摄像机用心记录着那个秋日午后所看到的一切。每一处景物都能勾起我对往事的回忆。父母陪着他们的小外孙在园子里溜达，母亲灰白的头发、父亲古铜色的脸庞，还有他们已不再年轻的身影在我的镜头中不时闪现，二十多年过去了，他们与家园一起衰老了。

从家园西望，一河之隔的是我曾就读过的中学，再往西是我们常去的西山。我和姐姐在山坡上的松林里捡过蘑菇，和妹妹在山头上采过映山红和各种野花，我也曾在山坡上专心致志地晨读过……

那天站在家园的怀抱中，我知道，我还可以来看它，但它已不再是我们的，它将被改造得面目全非，完好的家园也只能存在于我的记忆中。

# 泗水记忆

◎张兴奎

白色高大的蓝顶城堡，石桥上挥手大笑的米奇老鼠，几处遮阳的蘑菇草亭，随风晃动色彩斑斓的宽幅广告牌——这就是现如今泗水村的面貌。

每次经过，旧时的样子就会如画卷般展现，牵起<u>丝丝记忆</u>。

空中鸟瞰，整个村子像一根又绿又长又弯的旱黄瓜，黄沙石乡路从中间穿过。红砖黑瓦的院落缀满道路两侧，路边密集，远处则松散错落，一条小河泛着光向北穿过小石桥，流入山脚下更大一些的二道河。村子安静、闲适、慵懒，与四周浓郁的绿互相托衬着。

乡路担起了这静逸中的热闹，路边小学的土操场、二层长条小楼，探出牌子的几家小卖店，门口满是木头的木材加工厂，有活时轰轰铁床上锯着圆木，东头大片红的砖厂，村中间公交车站牌立在树荫下。那几年工作它们每天陪着我，一个画格一个画格地贴在眼上。

南头的大河，现在是游乐园的内部河。村里孩子们夏玩水、冬玩冰最爱的据点之一，穿过一片庄稼，跨过几条矮土沟，就到。水面宽但河水不深，除非有淘沙子的沙坑，水深处及腰，浅的地方没脚脖子。水流缓慢，悠悠地汇入从市区流下来更宽更大的浑河。水清，下面车辖辘印、脚印、细沙、各色石头清晰可见。小白鱼成群地在水草中穿梭，有时能摸到大的鲫鱼瓜子，他们爱下去，我不敢，总担心摸到吓人东西，或划到手。他们拿回来喂猫、喂鸡。石块组成过河的跳桥，去打靶场、采山菜就要蹦来蹦去经过它。梁子掉水里那次就是因为一个松动，没平衡住身子，眼见扭着腰，张开胳膊，晃晃地掉水里了，我们乐得前仰后合。冬天更热闹，玩单腿驴、滑冰车子、错冰摔跤的。尤其是单腿驴——长长的铁钎弓着劲，扎出晶莹的冰花，两臂甩开力气，飞一样地弹开，转着圈你追我赶。冰上扎个坑，水坑大小就看胆子了，跳得远就宽，胆小的跳小洞，掉里的也有。有一年，我们四个小孩闲逛，几块浮冰连着岸边，水大，大棍子打开虚连岸边的冰，站在上面，每人一块，顺着水流放排，撅着木棍飘了好久，四个掉里仨，棉鞋、棉裤湿透了，雪地上一串水脚印子，有说有笑地跑回家，周围都跟着笑。

村子小，闲逛一圈也就半个小时。十几间连一起的长平房，东北角就是我家，小院四四方方，红砖，黑瓦，院地一半碎砖一半土菜地。夏秋特别美，满院色彩。那时要是有相机一定会多留些影，存着。进屋的木门吱嘎吱嘎响，向上抬一下才能关严，漆面有些开裂，露出黄色底纹。有时开锁要费劲些，锁头淋雨爱生锈，不时滴点儿缝纫机油，就是缝纫机专用的那种小油壶，肚子半圆，细长的嘴，一按铁屁股，尖嘴就滴几滴，好像前进牌的，一个火车头标志。房后窗台下几步范围的一块菜畦，种不了几样菜。墙根还有一棵孤零零的樱桃树，别人家总果实满满，我家却是一果难求，稀稀拉拉结得很少。索性就盯着，红一个吃一个，珍贵着呢。屋里不是很大，一条窄道通向里屋，厨房、炉台、水缸、碗柜、炉子都排在一侧。两人一同生火做饭就会拥挤，里屋火炕占了一半，炕沿磨得油亮，饭桌、椅子、高低柜、柜上的电视机。炕上的柜子装衣服，上面再放被子当被隔，加上枕头能触到棚，一个不小心会把棚纸碰破。拉火开关最有意思，一百瓦白灯泡特别亮，还烤人，那时电压不稳，用瓦数大的带不起来，还经常停电，电视看不成，整个村子漆黑漆黑的，不一会儿淡黄的烛光亮满整个村庄，还有摸黑买蜡的。一停电我们几个冲出去骂人。就骂"铁钳子"，他是村里电工，腰里总挎着牛皮包，里面一个大铁钳子，几把螺丝刀，还有啥啥的……我们不知道他名，就知道他管电，停电就他弄的，几个小伙伴聚在院里，骂他："铁钳子……你个……"现在想想也不是他的错，被我们骂了好几年。灯绳从墙边顺下，控制着棚上的灯泡，咔嗒、咔嗒。有的人家为了方便，灯绳绕着弯，顺着炕沿一直接到炕尾，劲过了灯绳就断了，接的地方好几处。我家电视买得算早，十二寸金凤黑白大电视，看《射雕英雄传》只要"梅超风"出来，加上音效，我基本躲在妈妈后面，想看，还不敢看，藏一会儿就睡着了，第二天埋怨妈妈错过精彩。那时邻里走得近，人也憨厚，互相也亲，没买电视的乐乐呵呵到点炕上炕下围一起，脸上随着剧情变化，天天热闹。

冬天生站炉子，红红的炉筒拐弯从窗户探出去，炉子上烤个地瓜、土豆片，北方的炕，不烧凉，烧多了烫屁股，睡觉前，被褥早早铺上，棉衣、棉裤放在脚下，早起热乎，现在还记得那股热乎劲。入冬前，柳条、塑料布、秋皮钉把外面窗户钉死，屋内一条一条裁好的报纸糊上窗缝，做完这些准备屋内冷风会小点儿，更暖和些。再冷外屋水缸都结冰，喝水要敲薄冰，那才叫"冰水"。入冬前的"大活"是打煤坯。西露天矿运过来的煤泥，添上水，和成流动的，一铁锹一铁锹放入方形模子里，轻轻拍打，再去掉溢出的，拔起模子，煤坯就大功告成。家家门前立着黑砖块，为了节约地方，积木一样摞起，摞出好几层，过冬全靠它了。

小河上的石桥又坚固又好看，石料大多来自北面十里外的友爱村石场，与大坝上的石块相同。石缝用水泥填满，抹平。不规则的泥线加固着单孔桥墩，石桥现在找不到了，我和它还有过一段"恩怨"。石桥到河面的直线距离很高，但是桥下有斜坡的土路，跳到这条不高不矮的土路上，还是绰绰有余的。当时电视里放《霍元甲》，几个要好的小伙伴们没事就哼哼哈哈，打套"迷踪拳"，来个压腿，翻几个筋斗。那天不知谁出的馊主意，"跳桥"，五六个小伙伴先后跳桥成功，威风凛凛地从下面走上来。他们的表情别提多牛了，眉毛都飞上天。我岂能示弱，大喊一声"看我的表演——我来了——"别人脚落地，结果……我手腕先触地，直接不能动，咧着嘴，手腕直着，哭着回家，随后就是疼，一路哭着回家（真是英雄壮举，真是丢人）。周围笑个不停。后来记得坐了很久的车，恍惚记得白大褂狠狠地扯拽几下，扣上木板子，缠上一圈一圈白纱布，手腕是真疼啊。第二天，小伙伴都憋着笑问："怎么了？""别问了。""说说呗……"

村东的红砖厂也是我们的打卡地，面积挺大，紧挨着北侧小山，山不高，对着砖厂，推土机掏泥方便，砖窑回字形，挺大的。中间矗立着红烟囱，非常高，有时冒黑烟，有时冒灰色的，上面带避雷针，铁梯子扎进墙里，半米一个排着向上，爬上去需要胆量，没听说谁爬过，后来没了，现在的位置也找不到了。成品砖和砖坯子都堆在外面，一面红，一面灰，砖窑里到处是细小的粉尘，白的，红的，灰的，空窑的时候跑进去过，像红妖洞，半圆拱门四通八达，砖窑上几处风眼冒着热气，远处看像燃烧的怪兽喷着气。

我们小时候孩子多，上下都相差不几岁，可以玩到一起。天蓝蓝水绿绿也无忧无愁，吃一口饭放下筷子就开始疯跑。夏天天长，八点还没黑下来，房前空地就是我们经常"踢盒子"的地方。小王他爸开"解放牌"大卡车，有时晚上停在空地，我们爬上爬下，跑前看后，道上要是过解放军叔叔的卡车，我们就挥手喊他们，他们也和我们打招呼。笑声、喊声、咣当声，闹破天了。穿着打补丁的衣服，磨破的裤子，渴了喝井水，累了在墙边草垛晒太阳，心里美美的。天黑透了，做面具出去冒险。纸壳，线绳，画眼睛，涂白脸，红鼻子，怎么恐怖怎么来，拿上木棍，腰上绑绳子，小片刀，绿雨衣，木头枪。灯光忽明忽暗，一会儿这逛逛，一会儿那逛逛。去小付家吧，行，小付也在队伍里，我们弯下腰，扶着武器，排成一排，轻手轻脚地来到他家门前，其实也没想吓谁。铁门正常开声音特别大，电视里学过，往上一托，轻推门闩，一点儿声没有。我们这一排小鬼神不知鬼不觉进了院子，说来也巧，小付他爹出来倒水。谁也没想他能出来，我们吓一跳。他没动，我们也没动，这样僵持了几秒钟，他转身进屋，我们慢慢退出院子，刚出门撒腿就跑，停下来躲在墙边没过半秒，都笑哭了，肚子也笑疼了。闹鬼行动我们玩了好几次，这次跑得最快，笑得最狠。多年后，一次老邻居喝酒聊天，回忆平房生活，小付子他爹聊起遇鬼的事情："一天晚上，出门倒水，一排黑影，大白脸，在院里飘，给我吓得进屋关门，脸白了，腿都软了，媳妇问我咋了，见鬼了，好几天没过劲。"我一听，说的不就是我们那时玩的吗，他儿子也在，估计没敢告诉他。

旧时的光景不在，渐渐远去模糊，更是换了面貌。如今越来越清晰，温暖从心底长大、生发。

# 褐色长城

◎张全国

　　一生混掉半截子才看一把长城，实在笑煞捷足先登的好汉们。

　　在长城隘口，八达岭影艺公司照相部确实竖了块伟人手书"不到长城非好汉"的牌子，中外好汉们乐得像做新郎官，登城临风，果然荣辱俱忘，你让我照，更添"四海之内皆兄弟"的氛围。

　　我上长城实在不敢奢望当一条好汉，只是儿时在母亲膝前听过孟姜女哭长城的美丽传说，正儿八经做过好多长城的梦，到如今才姗姗寻梦而来。

　　我看蜿蜒起伏的长城，恰似一套茶褐线装难于读懂的古书，平行轮齿一样的城堞是古书上的线装，而这部伟大的举世瞩目的杰作，不是哪位帝王将相才子佳人的创造，正是那些无数的着褐衣或光膀子的黎首们的大手笔，于是才有了这条在卫星上看来颇具生命力的线条，横贯在具有五千年文明史的中华版图上。故此，她实在让我骄傲地要称她为褐色长城。

　　早春二月赴京，我们一行几个渴望读长城大卷的长城的子孙们，一人花十元钱在北京站前包了一辆豪华点儿的旅行车，一起去读了两个小时的长城。具有两千年历史的褐色长城只读了两个小时，可怜只能读点儿皮毛而已，有的则怕"而已"也未必而已。

车近居庸关，我守着临窗的好位子，眼睛灯泡一般闪来闪去，生怕遗漏万一，归来却也只认读了万一：

在一片褐色的山峰上，蜿蜒的砖褐长城终于看到了，倏地我像又回到妈妈的怀里，童年的梦中……

车进关中，城隅上杏黄牙旗猎猎。古乐声声，更以为我在梦中而无可置疑，直到导游唤下车，我才如梦方醒。

登长城颇要些耐力，尤其登八达岭主峰，那个"不到长城非好汉"的景点上，好身体的人也整得气喘吁吁满头大汗的。我自认块头不错。登上制高点后还心慌气短，腿肚子发软，尽管累得不行，却可以任罡风吹汗，凭垛口望远，虽累犹喜，兴奋备至，不白来一回褐色长城凡世人间矣！

临近返车时间，游兴仍绵绵，好想在城下住一宿，领略一番"片月低城堞，星稀转角楼"的意境，品天地之"人化"（人化自然），发古人之幽思。回家与老婆子也吹一把："我登上了长城。"

当看到这几个字在小摊上挂的汗衫上早已写好，且文图并茂，于是临上车掏几块钱给儿子买件回来，到了家，赴京数日的疲乏一起向我袭来，往热炕头上一倒横竖不想起来，绵绵睡意恰似登长城的绵绵游兴。

老婆问到北京都看啥啦，我说："长城跟油画一样吗？一样！但要我画不会是一片绿色，而应是褐的砖、褐的荆树，以及鹰背褐的岭、巅。"这样才古朴厚积，玄德莫测，似我至亲至爱至尊的母亲怀抱！而看长城，又似倾听母亲的一首古老的歌！

# 怀念家乡那条河

◎文 思

从我参军到部队工作至今，离开家乡已四十四载，对家乡的那份思念和牵挂也与日俱增，家乡的一草一木总让我魂牵梦萦，可最让我怀念的还是家乡那条美丽的小河。

家乡的小河给了我生活的历练，也给了我生活的动力。我的家乡在兴城南大乡河沿屯，在屯子的西边有一条河，叫烟台河，离我家仅百步之遥，位于兴城市西南部，因明代设有烟台而得名。

我对她的时代变迁感慨万千——难忘小时候对她的美好记忆，也曾目睹她被污染、被破坏的痛苦经历，更加让人欣喜的是如今我重新看见她焕发了青春的容颜。

不知从何时起，那静静的河流，便开始在这片土地上流淌，从春流到夏，从秋流到冬。据史料记载，烟台河是一条发源于碱厂乡西北老岭山的南谷山泉，又经多条河流汇入碱厂水库的一条河流。一条自西北流经家乡村西边又蜿蜒向东南的一条小河。我记忆中的烟台河，像一条银色的玉带，从故乡的门前缓缓流过，哼着优美的旋律，唱着动听的歌谣。小河的东边是一排排错落有致的平房，那里住着我的父老乡亲。

在我儿时的记忆里，烟台河一年四季波澜不惊地向东南缓缓流淌。河水清澈，透过河水可以清楚地看见河床上的沙子、翠绿的水草和欢畅的鱼儿。烟台河总是令人心驰神往。她不仅为孩子们提供了捕鱼的好去处，还是孩提时代的我和小伙伴们游戏玩耍的乐园，她融入了我许多童年的往事，储存着我童年的许多美好回忆！

烟台河一年四季演绎着不同的风光：春天的小河杨柳青青，绿草如茵，鸟语花香。万物复苏，草长莺飞，冰封的大地开始融化了，沉睡了一个季节的小河也开始发出清澈的笑声。河边的柳树，柔柔的枝条上，露出了毛茸茸的鹅黄，宛如春天灵动的眼睛，在乍暖还寒的当口儿，惊喜地欣赏着季节变换的脸色。河里的水清清地流淌着。河两岸的草甸子成了花的世界、蝴蝶的王国、蜜蜂的天堂。这里开着五颜六色的野花，有紫色的天女花，有粉色和红色的喇叭花，还有一些无名的小花，这些花朵大小颜色各不相同，大的像蘑菇，小的如豆粒，像撒下的五颜六色的宝石，镶嵌在这片绿色的地毯上，各展风姿，争奇斗艳，引来一群群的蝴蝶和蜜蜂。白色的小粉蝶，红底加黑点的花蝶，还有浅绿底加黑线黑边的大彩蝶在花间飞舞嬉戏。小河的河床很高，河床下的沙子细而软，河中的鹅卵石圆润光滑。细观此景，心中不禁感叹，烟台河好美呀！

夏天，烟台河成了避暑胜地。河堤上那一行行垂柳枝繁叶茂，长长的柳丝在河面迎风摇曳，为烟台河穿上了绿色的衣裳。乡亲们在田间劳作后，都会到河堤上去歇息、乘凉。夏天的烟台河也是孩子的天堂，烈日炎炎，孩子们光着脚丫，在河滩柔软的青草地上追逐着、嬉戏着，仿佛忘却世间一切的烦恼。最有趣的是小伙伴们在河堤的窟窿里掏螃蟹，能捉到好多螃蟹呢。

深秋，遥望沿河两岸的树林，一片金黄。天高云淡，湛蓝的天空和朵朵白云倒映在水面，好像是一幅优美的风景画。秋天的烟台河有美丽的景致，也有累累的硕果。河东边的菜地受烟台河水的滋润，生长着各种蔬菜，成为乡亲们饭桌上的佳肴。

冬天的小河银装素裹。那时，天气特别寒冷，河湾里会结很厚的冰。小伙伴们在上面堆雪人、打雪仗、滑冰车，尽情地享受冰雪世界带来的欢乐。虽然天气很冷，但是我们也会玩得忘记回家吃饭，冬日的树林里落满了厚厚的枝叶，下午放学后，我会和小伙伴们背着花篓去树林里用铁耙子搂树叶，背回家烧火。那时的我们从来不会感觉到累，虽然吃不饱、穿不暖，但是我们的心里涌动的是暖暖的幸福。

我最喜欢夏天的烟台河，夏天的烟台河是最美丽的，也是最热闹的。暑假时节，吃过午饭，是一天中最热的时候。小伙伴们都不约而同地奔向河边。我们挽起裤腿，光着脚丫，在河里打水仗。我们跑着，喊着，闹着，那阵阵欢笑声在屯子上空回荡。在田野辛勤劳作的人们累了，就到河边的树荫下乘凉休息。傍晚，夕阳照在河面上，波光粼粼，不远处绿油油的田野里蛙声阵阵，真有一种"稻花香里说丰年，听取蛙声一片"的喜悦之情。

早晨的烟台河是最安静的，小河边更是我进行野外学习的课堂。每天早晨五六点钟，我从家里出来，沿着小路奔向河边，坐在河边的石头上，呼吸着新鲜空气，伴着叮咚的流水声，开始大声背诵课文和习题，此刻仿佛天地间只有我一个人，只有小河聆听着我的琅琅读书声，直到看见屯里袅袅炊烟渐渐褪去，我才回家吃早饭上学。因此上中学时，我的语文成绩一直都很好，还是班里的语文科代表。这些都得益于烟台河的陪伴，是她伴着我度过了人生最美好的时光。

记得那年高考落榜时，我伤心地跑到小河边，失声痛哭，向小河倾诉着我的悲伤。我不停地向小河里投小石子，在河里激起一个又一个涟漪，看着飞溅的浪花，又继续奔流向前的河水，我似乎明白了一切，那潺潺的流水声，好像在告诉我：长风破浪会有时，直挂云帆济沧海。秋季开学时我没有回到学校复读，而是选择从军，那年年底我参军到部队。入伍两年后，我考上了大连陆军学院。在我人生最艰难、最重要的那段时光，烟台河成了我最亲密的伙伴，分享着我的快乐与忧伤，是她给了我不向命运屈服的勇气，给了我积极向上拼搏的力量，给了我继续前进的希望！

烟台河，你是家乡的母亲河。你不知疲倦地日夜用无色的血液滋润着两岸的稼禾，保证了家乡庄稼一年又一年的收获，才让乡亲们丰衣足食、安逸无忧。

家乡的烟台河呀，你也是一条令人忧伤的河。改革开放初期，由于受经济利益的驱动，家乡的烟台河也未能逃脱环境污染。上游印染厂的污水和屯里几户养猪的粪水都流入河中，严重污染了河水并破坏了下游的生态环境。烟台河的河水变成了连衣服都不能洗的黑黄色，河堤东边环绕村庄的柳树杨树也惨遭砍伐，部分村民觊觎河滩地下的河沙，在整个河滩滥挖乱采，终于使原来草木葱茏、清澈亮丽的烟台河河滩失去了昔日的风采，变成了垃圾场、蚊蝇滋生地，满目疮痍。走在河堤上，远远地会从河面上飘过一股股难闻的鱼腥恶臭味。村民们也是退避三舍，往日风景秀丽的烟台河河滩成了家乡脸面上的一块"疤痕"。

面对着被污染、被滥挖的河滩，人们困惑、遗憾和不解：烟台河河滩为什么由原来的草木丰美变得如今令人望而却步呢？

那年夏天我回到家乡，吃过早饭后，便迫不及待奔向那久别的河堤。当我走向河边时呆住了，烟台河失去了往日的欢腾，我日夜思念的那条小河已经干涸了，不见了。河床上都是筛好的河沙，一堆一堆的，像小山一样到处都是，河滩上小石块堆成堆，因为滥挖河沙，造成地下水位严重下降。见此情景，我心里难过极了，眼里溢满了泪水，凝视着干枯的河床，心里有千言万语要向她诉说！

近几年，随着国家对环保的重视，水污染治理力度进一步加大。在兴城市政府推动的"清理整治网箱养鱼""建设山水宜居兴城""打造两库一泉"美丽风景旅游区的大政策引导下，市政府投入大量人力、物力、财力清理了碱厂水库等处扎堆养鱼的网箱。政府环保部门对非法采沙、乱排乱放加大整治，又重新维修了堤坝，烟台河生态有了明显好转。持续的环境保护工作与"河长制"管理，给家乡的烟台河带来了新的生命。

　　己亥年五月，我又来到烟台河河堤。一条小河清凌凌，风吹麦花香两岸。烟台河的河水又清澈见底了，沿河两岸又栽种上了横竖成排的笔直的白杨林。河堤两岸的垂柳在风儿的吹拂下，如少女的秀发飘垂，尽显婀娜。傍晚来河堤的小道上散步的人明显多了，清新凉爽的河风沁人心脾。人们有的坐在河堤上聊天，有的伴着手机里播放的流行音乐跑步，悠然自得……

　　故乡的河呀，我亲爱的烟台河，我亲爱的伙伴，我回来了！你可曾听见我的呼唤？外面的世界虽然很精彩，但生命之根永远在故乡，你是故乡馈赠我生命的灵性。你就像一位纯洁、无私、慈祥、善良的母亲，用自己毕生的精力默默地奉献着一切：几百年来，是你给我的父老乡亲带来了便利和收获，是你给我的童年增添了无尽的乐趣和思念，是你给了我人生的启迪和梦想。你已经潜入我的血脉，融入我的灵魂，无论我走得再远，也走不出对你的眷恋和牵挂。你的样子永远印在我的脑海里。此刻，我只能用肤浅的文字重温你的美丽，追忆你的故事，品嚼你的博爱，感怀你的恩情！

　　啊！烟台河，家乡的河，我的母亲河，是我童年唯一的精神寄托。如今，久居城市的我，经常会梦回家乡，梦回家乡夏天的小河。家乡的烟台河呀，你可知道，这么多年以来，无论走到哪里，不管身在何方，你都是我永远的牵挂，永远的思恋，永远难以割舍的乡愁。你永远是我心中那幅最美的画、那首最动听的歌。家乡的烟台河，你永远流淌在我的心中、我的梦里！

# 村庄，越走越明亮

◎卜丽爽

七月，一夜之间，柳树镇东岗村就亮了起来。

十几万朵小太阳，金灿灿地燃烧在村北的田野里。一条条金色的小溪，从向日葵丰满的花盘上倾泻下来，顺着田垄，汇聚成一望无际的金色海洋。此时的我，游鱼般穿行于葵花地，任由慈祥的心形叶片抚在身上，再滑过去。我沉浸在海浪里，听涛声一波一波从过去涌到现在，轻轻讲述着关于金色的传说。

村庄的前世与一条河有关。那时河水顽皮，喜欢肆意探险，它从不起眼的小山沟里启程，一路迢迢，穿过大石桥，绕过娘娘庙山，执着地经过大地上的一个个村庄，之后，纵身跃入宽厚的三岔河，最终奔入渤海的怀抱。

水是大地上最温柔最坚定的事物。在寻找归途的旅程中，河水深深懂得包容与妥协的哲学，它随着地势起伏，随着季节丰俭，用时光的凿，一寸寸凿空旧的家园，又雕刻出新的乡土。

现在，河水又一次成为村庄的保护神。绕村而居的河水，春种秋收，勤勤恳恳地操持着村庄的四季，完全比得过一位老母亲的精心。它养育植物一茬茬返青，成熟；它鼓舞动物扬起一只只蹄印，把鲜活的生命镌刻在莽莽的田野之上。

河水从村东流进来，在村部北面打成一个波光闪闪的蝴蝶结。此时，荷花从蝴蝶结里露出头来。静静上扬的粉色花苞，在晨雾中，有羞涩的白色水珠，带着夜色从花尖滑落。现在就先让它酣眠吧。它的清梦正和村庄的梦一同生长，说不定就在某个清晨醒来。

从彩虹桥走过去，俯下身，一群鱼儿嬉戏于荷叶之间。它们比那些飞来飞去的麻雀还要热闹，挤成一团，追逐着荷的清香。我站在桥上看着它们，看着荷花和鱼群，如一幅画卷，绽放在眼前。我相信这一刻，一定曾让很多来过的人发出过感叹，感叹在新时代，村庄谱写出的新的传奇。

村庄本来就是"大地之子"，是大地精心哺育的血肉。从大地走出来的村庄，怎么会放弃蓬勃的生长？

朴实憨厚得如同石头、铁蛋一样的村名，养活了世代而居的我的先民们。这里和所有大地上的村庄一样，有了风就会有野花摇曳，有了炊烟就会按日月升起，有了牛羊鸡犬，就有了相呼相伴的现世生活。一代代植物、动物和村庄一起，前仆后继，生生不息。

经村里老人带路，我们绕到村庄北部的盐马古道文化广场。一株一人来粗的老柳树，早早就站那里等着我们，在它身旁静默的，还有一眼古井。

老人亲切地摇起井把，三下两下，一桶清水就从井里升上来。舀一碗，清凉瞬间占据了我的心田。

甘甜清冽，天然纯真，没有沾染半分海水的苦涩，反而带着荷的一丝冷香。

"这是养活我们半个村子的生命水。"文明乡村建设，老人被评为"乡贤"，他是村里的"活档案"。

老人指着西方，视线越过水井，越过闪着金光的向日葵，越过明亮的村庄，翻过村边的树林和河面，直到二道沟、三道沟、四道沟，和一大片望不到边的青青海水相连。

"那里，从明朝就开始晒盐了。到了清朝道光年间，发展成著名的晒盐厂。每到夏日晒盐时节，一望无际，犹如雪原，是营口十景之一，名为'南滩夏雪'。"

村庄一度因盐而兴。来往不绝的运盐路上，村庄成为贩盐人马打尖的休息场。他们在大柳树下，喝一大碗井水，抽一袋旱烟，扯一番闲话。常年在盐水里泡着的人们，也只有在这个时候，能够享受人生片刻的清凉。

"过去的事，不能白白过去。你看，这里已经建成历史文化广场了。后来的村庄被战乱蹂躏，百孔千疮的样子，我们有责任让后辈们知道，这里曾经发生过的磨难、愁苦、荒凉，还有关于开拓、信仰和自由的故事。"老人说着话，眼睛再次望向远方，定格在那高高的葵花之上。

我仿佛听到贩盐的马车银铃声声，响彻村庄。

在村庄里闲走。金色的小溪随处可见。从院子里，到院墙外，从村路两侧，到猪圈鸡舍湖边，哪怕有一尺空间，撞入眼帘的都是金色的笑脸，一张张，向着远道而来的人们打着招呼、问着好。有了葵花的村庄，炊烟都变成幸福的笑脸。

其实这些向日葵完全是后来居上的外来移民。在肥沃的大地之上，东岗村人都有一股子牛劲。他们洒下的每一滴汗水都金光灿灿。改革开放后，他们曾经种出"岗豆"，成为家家户户餐桌上的美好记忆。他们拼尽力气，做好城市的"菜篮子"。

摆在路边的蔬菜摊呼唤着我。黄瓜、茄子、豆角、西红柿，还带着院子里泥土的气息。它们新鲜、稚嫩，正是好时候。在它们身边，还有几颗青杏陪衬着，让我想到了望梅止渴的酸。

"尝一个。放心，没农药的。"

红头巾大姐敏锐地捕捉到停下来的脚尖。随着她的话音，一同传过来的还有一个西红柿，鼓胀着红色的小肚子。

起沙的，甜中带着细微的酸，口感瞬间穿越到童年。童年的味道与村庄的味道一拍即合。

"嗯。这些，都要了。"

这一次，村庄的新生，是借助网络开始的。它抓住网络传播的金线，利用网红小镇的人气，建造城市的"后花园"。乡村旅游，休闲民宿、采摘园、农特产品销售一条龙，网上网下一起腾飞。金色的葵花、油菜花，从田垄推送到朋友圈、微信群，这些金色的花朵，被很多很多颗红心点赞托举，从辽南到海南，成为铺满屏幕的金色传说。

村庄的一切都是新鲜的。空气，水，花朵，劳作，合作社，新农村的日子，一天天翻出浅绿、深绿、浅黄、金黄。村庄拿出所有勇气淬炼、锻打，反复磨成一根针，美好愿望就会变成一根线，柔顺地穿进去，织成金光闪闪的画卷，向阳而生。

千万个东岗村正在大地上开出金色的向阳花。

# 记忆里的小山村：黄土岭下仙峪

◎孟秀敏

　　一溪碧水，两岸青峰；山清水秀，空气清新。看似四面环山，好像没路了，可是沿着山间水畔走着走着就又见村庄，真是"山重水复疑无路，柳暗花明又一村"。奶奶家——黄土岭下仙峪，就坐落在"路疑无而实有，景似绝而复出"的青山绿水间。小时候我在那儿长大，上学以后，寒暑假也都会到那儿住上一段时间。

　　清晨，我从热乎乎的大炕上爬起来，屋外炊烟袅袅，空气里弥漫着青草和着泥土的清香味道。向东边的山峦远眺，朝阳正从山顶冉冉升起，圆圆红红的，看着好像比城里的大些。傍晚，日落西山时也好看，酡红的晚霞香靥微醺，一抹红晕染醉天边……

　　村南路旁一条大河由东至西日夜流淌。河中间是一座用较平整的石头铺的石桥，间距不大不小，七八岁的孩子刚好能大步迈过。河两岸，大中小石头遍布河滩，河里鹅卵石铺底，流水清澈透明。每当听到"一条大河波浪宽"，那景象就会浮现在眼前，一股暖暖的乡土气息、无可替代的乡情在我的心灵深处涌动……

　　水流积石出泉声，鹅卵石旁清水流过，哗哗作响。很多小鱼在石旁水流处，逆流摆尾而上，更多的是在水缓的地方悠闲自得，也不怕人，你手要触碰到了，它才游走。

夏天，女人相约吆喝着，三五成群端着洗衣盆下河。河边不知道是谁摆好的石头，做搓衣板可好用了，大小不等，倾斜角度也好。后边一个平板石头座，坐在上头裤脚高高挽起，脚放在水里真得劲，又凉爽，又自在！

偌大的河、清凉凉的水，洗起来得心应手，洗好的衣物就地在石头上晾晒。说来也怪，那石头干净得一尘不染。晒衣物不用冲洗。火辣辣的阳光照在石头上，热热的。不，响午时，被太阳晒得滚烫，都不敢光脚踩，会烫脚呢！我时常光着小脚丫，被石头烫得跷着、跳着……只一会儿的工夫，晾晒的衣服、被单就全都干了。我也会洗一些手绢、袜子之类的小物件儿，更多的是用盆舀小鱼玩。运气好时一盆下去，能收获三五条小鱼，收集在小瓶里看着、养着，可高兴呢。更有趣的是，鹅卵石下有一种形似虾，长着一对大夹子，甲壳坚硬的动物，叫喇蛄，其实就是一种泉水小龙虾。它趴在石头下沙子那儿，因为总是用尾部退着游，所以你一只手轻轻挪石头，另一只手堵住退路，只要有货，百发百中！但是，被我抓到的少得可怜，因为走在水下的鹅卵石上很不容易，我趔趔趄趄地到了，聪明的它提前就感知到有人要逮它，早吓跑了……

冬天，寒假里更好玩了！山里很冷，雪也大。我特喜欢雪。透过玻璃窗花，见一窗蜡像，万树银装。出门一望，天地无尘。我会跑在如毡似棉的、厚厚的、洁白的雪地上，一步一个趔趄。说是跑，不如说是滚着、爬着……

冰雪覆盖下的河川蜿蜒曲折，像延伸万里的银龙。我时常和小伙伴在冰面滑冰、打陀螺玩。爸爸做了个冰车，我坐在上面，用家里夹炭火用的铁筷子做撑杆滑动它。我有时偷懒，就找有角度的斜坡地带慢慢溜。有一天，我弄丢了铁筷子，围巾、手套、鞋和裤子都湿了，冻得鼻涕眼泪不停地流。脸疼，手更疼，跑回家，奶奶象征性地照着屁股拍了我两巴掌。我在火炕上围着小被焐一焐，只一会儿工夫就缓过神儿来了。透过玻璃上的霜花缝隙往外望啊望，早忘了刚才的冷、疼和委屈……

记得一次大雪，远望，山间一片洁白，如梦如幻，只有松林间装扮着点点翠绿；近瞧，脚下松软洁白、厚厚如毡；房顶、鸡架、猪圈棚、仓房都罩上了一层厚厚的、雪白的蘑菇……那情景，魔幻，童话一般！

小伙伴一同上山，把松树枝折下来，三五人一组，坐在上面，管它屁股下面会不会磨出洞来，就是撒欢地玩。打头的双手把着松枝，后面一个搂着一个，往山下溜，缓处用双脚蹭，急处闭上眼向后仰。那个惊险刺激，那个兴奋劲啊，从未有过，太好玩了！一趟一趟地往返了数次。围巾、手套都飞了，鞋里、衣服里分不清是汗还是雪，脸上、头上冒着热气。为此，挨了老娘实实在在的两巴掌！可是我酷爱雪的情怀一丁点儿没被打消。等我稍大一点儿再去那里时，还悄悄地玩过。只是雪没早先的那次厚，也没有那次滚在雪里醋畅、刺激……真是：年少无忧哪惧寒，兴来飞雪尽狂欢。而今虽有山乡梦，怎似当初小木兰！

忆乡茅舍近，留梦雪情浓。山溪流万里，思绪越千重。儿时记忆，永远留在我的梦里，甜甜的梦里……

# 父亲的肩膀

◎崔丽云

二十五年前的一个春节后，我要从农村老家回到千里之外的城市。为赶早车，母亲不到四点就起来做饭，父亲忙着往我的包里装腌菜、干菜和园子里种的红豆、绿豆。我看着父亲忙碌的双手和装得鼓鼓的旅行袋说："爸，再装我都提不动了。"

父亲说："我给你送到火车上。"母亲招呼我坐下，端来一碗热腾腾的面条、两个荷包蛋，然后坐在桌子对面催促我趁热吃。

母亲想说话又不知道说什么好，"面条咸不咸"这句话她问了好几遍。尽管我说不咸，她还是倒了一大碗热水放到桌子上，轻声说："咸了就喝点儿水。"母亲的目光里充满怜爱，我低着头，不敢看母亲的眼睛，努力把面条和鸡蛋全部吃光。母亲慢慢起身，拿来父亲的衣帽说："穿暖和点儿，去送女儿。"

父亲接过衣帽，穿戴整齐，提着带有家的味道的旅行袋和我一起走出家门。母亲依依不舍，我们走出院门，她依然站在房门前，一边用衣角擦眼睛，一边摆手说："快走吧，赶早不赶晚，晚了该赶不上车了。"

我强挤出一丝笑容，故作轻松地说："没事，赶得上，您多注意身体。"我强忍着泪水，不敢再说话。灯光透过窗玻璃映到母亲略显苍白的脸上，一缕白发从她的鬓角飘起，母亲习惯地把它捋到耳后。

家离火车站约一公里路程，宽窄不一的泥土路重叠着深深的车辙。三九天的清晨格外寒冷，柴草垛和房瓦上的白雪冒着寒气向四周蔓延，积雪覆盖的地面坑坑洼洼，踩在上面，稍不留神，就打个趔趄。四点多，天还没亮，农村没有路灯，我和父亲借着星光和雪亮深一脚浅一脚地往火车站赶。父亲提着大旅行包走在前面，走一会儿，将右手的提包换到左手。我紧走几步，想跟父亲一起提包，以减轻他手中的重量。父亲扭了一下身子，顺势把提包放在左肩上说："不重，我自己拿就行，你看着点儿脚下的路。"

我在后面紧跟父亲的脚步，忽然发现父亲的背有些微驼，腰杆没有原来那么挺直了。我的心一阵紧缩，眼睛不由自主湿润起来。我清楚地记得，小时候，我身体弱，爱生病，父亲总是背着我去村上的卫生所打针、买药。那时候生活困难，食物匮乏，我常常期待生病，只为在我打针前，父亲背着我去供销社买的二两饼干。我趴在父亲的背上，从牛皮纸袋里拿出一块饼干，用舌头舔了又舔，那是我吃过最美味的小食品。父亲的背，承载了我整个童年。我上小学时，遇到下大雨，父亲会背着我去上学。好像只要我把头紧紧贴到父亲的背上，病痛和风雨就远离了我。年复一年，我们长大了，父亲却在慢慢变老。

父亲经历的很多事都是我们长大后，在姥爷酒后的唠叨中得知的，有些艰辛困苦是常人无法想象的。父亲很小的时候，我的爷爷奶奶先后去世，父亲没有姐妹兄弟，一直寄住在他的四叔、我的四爷家生活。父亲虽然学习很好，却勉强念了几年书就被迫辍学。父亲听说不让上学后，不吃不喝，天天闷在屋里哭，接着是整天整夜的头疼，很长时间都不好。有一天，街上来了一个中医大夫，给了父亲两包药，父亲的头疼病才慢慢好转，病好后也没等来他期望的继续上学。从此，父亲成为家里的主要劳动力，小小年纪就跟大人干一样的农活。父亲从不说他年轻时候有多苦，就连父母结婚时一无所有，租住别人家的一铺炕住，也是姥爷来家里小住时，酒醉以后说起，我们才知道的。

父亲一向做事磊落，耿直倔强。不论是外地来落户到这里的人家，还是当年被批斗的地主、富农户，父亲都一视同仁，从不歧视。他二十多岁被推选为生产队长，不但要管理生产队里种地收割的大事，还要操心社员方方面面生活上的琐事，谁家有个婆媳吵架、兄弟分家、邻里纠纷都来找父亲评理说和，甚至谁家的猪丢了都要父亲跟着一起去找。俗话说：清官难断家务事。有矛盾都是双方各执一词，外人很难评判，父亲为了乡亲们的那份信任，无论谁来找他，他宁愿放下自己的事情也会去劝解。

有一对夫妻经常吵架，每次都升级到砸锅摔碗，两人大打出手后，妻子带着满脸的伤痕来我家，哭天抹泪地哀号："队长评评理吧，这日子没法过了，看他把我打的!"于是撸起袖子，让围观的邻居看她身上的伤痕，在博得大家的同情后，眼泪一把、鼻涕一把地控诉丈夫的"罪行"。母亲领会父亲的意思，一边安慰她，一边烧火做饭，一碗面条或者疙瘩汤下肚后，女人情绪稳定下来。趁女人和母亲拉家常的时间里，父亲跑到她家做通了男人的思想工作，男人去供销社买了锅碗瓢盆，笑嘻嘻地到我家把妻子接走。这样的剧情每年都要上演几回，父亲不厌其烦晓之以理动之以情，一天不行就两天，总能把大事化小，小事化无，最后皆大欢喜地解决了矛盾。

别人家的事父亲能尽力去说和得圆满，轮到自己头上就是秀才遇到兵，有理说不清了。我七岁那年，有一天晚上，四爷拎着拐棍到我家，非要把我家的两间小草房点火烧掉。这草房不仅是父母没日没夜开荒种地换来的小窝，也是我们一家七口人安稳生活的保障。母亲和父亲结婚时，曾经和四爷四奶住在一起，年轻力壮的父亲和温柔贤惠的母亲，一直把四爷四奶当作自己的父母一样孝顺。因四爷家没有男孩，农村力气活多，全指望父亲里里外外操持张罗。后来四奶的老儿子降生，他们对父亲母亲的态度有了一百八十度的大转弯。那时，四爷四奶做点儿小生意，家里渐渐有了一些积蓄，担心父亲将来要分家产，想方设法逼父亲搬家，为达到目的，在父母去生产队干活时，把父母屋里的火炕刨了，父亲和母亲无奈租了别人家的一铺炕暂时居住。从四爷四奶那里搬出来时，四奶让父亲在一个旧碗橱和一件旧大衣之间选一样，算是对父亲这么多年付出的回报，以后就两清了。母亲说父亲每天都在生产队没白没黑地忙活，大衣能穿、能盖、能铺。于是，父亲和母亲搬家时，除了几件衣服，一床被褥，一件旧大衣，再无他物。

在四爷高八度的谩骂中，父亲听明白了事情的真相，原来四爷养的猪到生产队的场院里吃粮食，被看场院的人打伤了，四爷骂骂咧咧地去质问是谁打的，看场院的人一看是不好惹的四爷，就随口说：队长让打的。四爷听到队长两个字，气不打一处来，吵吵嚷嚷直奔我家，进门二话不说，抢起拐棍就打，幸亏邻居二叔来我家串门，拦住了四爷，父亲才少挨几棍子。父亲不解释，也不躲闪，善良的母亲卑微地求四爷放过父亲。我们兄妹几人吓得哇哇直哭，姐姐拉着四爷的衣服，可怜兮兮地央求："四爷，别烧我们家房子，别烧我们家房子！"好话说尽，四爷就是不依不饶，左邻右舍听到吵闹声纷纷跑过来，连拉带拽总算把四爷劝回了家。从此，四爷撂下狠话，以后不让父母登门。尽管这样，父亲和母亲念及他们的养育之恩，还是在过年过节和四爷四奶过生日时，带上米面过去看望。四爷四奶去世时，父亲也是尽了做儿子的义务，忙里忙外，把丧事办得体体面面。

有一次，一家人坐在一起闲聊，我问父亲："咱家生活那么艰苦，要养我们五个孩子，想没想过给哪个孩子送人？"

母亲接过话茬说："你爸总说苦日子就要过去了，要不是计划生育，再生五个你爸都不嫌多。"

父亲显然很满意母亲的说法，摸了摸头笑着说："等你们将来长大了，亲姊热妹的，互相有个照应，多好！"没有见证父亲经历的人不会理解这句话的真正含义，但我知道，在过去漫长的岁月中，父亲一定有过很多很多孤独无助的时候，看到别人家父母、兄弟姐妹其乐融融的生活，一定很羡慕，很向往。

父亲虽然读书不多，却相当聪明，能写会算。父亲深知读书的重要性，不管家里多么拮据，从来没有动过让我们辍学的念头。五个孩子的学习开销靠的是父亲的勤劳肯干和母亲的口挪肚攒。父亲经常对我们姐妹说："好好学习，咱家再穷，砸锅卖铁也供你们念书，你们将来都要比爸有出息，比爸有文化。"

在那个特殊时期，父亲的聪明才智还被居心叵测的人所嫉妒，在供销社外面的墙上贴了好几张大字报，"有理有据"地"揭发"父亲在生产队里的账目问题。

姐姐放学回家哭着跟父亲说："我再也不去上学了，同学们都笑话我，说你贪社员的钱。"

父亲对姐姐说："不怕，该上学上学，爸爸没做错事，身正不怕影子斜，随便他们怎么写，早晚会有人来主持公道。"父亲也去看大字报，他看得很认真。看热闹的人自发地跟父亲拉开距离，远远地在背后嘀嘀咕咕。父亲指着大字报笑着对他们说："这上边写的人就是我。"不久，县里下来工作组，把生产队所有的账目拿出来核对，查了三天，没查出一点儿问题。用母亲的话说："你爸就是个榆木脑袋，心思全放在了生产队，事事为大家着想，他要是会贪污，咱家早就过上好日子了，还至于受这么多年苦？"

分田到户后，父亲的种地经验有了用武之地，除了自己家的责任田，他还承包了几亩水田、旱田。那时，农民都习惯用前一年长势良好的粮食做种子，父亲不一样，他虽然读书少，但他相信科学。每年春节一过，父亲便开始筹划种地需要的种子化肥。他只身到沈阳农科站去买新研制出的高产玉米、水稻种子，还虚心向农科站的吉教授请教新品种的生长习性以及种地时遇到的一些问题。听了吉教授的话，他把玉米的株距调大了，水稻插秧的株距和行距都打破了原有的模式。在别人暗地里嘲笑父亲时，父亲用事实给他人上了一课。秋收时我家地里打的粮食比别人家单产高很多，院子里黄澄澄的玉米堆得小山似的。那些嘲笑的人不得不暗自佩服父亲确实是一把种田能手。父亲并不骄傲，他跟我们说："是党的政策好，实行了土地承包责任制，咱家的生活才一年比一年好起来的。"

　　了解父亲的人都知道，父亲对庄稼像爱自己的孩子一样。从种子种到地里，他每天都要从地头走到地尾，仔细观察禾苗的长势。我也知道父亲如果不种地生活就少了很多乐趣，但又不想他那么辛苦。坐在候车室里，我跟父亲说："今年别种地了，我们都挣钱了，您和妈妈辛苦了那么多年，有我们孝敬，你们就轻轻松松享受生活吧！"父亲只是嘴上嗯了一声，他心里一定割舍不下，果然，送我回城的第二天就去沈阳买玉米和水稻种了。

　　快要检票时，父亲跟我说："无论做啥，都要踏踏实实地做，不要这山望那山高。做人也一样，你诚心待人才能换来别人真心对你。"父亲知道我胃不好，再三嘱咐我："多吃面食，少吃凉的辣的东西，胃靠养，再忙也不能忘了吃饭。"当我跟父亲说少抽烟，按时吃降压药，和妈妈说话要有耐心的时候，他也认真地听着，不断地点头。

　　父亲一直送我到火车上，他把旅行袋放上货架，还不忘劳驾身边同站下车的旅客到站后帮我一起把东西拿下去。火车只停站两分钟，安顿好了，列车员要关车门时，他才匆忙下车。我从绿皮火车的车窗探出头，父亲摆着手说："别忘了给爸爸写信！"我有些哽咽，不住地点头。我在车上，清楚地看到父亲曾经担起一家人生活重担的肩膀还是那样宽阔、结实。火车开动了，他才慢慢往回走，边走边回头看。望着父亲渐渐远去的背影，我内心就像有一根线在拉扯，火车越开越快，线也越拉越紧……

# 唯有牡丹真国色

◎侯艳杰

## 1

"啊,牡丹,百花丛中最鲜艳,啊,牡丹,众香国里最壮观。有人说你娇媚,娇媚的生命哪有这样丰满?有人说你富贵,哪知道你曾历尽贫寒……"每当这首家喻户晓的歌曲被蒋大为老师深情地唱起,牡丹的形象便在眼前丰满莹润起来。在每一个中国人的心中,牡丹的地位无比尊贵,不可撼动。

牡丹在中国被视为国花,对于它的赞誉,古往今来不绝如缕。"天下更无花胜此,人间偏得贵相宜。"牡丹花大而艳丽,一向被人们视为富贵昌盛的象征。别说雅士文人热爱牡丹,就是在乡间,可能绝大多数家庭都有一幅牡丹图,或是油画,或是水墨,或是刺绣。因而印象最深的是那首从小就耳熟能详的一首诗:何人不爱牡丹花?占断城中好物华。疑是洛川神女作,千娇万态破朝霞。

一直在想:这是怎样的一种花呢?天地间怎样的灵性孕育出她的仪态万方,雍容华贵?前世,她可是世间最美丽、最妖娆、最娇媚、最风情的女子?百花之王,国色天香,倾国倾城,她霸占着世间最美的词汇，深得历代文人雅士的荣宠，更作为一种文化几千年薪火相传，生生不息。

牡丹是诗人的红颜知己，在字里行间摇曳芬芳。"雅称花中为首冠，年年长占断春光""天下真花独牡丹""有此倾城好颜色，天教晚发赛诸花""竟夸天下无双艳，独占人间第一香""云想衣裳花想容，春风拂槛露华浓"……凡此种种，它像一位从线装书里走出来的绝色女子，风情万种，巧笑嫣然，牢牢攥紧世人的心。

牡丹是妙手丹青的宠儿，点墨之中百态千姿，暗香浮动。明代徐渭的《水墨牡丹图》，大笔写意，前无古人。他不着一丝颜色，泼墨而为，气势逼人，立意鲜明，水墨润泽。沈周的《牡丹图》一枝独秀，端庄中不乏生动。唐寅、徐崇思、于非闇、钱维城、张大千、齐白石等大家笔下的牡丹，无论浓墨重彩，抑或轻描淡写，都赋予牡丹不同的品格和生气，以及它所蕴含的非凡的文化内涵。

牡丹从远古走到今天，沧海桑田的变迁里，始终雍容大气，气度不凡，亭亭玉立在百花之首，无忧亦无惧。

2

史料记载，牡丹原产我国西北部，秦岭和陕北山地多野生。南北朝时已经成为观赏植物，到现在有一千五百年的栽种历史。唐《海山记》记载了隋炀帝第一次将牡丹引进皇家园林。这时的牡丹犹如待嫁的新娘，娇羞、妩媚、脉脉含情，眼波流转顾盼之际，清雅脱俗，那种独一无二的气质，我见犹怜，让凡夫俗子退避三舍。

唐爱牡丹宋爱梅，因此牡丹在唐朝备受推崇，家家户户牡丹香，可谓集万千宠爱于一身。每年春天牡丹盛开之时，"须是牡丹花盛发，满城方始乐无涯。""花开花落二十日，一城之人皆若狂。"相传杨贵妃酷爱牡丹，在骊山行宫和沉香亭种植多种牡丹。李白有诗云："名花倾国两相欢，常得君王带笑看。解释春风无限恨，沉香亭北倚栏干。"此时的牡丹是出嫁的贵妇人，把岁月的洗涤和人生的阅历藏进花蕊，越发丰满艳丽，馥郁芬芳。它优雅端庄，风华绝代，低眉浅笑间自有一段风韵。

绝代只西子，众芳唯牡丹。想必这世间最高的赞誉都给了牡丹，而牡丹也终是不负众望，开得潇潇洒洒，热热闹闹，如锦如霞，如玉如虹。相传在古代后宫，只有皇后可以穿牡丹花饰的华服，牡丹之尊贵可想而知。

牡丹的发展史正是中国几千年文明发展的缩影，从青涩到成熟，不屈不挠，宠辱不惊，逐步走向灿烂之巅。

3

牡丹有一百八十多种，首屈一指的要数洛阳牡丹，因此牡丹又叫作洛阳花。其中还有一个传说：相传女帝武则天醉酒后在白绢上写诗："明朝游上苑，火速报春知。花须连夜放，莫待晓风吹。"诸花战战兢兢，不敢抗旨，唯独牡丹倔强，就是不肯开放。武则天一怒之下，将牡丹贬谪洛阳。没想到的是，从此洛阳牡丹甲天下，赢得更多人的喜爱与赞赏。

"洛阳三月花如锦，多少功夫织得成。"每一个牡丹花品种都隐藏着一个个传说，这些传说因为牡丹而被世人津津乐道，牡丹也因为传说笼罩了些许神秘和传奇的色彩。

洛阳红，俗称焦骨牡丹，是唯一以洛阳命名的牡丹品种。红硕的花朵丰润、厚实、饱满，像林语堂先生笔下的"红牡丹"，令人惊艳，却娇而不俗，艳而不媚。

如果说赵粉是青春美少女，甜美、娇嫩、率真、可爱，那么豆绿就是阳光少年了，俏皮、清新、洒脱、生机勃勃。

魏紫，像古代大家闺秀的名字，出自五代洛阳魏仁博家栽种的紫牡丹。花瓣层层叠叠，状如王冠，紫色又代表着尊贵。姚黄，听上去更像男子的名字。此品种出自姚氏栽种的黄牡丹，色泽明艳，光彩照人，亭亭玉立。黄色代表高贵，古代龙袍皆是黄色。因此，钱思公曾说过："人谓牡丹花王，今姚黄真可为王，而魏花乃后也。"可谓一语中的。

贵妃插翠可能是最别致的了，粉红色花冠中间有淡翠绿的丝条，像极了女子头上的珠翠，巧夺天工，叹为观止。想想本就千娇百媚的贵妃，头上再插上翠绿的钗环，红粉配佳人，岂是一个美字了得！

二乔牡丹是牡丹中的奇葩，一朵花镶嵌紫色和粉色两种颜色，一半热情如火，一半冰清玉洁。二乔是三国时一对绝色姐妹，酷爱牡丹，用她们的名字命名再合适不过了。

蓝田玉牡丹是清代乾隆年间山东人赵玉田培育的珍品，粉蓝色花瓣，闪耀着美玉般的光华。李商隐有诗云，"蓝田日暖玉生烟"，蓝田玉是玉中上品，细腻、温润、晶莹剔透，以玉喻花，相得益彰。

关于牡丹的故事和传说，想必说上三天三夜也说不完，就让这些美丽的传说和牡丹一起，带给我们视觉和精神的饕餮盛宴。

4

从《诗经》开始，牡丹走进诗歌到今天已经有三千年的历史了。秦汉时代的《神农本草经》开始有了牡丹的记载。最早的牡丹形象出现在东晋顾恺之的《洛神赋》中，洛水之畔的牡丹因洛神的形象惊艳了世人，从此牡丹作为一种文化开始渗透进所有的文化领域。中国古代有两位大诗人曾为牡丹撰写专著，一位是欧阳修的《洛阳牡丹记》，另一位是陆游的《天彭牡丹谱》。

所有赞美牡丹的诗中，还是最喜欢刘禹锡的这首：庭前芍药妖无格，池上芙蕖净少情。唯有牡丹真国色，花开时节动京城。虽然有人说牡丹有浓妆艳抹之嫌，却不知在它看似"交错如锦，夺目似霞"的外表下，竟能耐住零下三十几摄氏度的寒冷，丝毫不比梅花逊色。不但如此，它还耐得住干旱与贫瘠。

有人说牡丹是盛世之花，象征幸福、和平、繁荣、昌盛，可是没有它的坚韧和忍耐，没有它无惧无畏的铮铮傲骨，没有那份自信、从容、淡定，没有那份不慌不忙、不卑不亢，又怎能装点出一个万紫千红的春天？又怎能成为世人眉间心上永远的念？富贵时不张扬，亦不招摇；贫寒时不自怨自怜，这才是牡丹的风骨和内涵。在这烂漫的红尘世间，每一朵牡丹花带着不为人知的故事，倔强而执着地怒放在春日清晨第一缕阳光火辣辣的视线里，沐浴在夜晚月色温柔似水的光辉里，婀娜在清风翩跹的衣袖间。

太平盛世喜牡丹，国运昌时花运昌，适逢中华盛事，牡丹花和牡丹文化更应该发扬光大，为中华民族的繁荣盛放璀璨的光华。

三月，春来，牡丹花开了，你还不来吗？

# 铝饭盒的情愫

◎庞庆玲

乔迁新居，清理杂物，一个铝饭盒唤起了我的回忆。它曾经陪伴我快乐地成长，也伴随着我度过了最美好的时光。今天看到它，仍觉得它散发的烟火气息，让我口鼻留香。

铝饭盒长二十厘米，宽十厘米，高四厘米，容量还是蛮大的。装满后，饭菜足够一个成年男子食用。提起它的历史，虽然不能说悠久，但也将近半个世纪了。20世纪70年代中期，每年夏天农忙过后，雨季来临之前，村里都要出民工，父亲作为村干部，自然要"挂帅出征"，任务大多是去辽河上游岸边加固防护大堤。我们所处的乡镇距离抢修地段将近七十五公里，参加河堤修复的民工们不能回家，只能在当地的农户家借宿，建立临时伙食房子，解决吃饭的问题。餐具要民工们自己带，瓷制的餐具不禁磕打，很容易破碎，铝制饭盒扛磕打，于是父亲就买了一个铝饭盒。在那个年代，父亲就是靠铝饭盒里的高粱米饭、炖豆腐，带领乡亲们用最原始的肩挑人扛的方法，完成了巩固河堤的任务，保护了一方水土的平安。

我十五岁时升入了初中。学校有三十多个教学班，师生一千五六百人，当时没有条件为学生们提供住宿，也没有食堂提供午餐。我家距离学校有十三公里，骑自行车大约要用一个小时，中午回家吃饭，那是不可能的了，于是，本来是父亲专用的铝饭盒就归我所有了，它成了我最亲密的伙伴。出人意料的是，它不仅陪伴我读完中学、高中、大学，甚至我参加工作后，它还陪伴着我。

　　为了能让我吃上可口的午饭，母亲没少花费心思。那时候，家里的生活条件虽然稍有改善，但是主食仍是高粱米饭，偶尔能吃点儿面食，然而这些白面也来之不易，那还是父亲学习农业新技术，在自家的责任田里套种的小麦加工而成的。因为这些面食常常出现在我的饭盒里，也招来了弟弟妹妹的嫉妒。菜主要是白菜、土豆、萝卜。这些看似普通的食物，虽然和山珍海味没法比，经过母亲的烹饪，却非常可口。

　　由于学校条件所限，天气暖和时，我们也只能吃凉饭，没地方去热。母亲在饭盒中装上两张千层饼或是两张糖饼，再配上一段翠绿的黄瓜，一个红彤彤的柿子，这样一搭配，饭菜"水果"都解决了。有时母亲用各种蔬菜做好馅儿，包成包子呀、饺子呀、馅儿饼装在我的饭盒内。虽然馅儿中很少有肉，却惹来了同学们羡慕的目光，我的心里也多了一份惬意。

　　天气冷时，教室里有炉子取暖，可以热饭。母亲就在饭盒里装上高粱米饭，配上炒好的土豆丝、胡萝卜丝或者是醋熘白菜，偶尔还会加个荷包蛋。

　　能吃到热乎饭，对于我们带饭的学生来说是最快乐的。每到第三节课下课，我们就把自己的小饭盒放在火炉上。班级里有几十个学生，饭盒摞成高高的一摞，用不了多长时间，教室内便弥漫了饭菜的香味，惹得肚子里面的馋虫咕咕地叫着。为了防止饭盒中的饭菜烧煳，老师也破天荒地允许值日生走出自己的座位，去挪动炉上的饭盒。有时正逢新课讲授完毕，老师会亲手为我们挪动饭盒。下课铃声一响，我们就迫不及待地拿着一块小毛巾，端着自己的小饭盒，三五成群地坐在一起，品尝这一天当中难得的美味。

　　每个孩子中午带来的饭菜，都是母亲起大早费尽心思的"杰作"。同学们也会将自己的美食相互分享。记得一个同学带了红烧肉炖土豆，掀开饭盒盖，香气扑鼻，红烧肉和土豆色泽红润，蒸出的油脂进入了米饭里。正当同学们垂涎三尺时，那个同学慷慨地将自己的美食分享给我们，吃尽最后一粒饭还意犹未尽，大家围着课桌闹着笑着。

　　饭盒也曾经让我烦恼过，早晨上学时，如果饭菜处理得不好，到了学校就会发现饭盒里的菜汤流出来，有时候会弄脏了书本。晚上放学回家，骑着自行车行走在颠簸的道路上，饭盒会一路叮叮当当地响个不停。我本来就饥肠辘辘，那声音真的是让人心烦。一次大雪过后，路面光滑如镜，我骑车一不小心连人带车来了个大撂片儿，书本散落一地，饭盒里面的饭菜也撒了。那时候我真的很想哭，可哭又有什么用呢？只能无奈地收拾好书本，收起空饭盒，骑了车赶往学校。中午吃饭的时候，同学们都有饭吃，我想自己只能挨饿了。这时候，我们班级的同学都凑过来，要把自己的饭菜分给我一些。细心的班主任发现了，问明情况，将他的饭菜让给我吃，我拒绝了，老师说吃吧，晚上还要骑车回家，不吃东西哪能受得了，老师口袋里有钱，一会儿买点儿别的东西吃。

　　小小的饭盒，承载的是满满的母子情、师生情、同学情。

　　经过初中三年的苦读，我如愿考上了高中，开始了新的学习生活。高中的生活是艰苦的，一日三餐的高粱米饭，就着清汤寡水的熬白菜、萝卜、土豆。那三年，铝饭盒一直陪伴在我的身边。每次开学离开家，母亲都会在饭盒里装满自制的小咸菜：芥菜丝炒肉或是咸黄瓜炒肉，再带上几个母亲亲手腌制的咸鸭蛋。现在回想起来，在那段艰苦的日子里，饭盒里装的不仅是饭菜，更多的是母爱和父亲默默的付出。

　　三年后，我收到了丹东师范大学的录取通知书。离开家的那一天，我将饭盒装在了自己的行李箱里。母亲说，路程太远，饭盒就不要带了。我执意要带上，因为我知道那饭盒承载着父母对我殷切的希望。有了它的陪伴，仿佛父母就在身边，即使远在天涯海角也不孤单。

大学的伙食很好，国家又给每个学生发放生活补助金，学生可以根据自己的经济情况选择不同的饭菜。食堂分别设立了卖饭的窗口和卖菜的窗口。如果一个人就餐，就需要排两次队，我们一个寝室的同学就各自找好伙伴一起用餐。我和来自朝阳市喀左县大山沟里的白秀珍结伴去食堂用餐。我们两个分工合作，一个人买饭，一个人买菜，两个饭盒是我们两个共同的餐具。我们同是来自农村的孩子，生活上都很节俭，饭盒里二两米饭，菜盒里多是炒青菜，偶尔买次西红柿炒蛋，至于像熘肉段、锅包肉、鱼，对于我们来说，应该是奢侈品。买饭菜时，我发现有一个皮肤黝黑、眼睛大大的打饭工人给学生打饭菜时，手从来不会抖一抖，给的饭菜较多，于是专挑他的窗口排队，现在想来，觉得好笑。贫贱之交见真情，三年里，我和秀珍情同姐妹，课堂上我们一起学习，课后我们一起去图书馆读书。三年后，我们以优异的学习成绩毕业了，好多同学扔掉了餐具，我却把心爱的铝饭盒带了回来。如今，我与秀珍联系时都会彼此打趣说："饭盒在不？今天饭盒里装了什么菜？"

结束了师范的学习生活，我回到了曾经就读的中学任教。在那里我结识了我的爱人，我们相爱了，组成了一个温暖的小家。我们俩都担任班主任，班级里的好多孩子依然是中午不能回家吃饭，我们为了利用中午时间看护那些孩子，也都在学校就餐。那时候，我们刚刚买了房子，经济上非常拮据。学校虽然设有食堂，但是为了节省开销，我们就自己带饭，那个陪伴我九年的饭盒又派上了用场。一盒饭，一盒菜。爱人是个很体贴的暖男，他总是借口自己吃饱了，将更多的饭菜留给我，我也执意要求他和我一起吃完。粗茶淡饭，加入爱的作料，对于我们两个来说不亚于满汉全席。小小的饭盒，见证了我们工作上的进取，见证了我们这个小家的温馨和睦，也见证了我和爱人之间淳朴的爱情。

七年之后，爱人努力进取，在一次高中教师竞聘中，取得了好成绩，被调到县城的高中任教，后来我也调到了县城工作。我们在县城里购置了楼房，生活条件和居住条件都有了改善。搬家的时候，我们将那个铝饭盒带到了自己的新家，但是它已经不再发挥餐具的作用，而是用来装些杂七杂八的小工具。

　　时光流逝，岁月更迭，如今再次乔迁，看到铝饭盒，仿佛看到团团乳白色的蒸汽在升腾，米饭的香味在弥漫。饭盒作为一个时代的物件早已退出了历史的舞台，但它蕴含的种种情愫一直萦绕在我心中。我擦去铝饭盒上的灰尘，决定将它再次带入我的新家。

# 老屋，再见

◎王　敏

　　看到好友又在朋友圈里晒回老家的照片，特别羡慕她有一个老院子留存在记忆深处。可我的老家又是在哪里呢？记忆中妈妈曾说，我的老家在辽阳太子河平原上，在那里可以忆起姥姥姥爷院子里金黄色的稻谷香。爸爸却说，我的老家在沈阳，在那里可以看到爷爷奶奶带我们住过的房子。而在我记忆中，最值得怀念又常常闯入我梦中的，却是一个远离省城的、山清水秀的小山村，那是在爸爸工作期间，我们全家住过好长一段时间的地方，在那里，我度过了从童年到少年的整整十六年时光。

　　周末，老公决定给我当司机，带我回"家"！顷刻间，我体会到了杜甫"漫卷诗书喜欲狂"的滋味，更有他"即从巴峡穿巫峡"的急切。

　　"请沿当前道路继续行驶三点五公里……"手机导航里林志玲甜美的声音传来，车子在高速公路上飞驰，依山而建的居民楼一排排地向我行着注目礼。近了，近了，我魂牵梦萦的家就要出现在我的眼前了！

　　山连着山，我们在大山中穿行。绿色浸满我的眼。道路右边出现的纪念碑很眼熟，好像是我上小学时年年祭扫的那块烈士碑！可是眼前的桥咋这么高大宽敞了？怎么看也不是原来我们老师牵着我的手走过的那座通火车的铁桥……

记得那时我刚上一年级，应该是清明节，学校组织我们去祭扫烈士墓。祭扫仪式后，全体同学在庄严肃穆的烈士纪念碑前召开少先队大队会，宣布新入队同学名单，由高年级的少先队员为新入队队员系红领巾。老师头天放学时说，我是新队员之一，那天晚上我又激动又幸福，快到半夜了才睡着觉。第二天，骄傲的我身穿白上衣蓝裤子小白鞋，背上印有"好好学习天天向上"八个大字的小书包，和同学们向目的地出发。路真远，我的脚都走累了，还没到。老师说，过了一座桥就到地方了。终于看到了桥，可是桥是铁架桥，上面的火车道枕木搭在铁架与桥墩上，中间一看下去就是十几米深的大河。我们班要上桥时，正好有一列长长的装运圆木的火车通过，车轮卷起的风吹在身上有点儿冷。看着这桥，我吓得不敢走，是老师一边鼓励着我们一边牵起我们的小手，把三十几名同学一个个地送过了镂空的桥面……

一帧帧的画面像电影片一样，在我的脑海里穿梭着。看着两旁似曾相识又不太熟悉的景色，我的心跳有点儿加速。此时，路一转弯，我看到了一片操场，这里应该是学校了。我的心狂跳起来。果然，我看到了一块写着九年一贯制学校的牌子。首先映入我眼帘的是一幢五层教学楼。走到校门口，一道伸缩门拦住了我，可我能看到窗明几净的教室，每个窗子还配有窗帘。楼顶鲜艳的五星红旗正随风飘扬。在教学楼的两侧分别是实验楼和老师办公室、学生宿舍楼。由于是周末，门卫的老师傅看我们眼生，只允许我们在外面看看。

记忆中，我的学校原来叫"孤家子中心小学"，和中学是分开的。校舍是四排平房，每座房子五个房间，分别用作学生教室、老师办公室，还有给年轻老师的宿舍。学校那时有学生四百多人，算是周围学校中规模比较大、教学设施齐全的了。每次开运动会，都是各个学校带着运动员队伍到我们学校一起参赛。运动会前一天，同学们把教室里的木头桌子、长条凳子都搬到操场上，在老师的指挥下，用棚布遮好，这棚布的作用极大，可以挡雨、挡风又可以遮阳。记得当时的操场是沙石的，同学们一跑起来，都会起一股烟，同学们说运动员都是捎带着"仙气儿"来的。现在大大的操场上看着就很规范，外圈是红绿相间的塑胶跑道，中间分别划定篮球区与足球区。看到这里，我不自觉地摸摸下嘴唇，想起小学时我从双杠上掉下来的惊魂一刻。望着曾让我与土地"亲密接触"的位置，换成现在又美观又实用的新型双杠了，真有再上去玩几下的冲动。想起那时，笨笨的我曾从双杠上掉下来过，大板牙穿过下唇，直接啃土了。至今我的唇上还留有明显的牙齿印迹，同学们有时回忆起这件事，还会问我漏饭不。

　　虽然我没进去学校的大门，可我还是徘徊了很久才继续前行。记得，从我家到学校有南北两条路。一条路在北，从家里翻过一个小山梁，路过一片玉米地，经过一个有大黄狗的农家院、一片车站职工住宅"红房子"，再过两个铁道，火车站、商店、一条连着水库的大河，然后就到学校了。另一条路在南，是经过爸爸的工厂，沿车站到爸爸工厂的铁道专用线一直走，穿过村庄后，路过车站，蹚过大河的另一位置，到达学校。这个每天只通一趟客车的火车站，是我记忆中上学路上的必经之地。

　　现在的车站已换成封闭式设置了，透过玻璃窗我看到了一排排彩色的候车椅。值班站长看我们在这里张望，过来问询一下，听说我们是外地回来的，已三十年没在这里度过了，于是热情地向我们介绍了一些小站这几十年的变化，还聊起了一些我们认识的、不认识的人。

　　一路向南，通往爸爸厂子的那个老指路牌还在，虽已锈迹斑斑，但可以看清"铁道部沈阳办事处材料厂"的字样，上面竟然还有当年的战备保密代号"747"呢！车在前行，一点儿都不颠簸。望着映在车窗里平坦的柏油马路，我不由得摸了摸右腕上侧那个永久的印迹。那年我刚上初一，冬天可真是冷。已经公历一月份了，下的不知道是第几场雪，山路上的雪都被我们踩实了，像镜面。刚刚考完试，老师号召我们扫完操场上的雪再放假。早上七点，我们"747"的六七个年龄相仿的小伙伴从家里拿着土篮、铁锹、扫帚等工具就上路了。从家里出来时，大人们千叮咛万嘱咐，一定要从厂区内穿过，走南边那条平稳点儿的路。可是从家里出来还没有十几米呢，不知道哪位小朋友问了句："走北道哇？"我们呼啦啦一阵跑，顽皮的心被北道那个天然滑道诱惑着。北道初段呈"之"字形，开始的坡度有45—50度，这里就是一个小山的后坡。被农人们踩出了一条一米宽的路。夏天时，我们从这条路上走，可以采摘玉米和高粱秆上的"乌米"，边走边吃，牙都会吃成黑色。秋天时，我们从这条路上走，可以采路边的榛子，还会比比谁采的榛子瓤更成熟饱满。冬天时，这里就是我们的天然滑冰场啦！虽然每次出门前大人们都会叮嘱我们别从这里走，危险，可是还有句话叫"将在外，君令有所不受"嘛，我们就是那个"将在外"。今天也是一样，我们土篮、扫帚齐上阵，快乐地向下滑着，笑声撒了一路。可就是这欢乐的笑声，把路边唯一一个住户家的大黄狗引了出来，可能是我们带的东西让它感到了威胁，这个家伙对我们一顿狂追，笨笨的我跌倒了，右手腕上方立刻起了一个鸡蛋大的包。其实是骨折了，我也不知道，还坚持走到学校。同桌看了一眼，要给我这包直过来，疼得我嗷的一声惨叫，引起了老师的注意。老师看后立刻让我回家，并通过学校里的电话找到了我爸爸。爸爸和厂领导说明了情况，厂长派出了厂里唯一的交通工具。于是，我坐着四处漏风的大解放，一路摇晃着到了离家十几公里远的一个矿山医院正骨。伤好后，在我手腕上方十厘米的地方，就留下了这个标记，我给这个标记取名叫"听妈妈的话"。

今天，我们开车从平坦的南道拐到北道边上，北道已没有人走了，草很高。站在岭上向下看，我当年跌倒的地方已修起了高速公路，那个农家院还在，已没有人住了。离高速路不远的原来的货运线还在，那附近的"红房子"已被几座高楼代替，楼上可见空调室外机、太阳能热水器等现代设施。

从岭上回走百米左右，就到了承载我整个童年与少年时光的"老屋"。刚才的北道在小山的北面，我的老屋就在这座小山的南面，半山腰的位置上。走过通往老屋那窄窄的小路，就看到了当年压水的老洋井，还有一个快到山尖位置的储水塔，是我们家自来水的源头。夏天，我们就用储水塔里的水生活。这水就是爸爸的厂子在山里的小溪中段安装了一个电泵抽上来的；冬天，我们就用洋井抽水做饭吃。我们小孩子最喜欢的就是大人们抽水前用"树疙瘩"烤井的过程，脚下有冰，手上有火，冰火点燃了我们的童年，零下三十几摄氏度我们一点儿都不感觉冷。

这个老屋共有五个门，我家住在中间，面积稍大点儿，因为我家有三个小朋友。来到我家门前，轻轻地抚摸离别了三十年的白砖墙面，看着已然发黑的石棉瓦屋顶，仿佛妈妈正在给我讲着"灯葫芦"里面长苹果的故事。

那时家里困难，爸爸的工资有限，买东西都是要各种票的。而我们的户口都在省城沈阳，购物票大部分都在沈阳奶奶家，家里离商店又远，可以买到的东西是有限的。秋天，爸爸的单位从沈阳给每位职工运来十几斤的苹果当福利。妈妈都会好好地收起来，在关键时刻给我们几个孩子吃。有一次，我和弟弟同时感冒了，弟弟在打针。那时候的赤脚医生的药可能也没现在的药效果好，弟弟晚上又发烧了，妈妈就拿出个苹果给弟弟，说家里就这一个了，快吃吧。弟弟拿着苹果就要分给我和妹妹吃，妈妈看着我们谦让，就转身出去了，一会儿又拿来一个苹果。我问妈妈，刚才最后一个了，咋又有了呀？妈妈就给我们讲了一个仙女的故事，说苹果是仙女看到了我们姐弟这么好，她让家里的"灯葫芦"（老式白炽灯与天棚的连接装置）变成了苹果树，只要我们想吃了，它就自动在我们看不到的时候长出一个苹果来。

伴随着妈妈一个又一个的故事，我们快乐地成长着。在我拿到沈阳电校录取通知书的时候，爸爸也结束了在深山保密厂驻扎留守的日子，我们家搬回了省城沈阳。一转眼三十几年时光如流水般逝去。

想着，忆着，时间不知不觉就到了下午3点多，老公在远处的车旁催促我上车。刚刚与久违的、充满着清苦童年回忆的"家"团聚就又离别，我的眼前蒙上了一层水雾。看着车旁那座宽敞明亮的大房子，不知道是村里哪位人家的，我回来的时候，正是他们给榛子树打药的时节，大家都在山上忙，一个我小时候认识的人都没有遇到。我想，就是遇到了，可能大家也不会认出我是当年的那棵又瘦又高的"豆芽菜"了。刚回来时在路上那种"近乡情更怯，不敢问来人"的担心，瞬间变成了丝丝缕缕的惆怅缠绕在心间。车子启动了，透过车窗，我用目光默念："老屋，再见！"

# 悠悠紫穗槐

◎谢述玲

　　一夜细雨，欣欣然迈进夏的门槛，转身已是绿的海洋。深的、浅的、交织着、层叠着，就仿佛那些回忆，就算在没有太阳的暗夜，依然不断疯长着、堆砌着。布谷鸟保持着一如既往的勤劳，野鸡、山雀偶尔发出尖尖的口哨。风景如画卷般美妙，似曾当年，亦非当年。

　　辽北的夏与南方相比，大概要迟到一整月那样子。五月下旬，早晨依然是清风扑面，可在中午时分天气就会持续升温，气温达到20摄氏度以上，蒲公英早早把好消息传遍整座山坡。正是水稻插秧的季节，记不得多少次梦里，吃到香喷喷的白米饭笑出声来，那真的是特别特别馋的美梦。对于土生土长的山里人来说，白米饭就是无法阻挡的诱惑之一，这种感受，如果没有亲身体验，你是永远不会懂得。

　　我出生的小山村，因为只有一条很小的溪流穿越，村民们的口粮田都是旱田，土层薄，砂质，不容易保水，大家就用来种植玉米、大豆和高粱。蔬菜也是出自自家菜园，种什么就吃什么。爷爷是家里最勤劳的人，经历过闹饥荒的年代，所以，家里总是格外多储存粮食，总怕哪一年又闹灾荒，家里断了粮。父亲的说法是旧的粮食不好吃，就要应该卖掉，不够吃可以买新的，正因为他们意见不统一，为此还大吵了一次，当然，最后，还是父亲的让步换来爷爷的胜利。记得我6岁那一年春天，母亲的大伯来家里看望我们，十公里的路程，徒步走来，还用肩膀扛来十斤大米补给我们，这样的情分可以说太令人感动了，那时的路很长，亲情更长，就是把我认为的好东西分享你一些，而不是买些礼物来送。当大米饭的香味飘满整个屋子，那真的是过年一样的满足，因为，那时候只有逢年过节家里人才吃一次细粮，平时都是用玉米面饼、高粱米饭做主食。为了让家里人可以吃上更多的大米饭，母亲和父亲不禁研究起来，就利用小溪水开荒水田，虽然有时候涨水，有时候断流，借河水浇稻田并不是绝对有保障，但是，母亲和父亲开荒种水田的决心已定，那时候开荒种田并没有人干预。

说干就干，父亲和母亲套上马车，带上工具，来到河滩。因为都是沙土且土层薄，底下还有很多石块，还没有人相中这地方，父亲把那些柳树根一条条拉起来，底下一些石块也要刨起来，镐头落下去，汗水流下来，父亲、母亲、爷爷和哥哥几个人，刨了整整一天，这样一个近似于方形的池子形成了。听父亲说大约有七分地。我因为嫌天气热，就躲到一堆紫穗槐下面静静地看着，那紫色的花穗在眼前摇摇晃晃，引来争相采蜜的蜜蜂。如果说桃花、杏花吵醒了春天，紫穗槐就诠释了夏的期待。好比我的期待，什么时候可以再吃上大米饭，可以天天想吃就吃那种。在母亲和父亲的忙碌中，终于在一个周末的日子，不知他们从哪里弄来了水稻苗，开始插秧了。离我的愿望更近了一步。这回也给我分配了任务，为了让稻苗成行，我们得拉起来线绳做标线，我只需要在地头，看到他们插满一行秧苗，帮助挪动一侧线绳的位置就可以了，这也是很光荣的事呢，因为第一次做，更因为大米饭的诱惑，我也是干劲儿十足。看父亲他们都是光着脚在田地里来回走着插秧，心想，那一定特别好玩，早就跃跃欲试了，我也要下去试一试。母亲也不多阻拦，于是我挽起裤腿下水了。最初是兴奋的，舒爽的。凉凉的水，绿绿的苗，白云行走其间，这感觉可真好哇！心情飘飘然飞上了云端。我学着大人们的样子，左手托着秧苗，右手掰下一撮四五棵苗，弯着腰，瞄着线，把齿插在泥里，不能太深也不能太浅，留出一段距离，插下另一撮，这样的好奇仅仅维持了不足二十分钟，就以失败落幕，原因是脚下石子硌得好疼，腰也酸，于是，我选择继续与紫穗槐为伴去了。大米饭吃着香甜，可插秧的滋味也真不好受呢。哥哥笑着说："这回懂得粒粒皆辛苦了吧！"我点点头，心里暗暗发誓，以后再也不剩饭、浪费粮食了。

在大家插秧的忙碌中，我摘了紫穗槐的叶子和伙伴玩耍去了。那一对对生长的圆叶片，嫩绿嫩绿的，我和小敏各摘下来一个枝杈，玩猜拳游戏，如果谁出拳输了，就摘下一片扔掉，最后谁还有叶子留下了，就是最后的赢家。又或者，我们有时会去柳条甸子里找一种叫作"鞭梢"的植物，一般的高度在十五厘米左右的最佳，就如筷子那般，直挺挺、光溜溜的秆儿，带有互生的叶鞘，末梢有一簇细长的叶子，可食用，口感微酸，是不可多得的美味。大概是它的外形跟鞭子很像，大家就那么称呼了。那是充满期待的年代，花开了，树绿了，就离目标很近了。更是个容易快乐的年代，吃一顿香喷喷的白米饭，见一位想念的亲人或朋友，都是满满的幸福味道。因为有所期待，所以更加期待未来。因为有所期待，所以更加努力。

在地里青苗疯长之时，母亲就穿梭于家里和山里。母亲是个闲不住的人，采摘野菜最拿手了，野芹菜、山巧兰、蕨菜、猫爪菜，都是我们餐桌上经常可见的新鲜野菜，有的药材嫩茎春天采来晒成干儿，方便保存的留着慢慢吃。因为这时候，头年秋天储存的白菜、萝卜、酸菜已经无法继续存放了，就靠野菜和新长出来的菠菜、韭菜、生菜、小白菜维持了。通常我也会跟在母亲的后面进到山里玩耍，所以也认识了大多数的野菜。听山风的歌唱，看树缝透过的光斑，有着无限的自由。直到现在，我也依然每年都去采野菜，喜欢脚踩在松针上的柔软，喜欢鸟儿欢喜的歌声。

秋雨过后，当那块稻田终于镀上了金黄，我闻到了一种果实的馨香，沉甸甸的稻穗在秋风里摇摆，簇拥着、嬉笑着发出沙沙的响声，我看到了母亲脸上的笑容，这一年，我们终于种出来自己家的水稻，吃大米饭的梦想实现了。就在国庆节那天，父亲和母亲一起去收割了水稻，当一捆捆金黄的稻子搬回院子里，我迫不及待地咬开一颗稻粒，没有想象中的香甜，还刺到了嘴，母亲说，还没有脱粒和加工，这还得晒一些日子呢。第一次触摸真实的水稻，我真的特别惊奇。这种颗粒的下面就是白白的精华。再看母亲，从围裙兜里掏出一串串褐色的、细长的，还有些麻点儿的小果实，有点儿类似浓缩的牛角，母亲小心翼翼地拿出来摆在扁筐里，让我拿到外面台阶去晒。母亲看出我的好奇，就给我出题："猜猜这是什么？"我摇摇头，母亲说："这是紫穗槐籽，就是你折来玩的紫色花结出来的呀，晒干可以换钱买冰棍的。"原来是这样，真后悔呀，当紫穗槐开花的时候，我还因为喜欢采了很多，看来真是浪费了呢，从那以后，我就再也没有采过紫穗槐花，因为我知道，那花籽是母亲需要的。

不知什么时候，母亲把紫穗槐籽攒了满满一个布口袋，同时攒下的还有一些晒干的蘑菇和我叫不上名字的药材根。当母亲带着我和哥哥拿着这些袋子来到村东头的贸易货站，我才知道原来还有个叫作供销合作社的地方。然后就看母亲把那些带来的东西换了一些钱。那时候，像我这么大的小孩子只是认识钱，但是绝对没有零花钱可以支配的。母亲先给我和哥哥每人买了一支冰棍，甜到了心头，然后带我们去了商店。我依稀记得那时的商店里，穿着比较体面的售货员站坐那里，并不算热情地接待我们，后来才知道，他们相当于是当时工作很好的了，有正式工作的那类人，多数是家里长辈们传下来位置接班的，条件当然比我们这种农民高了不止几倍。还有，商店里品种并不齐全的饼干和点心，比如麻花、酥饼、槽子糕、江米条、牛鞑饼，也仅此而已。现在的小孩子们都不会喜欢吃，但是在那个年代，我想母亲当时心情一定是希望有更多钱，然后都买一些回来给我们吃，但是那个温饱刚刚解决的年代，母亲是绝对舍不得尝一口的。这是多么遗憾的事，每次想起来，心里就会隐隐作痛。

　　岁月悠悠，紫穗悠悠，扬起了繁花，带走了归雁；在流逝的光影里，心已不再漂泊，人亦非当年。只是，在风起雨落的日子，就会默默涌起一种怀念与想念，一直萦绕心头，那感觉并不曾远去，亦不会远去。

# 拾 秋 记

◎车承金

## 捡 黄 豆

捡黄豆，是小时候我最愿意干的活。

秋天，生产队拉黄豆秸的大马车晃晃悠悠，还没走出地头。我们就拎着个小布兜，跑着跳着，冲了进去。这活不用父母催，也不用父母撵，小伙伴们都非常积极主动。

一粒小小的黄豆，之所以对我们有这么大的吸引力，理由也很简单，就是在冰天雪地的冬天，围坐在火盆旁，能美滋滋地烧黄豆吃。

现在的孩子零嘴不断。那时困难，一天三餐能填饱肚子就不错了，父母哪有闲钱给我们买零嘴吃。生产队分的那点儿黄豆，家里做酱要用，过年做豆腐要用，父母是舍不得让我们烧着吃的。所以，我们就把眼睛盯在黄豆地里散落的黄豆粒上。

大马车拉黄豆秸，多是从早晨开始，太阳还没出来。早晨露水大，黄豆荚潮湿，不易炸裂。把一块地的黄豆秸拉完，一般就到上午十点多。此时，是一天中气温较高的时候，能达到二十七八摄氏

109

度。烈日炎炎。捡几粒黄豆，就得用手擦一下额头上的汗，脸上的汗水很快就变成了泥水。

捡黄豆有技巧。

地边，或靠路边的地方，有些倒地或矮小的黄豆秸，收割常会被落下，还有沟坎不平的地方，车过颠簸也会有豆秸掉下。一棵黄豆秸能有八九个豆荚，每个豆荚三四粒黄豆，就是一小把黄豆，这些地带是"富矿"，是我们最先关注的地方。接下来就是堆豆秸的地方，天热干燥，总会有豆荚炸裂，留下金黄色的豆粒。如遇到豆秸堆被牲畜蹄子踩过，那是最幸运的了，蹲在那里，一会儿就捡好几把。这两个地方捡完了，才会满地里去寻找豆粒。

捡黄豆时，我们把小布兜挂在脖子上，猫着腰，目光不停地来回寻找。右手捡起一粒黄豆，放在左手心，一粒、两粒……左手一小把的时候再放进兜里。一粒、两粒……捡着捡着眼前直冒金星，一阵天旋地转。闭一会儿眼睛，望一望远方，好了，再继续寻，继续捡。一个秋天，能捡好几斤黄豆。

冬天里，我和妹妹们围着火盆，用火铲轻轻拨开火盆上的那层灰烬，撒上十几粒黄豆，随着温度的升高，黄豆外层皮嘭的一声爆裂，黄豆就熟了。用木棍一粒粒夹出来，放到火盆沿上，不烫了，再用手抓起一粒，放在嘴里，上下牙齿一碰，满嘴的酥香。也有等不及的时候，从火盆里夹出来就往嘴里送，烫得直咧嘴。

现在回想起来，那股酥香似乎还在舌唇间萦绕。

有一年，捡了三四斤黄豆，到冬天要烧黄豆时，小布袋里却一粒也没有。小布袋上有几个大小不一的洞。黄豆被老鼠吃了。我诅咒老鼠，每天还架起老鼠夹子夹老鼠。那个漫长的冬季，是在郁闷中度过的。

前些年回老家帮父母收秋，遇到黄豆地，我总会不由自主地猫下腰，捡几粒黄豆放在手心里，用鼻子嗅一嗅，然后装进衣兜里，这是小时候就养成的习惯。

又要到秋天了，又想起了散落在田野里的黄豆粒。

## 翻 地 瓜

地瓜和土豆一样，地面生长的是蔓和叶子，而可食用的块根是生长在地里的，与土壤混在一起，收获时不论是用镐刨，还是用牛犁杖挑，总会有地瓜遗漏在土地里。

生产队时，地瓜栽植面积大，图省时省力省事，收获地瓜时，就用牛犁杖挑，遗漏在土地里的地瓜会更多。所以，每年收获完地瓜，人们都拿着尖锹，跑到地里，把遗漏在地里的地瓜再给翻出来。

五六岁时，我跟父亲去翻地瓜。父亲两手握着尖锹把，用右脚蹬，尖锹就扎进土地里，右手握住锹把，左手向下一压，一锹土就翻了上来，会带出浅红色的地瓜，有整根的，也有半拉的，还有小拇指粗的地瓜毛子。当然不是锹锹都有，多数都是白费劲的，连地瓜毛子也没有。

真大，是整根的！我边说边捡进筐里。

对那些小块的地瓜，或地瓜毛子，嫌其太小，我就停住了手。此时，父亲就放下尖锹，捡起来，放进筐里。说，扔了多可惜，别看小，也能吃，不能吃还可以喂猪嘛，都是劳动果实，都是汗水换来的。此时，父亲已满头是汗。

上小学四年级那年，我自己独立去翻地瓜。那天，推开屋门，把书包扔在锅台上，右肩上扛着一把尖锹，锹把上挂个大筐，左手是一块大饼子和蘸着大酱的葱段，边走边吃。隔壁大娘问，干啥去，这么忙？我嘴含着大饼子，喔喔地说不清，也没停下来解释，直奔地瓜地。

地里有很多人。我放下筐，拿起尖锹就翻了起来。翻了半天，连个地瓜毛子也没见到。看到别人筐里的一个个地瓜，就往上蹿火，着急，汗水顺着脸颊往下淌。

堂姐走过来，说，这土多暄腾，别人都翻过了，没有地瓜了。又指了指前面，说，到那去翻，犁杖挑的沟还在，没人翻过。

转移阵地。第一锹下去就翻出来一个整根的大地瓜，有半斤，顿时干劲倍增。一锹、两锹……锹起锹落，不时有或大或小的地瓜出现眼前，不时地给我以惊喜。耳边回响起父亲的那句"都是劳动果实，都是汗水换来的"。我把那些地瓜毛、小块地瓜，一点儿不落地都捡到筐里。

天黑了，看不见了，地里一个人也没有了，我才想起回家。站在大门口等候我的母亲接过筐，说，没少翻啊，能有十多斤，能顶好几斤粮食，够吃两顿的。来到屋里，又拍了拍我的头，跟父亲说，儿子大了，能为我们分忧了，能为家里做贡献了。

如今，人们在房前屋后也栽地瓜，面积不大，收获时都是用镐刨，非常仔细，地里不会有很多遗漏的地瓜，即使有人们也不会去翻了，翻地瓜已成为历史。

但翻地瓜时的情景，还时常出现在我的梦乡。


## 找 苞 米

玉米，也称苞米。

生产队时，苞米的种植面积最大。之所以大面积种植，一方面苞米抗灾能力强，产量高，一星半点的风灾雹灾，丝毫无损，被誉为铁杆庄稼。还有就是省事，春天种上，间苗，追肥，再一趟，就等着秋天收获——掰苞米了。

掰苞米时，女劳动力挎个筐，站在两根垄的中间，左掰几穗，右掰几穗，筐装满了，就堆放在两排苞米秸中间的空地上。而男劳动力紧随其后割苞米秸。一个男劳动力，要割四个女劳动力掰过的苞米秸。

生产队长披个大褂子，站在地头，高嗓门喊道：大家要仔细呀，别落下苞米，掰干净。说完，转身就不见影了，谁也不知道他干啥去了。

即便这样细致地分工，还会有苞米被遗漏下来。一些倒在地上的玉米，掰苞米时人们不愿意猫腰撅腚地去捡，就落在了地里。人们边掰边唠，精神不够集中，也遗漏一些苞米。还有隐藏在苞米秸下的苞米穗子。所以，寻找遗漏下的苞米，就成了我们放学后的一项重要任务。

装苞米的兜子，是母亲用围裙临时改装的。母亲将围裙底边折上来，两边用针线一缝，就是个大兜子。找苞米时，我把这个大兜子往脖子上一挂，两边的布带往腰间一系。右手拿把镰刀，一边扒拉，一边寻找。看到好像有苞米的皮子就用脚去踩，一踩扑哧一声，皮子就是瘪的，苞米已被掰走，是空的。使劲一踩，把脚咯疼的，弯下腰一看，皮子里有一个金黄色的大苞米，掰下来，放进兜里。苞米秸中间有苞米粒的地方，我们分外注意，这些苞米粒是堆放苞米时磕碰落下的，往往会有苞米棒掩藏在秸秆下面，认真寻找，都不会落空。

贪黑掰苞米遗漏的会更多。不管是掰苞米的，还是装车运苞米的，太阳一落山，就着急，做晚饭、管孩子、经营猪鸡……人们都急着回家，忙三火四，再加上天黑，看不太清，遗漏的苞米特别多，不用费啥劲就捡一兜子。

最幸运的是碰到成堆遗漏的苞米，连皮都不用扒，就往兜子里一装，拿回家去。当然这样的好事少之又少。这些苞米的成色都相当不错。

整个秋天，满田遍野都是人，除了收割的，还有捡漏的。我们除了找苞米外，还会寻找遗漏的高粱穗、谷穗，凡是粮食，不管好坏，都装进大兜里，每天放学都能捡满满的一兜子。一个秋天下来，打吧打吧，每家都能有二三百斤粮食，都是好粮食。

　　那时，生产队的粮食要交公粮，有任务有指标，每人一年的口粮三百六七十斤，是不够吃的，但乡亲们都没有挨饿，我想可能与秋天寻找来的这些苞米、高粱穗、谷穗有关。

# 春 天 里

◎贾雄伟

## 春 行

春阳朗照，春水初融。3月7日，柳城镇南大营子段大凌河河水淙淙，纯度正好。水自上游燕水湖水库奔来，带着深情，带着欢畅，清澈、温润、柔软，撞击在河里的石头上，发出咚咚的、轰隆的声响，干脆、轻快、振奋、动听。河心处，河水穿越一座简易石桥，汇集成一束湍急的激流不带任何杂质地奔腾向前。水花团簇，水花飞舞，水花四溅。水花绽放在卵石散落的矩阵里，石子晃荡，草影摇晃，水光婆娑，激起碎壳泛起，草根向下游滚滚漂流。鱼儿在游荡，它们成群结队地在水流舒缓、波光粼粼的河床寻觅春光的温暖，逗引游人的戏弄。"怕得鱼惊不应人"，我不是小儿，没有钓者静潜丛中、观鱼近岸的耐心。我杂沓的脚步轻轻地踩上湿软的草野，积雪消融，草下无声，只有草尖与裤脚的刮碰发出窸窣的细响，仍然吓得鱼儿摇尾四散、轻捷奔逃。鱼儿听觉敏锐，身形矫健、轻灵、可爱、窈窕，大凌河是它们的大家园，它们倏地游向河心或下游，归向更大的群落，返回开阔的所在……

不能不说那座石板铺就的小桥。几块石板紧凑地拼对一起，平整地架在河间圆滚滚的石墩上。石墩碾压石子，湫然屹立，中流击水，岿然不动。板上红土混杂的碎石已被行人、小车耙平，踩上去坚硬、踏实，让人忍不住回首一望河水的徜徉、杨林的高莽。小桥近旁的河岸，一对恋人摆弄着手机观澜望影，时而又依偎挽手，逗趣谈情。顺桥再往前走是筑桥人拉拽的线绳。线绳把前路拦腰截断，一农妇仃守一边，笑称桥系她所建。我绕过线绳，拐弯而过，长短唏嘘，感慨妇人的善意抑或机敏。

我从河彼岸瞬间窜至此岸，想到河分南北，人各一方，想到逐水而居，沿河而种，不禁赞叹起人力的强悍和人心的齐整来。在龙城区西大营子镇饮马池村路段，我看到了崖下溪水的流淌。那是一条沿公路弯转的弧度蜿蜒在村子侧身哗哗地、安静地流淌的小溪。它也许是季节性小河，抑或雪融水偶然汇成的河沟，它掬捧着沿途枯草的荒凉和沙土的霾雾，一路向前，融化着冰痂，也封冻着杂物。我从崖上向下望，深坎底下，一段十米见方的冰块没有融化，冰块里清清楚楚的黑点密麻浮现。那是蝌蚪吗？因河开而苏醒、更生，又因冰封而冻结、僵化。一头白猪摇着卷尾，噘着嘴巴，晃着头颅，做着拱地的样子，悠闲地穿过河沟。散养的猪本就稀有，养在村头和溪口、汲取波光和水产的猪就更是鲜见，如果说它真的无人袭扰、知出知入，那可真是一头放达之猪、精瘦之猪、营养价值奇高之金猪、帅猪了！

崖下是人家，崖上是稀疏的小树林。林中各色小鸟鸣叫，空灵、悠扬、悦耳、澄澈，端的像听民乐《百鸟朝凤》。在听惯了麻雀的叽叽和喜鹊的啾啾之余，在僻静偏狭之地我们却可以狂享生命形式的多元以及变式的生动，于吃饱了硬撑、逆水行车的我而言真是一种慰藉和酬劳了！我下车端视鸟儿的身形，它们展翼突飞、扑的一声从这棵树窜到那棵树，从树尖钻到树身，轻巧如贼——我很难饱览它的全身和真容。戴帽子鸟、叨叨木子鸟、百灵鸟、布谷鸟、山雀、画眉……凡是在城市中惯常见到的笼中鸟，在这里它们的同类全都自豪地、自如地活在密林深谷、水色霞光之中。

在西大营子镇中涝村路段，我惊异于村落的规整布局。公路两边全都是涂上黄漆的木栅栏装饰。栅栏高约一米，后面是店铺人居，栅栏长度随人居的排列延伸而自然开阔。中涝村是龙城区村级公益事业一事一议美丽乡村项目村，村中太阳能路灯林立，路边商铺的墙面统一设计、统一绘制着精神文明宣讲语和社会公益宣传画，线条舒展，色调柔和，造型鲜活。几位老人于檐下闲聊，弯腰弓背蜷身伸腿，蓝棉袄厚出了褶子，臃肿却保暖；川字纹倒立，艰深却灵动。他们谈笑风生、说东道西，家长里短、男婚女嫁皆可入话，浴春光拂面，御风烟近前，风光无限，自在无两……我还看见一条黄色的板凳狗贪婪地衔着一枚骨头屁颠颠地小跑在公路上。它耳朵呼扇，四腿似柱，边跑边左顾右盼，见一拐角，慌忙左转入胡同，似是要回家开胃、秘享美食，生怕谁抢走它的猎物似的。

严冬有时尽，浪子盼春行。人间先有春声，万物先发春情，才有春潮初涨、春草泛绿、春花盛开……

## 雪 中 绿

一场接一场的大雪小雪舍不得把严冬送走，不情愿把春风留住。往年清明，我已"春服既成"、半袖上阵，打着拍子哼着歌儿，呼朋引伴地踏青上山、醉赏杏花去了。癸巳年的清明不同，阳光胆怯，灰雾嚣张，雪花片片，小草瑟缩……

不能不提到隐藏在雪窝下面的几棵平凡的小草。它们小而茁壮，淡而疏朗，是报春的使者，是抵御无赖寒冬霸占无限春光不走的战士。小草头上的积雪先化成薄薄的雪褥，再化成轻薄的雪衫，雪衫一点儿一点儿消融，变成雪片、雪末。骤风吹来，雪末飘散，露出小草害羞的、冷静的、果敢的、凛然的、坚毅的、俊俏的容颜。小草脚下的土壤开始松软，尽管周围的土层依旧板结。小草被雪围堵，它周边的雪在被行人踩踏之前依旧顽固地凝结着、冰冻着，捍卫着世界上最后一丝寒冷和严酷。冷风吹彻，冷气逼人，有一米阳光冲破雾霾，照到广场里松树下的小草上，让全身的纹脉绿波荡漾，让鲜活的气息澎湃盎然……一个一年级的女孩子，挣脱爸爸的引领，通红的小手伸向一丛在雪中倔强地迎风摇摆、舒展腰肢的无名野草，对爸爸说："看，爸爸，小草发芽了……"

是的，总有一个时刻冰会消、雪将融；总有一个瞬间，草木萌生，春潮涌动。风雪夹击、雾霾携手，可在不可思议的怪诞与乱象里，总有一抹绿色触动心灵、惊艳眼球！没有一个冬天不可逾越，没有一季花海不会回还！瘦弱的小草相互依偎着取暖，在向残冬的余威宣战，它们根已扎深，叶已水嫩，每一针毛刺都伸展着一季的新生，每一粒种子都把生长的欢乐流传！小草，你虽单薄，却最先播送春天的喜报；小草，你虽渺小，脚下却牢牢占据整个地球！

几个大孩子在广场的水泥转盘上堆雪人、打雪仗。他们大概还未留意到春的踪迹已悄然而至，芳草的气味已弥漫在污浊的空气里。虽然春日每每迟迟，但卉木早晚萋萋。彤云遮不住暖阳，天灾压不垮大地。只要生机还在，只要希望盈怀，只要光明还在，只要壮志在胸，万象依旧更新，三春后会有期、别来无恙！

雪中绿，是大地的礼物，是春天的念想。在雪中戚戚，在绿中呼吸，在梦里憧憬。怨春，春不归不语；唤春，春不离不弃……

## 蹒跚的春

今年的春来得稍晚一些，步履蹒跚，跟跟跄跄，像一个慵懒的顽童，想永远睡在大风与低温搭建的襁褓里。盼望着，盼望着柳树吐绿、桃花吐蕊、杏花引蝶、春雨沾衣……春天总是那么矜持，那么怠慢，好似不管人间有什么忧烦和企盼，依然会不声不响、不急不躁、不温不火、不愠不嗔地莅临大地、萦绕身边……

我最惊喜春草了。春草比春花早萌生半个月，它在乱石中发芽，在灰土中返青。它在冬眠中醒来，奏着"春风吹又生"的小调，斗着北风与西风的纠缠，和着南风与东风起舞。那是一丛车轱辘菜，这是一丛含羞草；那是一棵新鲜的苦麻菜（菜市买三块钱一斤），这是一株带刺的婆婆丁。更多的小草其实没有名姓，有的刚在土地上冒尖儿，却以自己的风姿向春天招手，以自己的方式主宰着脚下一寸见方的土地。很多小草相互依偎着，生长在石头中间，被杂物包围，可它们的拔节依旧有力，它们的呼吸格外畅通。是呀，春天为期不远，任何一种力量都无法阻隔春雷滚滚的高亢、春风化雨的温柔。

柳枝是最柔情的。腰肢软、泛绿慢、嫩芽稀，挑逗着路人观照的神经与期待的视距。春雨如酒柳如烟，这是远看的景象，这是细品的直觉。柳枝的节间伸出尖尖的、软软的小芽，鹅黄色，青绿色，浓绿色……芽苞里再吐出嫩叶，嫩叶长大、变阔、伸长，随着枝条抖动舒展、妩媚蹁跹、万条垂下、丝绦如缕、碧玉妆成、楚楚动人……

还有一树树春花，它们接力式地开放，装点了整个花枝招展的春天。最先开放的是墙下的看桃花，小而秀丽，娇而不媚，春雨一湿，乱颤风中。我对看桃没有几次驻足看过，因它的单薄？因它的轻佻？在暖风与寒风交会的十字关口，朵朵看桃含苞蓄芳、呼之欲放。它们的盛开往往是一夜之间的事，疏疏浅浅，清清淡淡，星星点点，不请而来，不宣而战，不辞而走。

桃花未谢，杏花接档。杏花以素雅和清丽惹人怜惜，"沾衣欲湿杏花雨，吹面不寒杨柳风""小楼昨夜听春雨，深巷明朝卖杏花"……杏花因雨而娇楚撩人，雨因杏花而清澈欲滴。杏花的洁白、杏花的娇羞、杏花的玲珑、杏花的剔透，都摇曳在观者的心中，回味无穷、挥之不去……

李子花和梨花还蓄势未开。它们的枝头已经绿了，叶片已经宽阔，叶脉已然清晰了。它们看着桃走云飞、杏花春雨，不急不恼，以自己的节奏安度花期、擎托花蕾、绽放花朵……杨树狗子还没掉光，杨花柳莢有才思，漫天雪飞会有时。榆树和枣树在乡间常见的树木中是最晚苏醒的，它们干枯的、皴裂的肌体上现出一丝一毫的绿时，便意味着春的告别、证明着枯木逢春。

春天里开满了花赶趟，开满了埋藏了一个冬季的、那生机勃勃、蒸蒸日上的沸腾欲望。春天因来得艰辛、来得辗转，而惹人珍惜、惹人怜爱。惜春常怕花开早，常恨春归无觅处。我们怜春、盼春又恼春，皆因春的娇俏、春的缱绻与无限流连……

## 花海如涛

有人喜欢室中的花盆，我却钟情山间的花海。花盆里的花朵把娇羞献给主人，山中的花海将澎湃汹涌到天外。花海如涛，豪放如潮，那是香雪海在奔腾，那是美与热爱的燃烧……

玫瑰奉献给了爱情，阳光奉献给了草场。这万山开遍的杏花、桃花、李花、梨花将春之清新、明媚、疏朗、温暖奉献给了山川、溪流、大地、你我。一年四季，最喜爱春天，最喜爱在春天里四处行走，看处处春花、青青芳草，赏驿路笑颜、歌飞花香。一枝红杏出墙来，山寺桃花始盛开，梨花作盏饮清风，五月槐花纳香来。一树花开映红了一个院落，树树花开热闹了一片山野、一处村落、一脉家园。山脚下仰望，是山花如海；山坡上回望，是花海如波；山尖下居高临下，是花赶趟、花起舞、花的洋洋洒洒，花在浩浩荡荡……醉心于花的海洋，心也显得年轻而爽朗；委身于花的世界，我们愿意做采蜜的蜂蝶、戏水的雨燕。无忧无虑，有情有美，人间好事第一桩：游春与赏花，惜春与问情。春夜雨霏霏里我们睡了，滔滔不绝的花汛里忘记了喝醉。

繁花似锦、落英缤纷。花瓣的脆、花蕾的嫩、花苞的柔、花蕊的艳是用来看的；花与风婀娜靡靡的交响是用来听的；空气中袅袅飘荡的花香是用来嗅的。多少人驻足花前月下，品一缕花香一夜无眠，采一季花事一生无憾。黛玉葬花，葬的是繁华的消逝与不返，生命的轮回与无间。花开有时，花谢无意。花的集体盛开与枯萎，宛如自然界里一次庄严的庆典与祭祀，永远充满着热烈的恢宏、隽永的悲欢。男人爱花，爱的是风流与妩媚；女人爱花，爱的是光华与馥郁。迷人花海，成全有情人；阵阵花香，拜倒石榴裙……

　　春暖花开，春风浩荡，春阳和煦，春水潺湲。阴霾被驱散，窗儿被打开，胸怀敞亮给天地，再不为冬的忧郁纠结，因为有叮咚的旋律敲响，有生命复苏的迹象涌现。枯木逢春了，香雪如海了，果实盈枝了，孩儿舞蹈了。"春服既成，冠者五六人，童子六七人，浴乎沂，风舞乎雩，咏而归。"这是古人的气度，孔孟们、太学生们在千年以前是要放春假、剪春韭、踏青春的。春花如海，海晏河清。春把安详与纯净带给人间，英雄豪杰们荡胸生层云；花把温情与壮美呈送众生，贩夫走卒们也决眦入归鸟。爱春天，就是爱一切热情迸发的生命体；春花春草里，我们阅读与诠释生命的潮涨潮汐，不倦不疑……

# 瓜田情结

◎沈德红

西瓜西瓜圆又圆
红瓤黑子在里边
打来井水镇一镇
吃到嘴里凉又甜

初识西瓜，是在我童年的时候，依偎在妈妈的怀抱，吃着自家种的西瓜，妈妈总是教我唱这首童谣。

我出生在一个偏远的小山村。小村依山傍水，垂柳依依，风景特别秀丽。这里的土地属于沙质，适合种西瓜。

小村子前面，有一条潺潺流淌的小溪，小溪旁有一大块平整的土地，这就是村里人分到的瓜田。

春天，我们这些小孩子跟在爸妈身后，帮着种西瓜。星期天，帮助爸妈除草。六七月份，西瓜开花了，黄色的小花朵，散发着沁人心脾的清香，引来一只只蝴蝶在瓜田里翩翩起舞。

当西瓜像小碗那么大的时候，河边出现了一个个小窝棚，是用柳条编织的席子围成的，里面有床和小灶，可以简单地留宿，做饭吃。在童年、少年时代，瓜棚是我最愿意去的地方，每天放学，直接跑着去瓜田。

我们这些孩子，凑在一起打闹。有时候，坐在窝棚里，看天上的云彩，一会儿像小兔，一会儿像小狗似的变来变去。还喜欢看星星和月亮，在那个时候，认识了北斗星、三星等星辰。

我特别喜欢欣赏瓜田的美景。清晨的时候，朝霞把瓜田笼罩在绯红中，像个美丽的梦，让人产生遐思。黄昏的时候，瓜田披上了粉色的纱巾，朦朦胧胧的美，打动心扉。而笼罩在月光下的瓜田，是那样神秘莫测，特别有诗情画意。

瓜田里的西瓜，在日月轮换，和风细雨的抚慰下，和我们这些孩子一样，在不知不觉中，渐渐长大了。整个瓜田里，一个个又大又圆的西瓜，触目皆是。

当时光的脚步踏入8月份，西瓜该上市了。我们把西瓜搬到河对岸的公路上，选一棵枝繁叶茂的大树底下，摆上一个小炕桌，一个小菜板，还有一把菜刀，这就算开张了。这条公路，来往的车辆很多，有很多人会停留下来，吃西瓜，买西瓜。

因为西瓜富含有利于健康和美容的化学成分，还有利尿消肿的功效，能有效治疗口舌生疮，咽喉肿痛，所以特别受大家的喜欢。我们这些小孩子，每天吃西瓜，很少生病。而对于我来说，长年在瓜田里，对西瓜的生熟掌握得特别准。用手指敲打西瓜，发出咚咚咚咚清脆的声音，就是生瓜。而发出沉闷的声音，就是熟瓜。还可以看西瓜表皮的颜色分辨西瓜的生熟。浅黄色的瓜是生瓜，颜色黑绿的是熟瓜。

后来，我才知道，看瓜无非就是一个形式，过路人口渴了，摘一个瓜不算偷，而乡里乡亲的，随便吃。

我们把最好的西瓜留在八月十五。那天，村里的男人们都会拉着满满一车西瓜进城去卖，因为有供月的习俗，买西瓜的人特别多，能卖一笔巨款。

妈妈精挑细选了两个又大又圆的西瓜，我们一人抱一个西瓜，走在回家的路上。妈妈抱的那个西瓜，像篮球那么大，黑绿色的，带着黑色的花纹，我都能看见，黑色的西瓜子躺在红红的西瓜瓤里睡觉呢！可我知道，这个大西瓜是妈妈留给她的学生的。他是班里的三好学生，住我家旁边，一个10岁的少年，爸爸车祸去世了，他家是村里唯一没有种西瓜的人家。

妈妈的手特别巧，她拿着小刀，上下翻飞，不一会儿，两个美丽的花篮就出现在我眼前。妈妈用小勺挑几下瓜瓤，真像花篮里装满了盛开的鲜花，红红的花瓣，随时会掉出去一样，特别逼真。

妈妈轻轻地抱着那个大花篮，走出门去，我趴在窗台上，看见妈妈走进他家院子，那个少年飞奔过去，抱住了妈妈，妈妈用手爱怜地抚摸着他的头发。不知道为什么，我感觉，那个画面很温馨，很美好，心里面感觉又酸又甜，差点儿哭了……

中秋那天，夜幕降临。妈妈在窗下放好桌子，把西瓜放在上面，西瓜周围也会摆几样水果。然后让我枕在她腿上，和我聊家长里短。我知道，这叫供月。当月亮升起来，照在西瓜上，就算月亮奶奶吃过了，我们才可以吃。

日子就这样一日日一年年重复下去，我也长成了大姑娘，远嫁他乡。从那以后，再也没有回去过，再没有吃过故乡瓜田里的西瓜。虽然，每到夏季，也买西瓜吃，但感觉没有故乡瓜田里的西瓜甜，总感觉缺少点儿什么。

每到夜深人静的时候，那首童谣《西瓜娃娃》就会在我耳边响起：西瓜圆，西瓜大，西瓜像个胖娃娃，贴在耳边细细听哟，里面说起悄悄话呀。哎儿呀子喂，哎儿呀子喂，里面说起悄悄话呀。这个甜，那个沙，这个味道有点儿差，小小年纪讲诚实哟，真是一个好娃娃呀。哎儿呀子喂，哎儿呀子喂，真是一个好娃娃呀。

我知道，无论我走到天涯海角，瓜田情结，已经用思念作绳，紧紧地系在我的心上。瓜田情节，任时光流逝，那无法忘却的场景，会伴着我走过春秋冬夏，一直老去……

# 那盘土坯炕

◎杨国民

　　我是在老屋土坯炕上出生和长大的。

　　记忆中老屋很旧，一溜五间土坯房，方格窗棂，白色窗纸。一盘大炕，两个大柜，几口缸就是老屋全部家当。老屋里供一家人睡觉的房子两间房相通，一根圆木柱子架起一道黑黢黢的榆木房梁。土坯炕搭建得很宽、很大，足足占据了整个房间大约三分之二的地盘。它紧挨着窗台，向阳。大多时候，土坯炕上面铺着一张有些破旧的炕席（用高粱秸的篾儿编成），有的地方起了毛刺，有的地方用布打了补丁。土坯炕，顾名思义是用土坯砌成。老家的人们在黏土里掺上树叶、稻草和几段高粱秸秆加上水，用三齿铁耙上下左右翻动狠劲地搅匀，放进长方形的木制坯模子里，再使劲用双脚踩实，用泥抹子抹平整，一块块放在太阳下暴晒。人们把这种活计叫作"脱坯"，这是一个非常卖力气的苦差事，只有青壮年劳力才能完成。这些土坯干透以后，变得特别坚硬结实。土坯用泥土做成，厚厚实实，冬能保温，夏能存凉。用土坯搭炕无疑是一种智慧。

　　我们把土坯炕挨着大灶的一头称为"炕头"，另一边则是"炕梢"了。炕头永远是块"宝地"。春天，将炕头的席子揭开，用砖砌一方池，铺上用筛子筛过的细沙，选些个头大芽点多的地瓜埋在沙土里，均匀地洒上水。炕头的温度高，地瓜很快就长出微红的嫩芽，接着便是绿汪汪的一畦。清明前后，将这些地瓜秧苗移栽在大田里，秋天就可收获很多的食粮。数九严冬，春节来临，母亲将黄米面放入大瓦盆里，用水和匀，用棉被捂严，放在热炕头上，面粉很快就会发酵，发酵后的面粉能蒸好多的豆包，热炕头立下了汗马功劳。炕梢，一个高高的被垛，花花绿绿十几床被褥整整齐齐摞在一起。每到晚上，长姐老早就将被垛上的被褥和枕头一套一套地铺在大炕上。先是炕头的父母，接着是家里最小的娃娃，大一点儿的娃娃，再大一点儿的娃娃，从炕头一直排到炕梢。严寒的冬天，老屋四面透风，睡在大炕上感觉身子底下贼（特别）热，头和脚却是冰凉。

我们是在大炕上用餐的。每到饭时，我们将两个方桌，一个放在炕头，一个放在炕梢。全家十几口人，年长的在炕头，年少的在炕梢。要是过年过节，我们会把两个方桌并放在一起，十几口人围坐在桌旁。过年过节煎炒烹炸大灶用火量大，炕的温度也会大增。土坯炕的热度很持久，我们不得不在屁股底下垫上蒲团（用苞米皮编织成的坐垫）。虽说吃着并不丰盛的饭菜，可一大家子人团聚在一起，有说有笑，其乐融融，那种家的感觉酣畅淋漓。一直以来，我都是这样觉得，家就应该是一个有温度的地方，烟火气息浓郁。土坯炕相当于一个载体，把家的气息烘托出来。

我不知道什么原因，小时候的冬天怎么会那样寒冷。屋外，总会是朔风阵阵，大雪飘飘，大地冻裂，滴水成冰。数九寒天，恰是农闲之时。闲不住的乡里乡亲开始走家串户（也叫"串门子"），土坯炕便责无旁贷地承担下了"接待"任务。全家人吃罢早饭，实在的母亲将炕沿下的炉子点着，加些煤块，把土坯炕烧得滚烫，乡邻便不期而至了。他们有的双膝合拢盘坐在炕头，有的随随便便搭坐在炕沿，一杯清茶，一把瓜子，一支纸烟，几个冻梨，几片烤地瓜，闲聊家长里短，陈年往事，一切都是那样无拘无束，一切都是那样自自然然，一切都是那样富有人情味。火热的土坯炕驱散了冬天的严寒，温暖了乡里乡亲，也升华了浓浓的乡情。

　　一盘大炕承载着童年的记忆。记忆中，大炕上永远都放着一个大大的针线笸箩，只要稍有空闲，母亲都会拿起笸箩里的针线，戴上顶针儿，为我们缝补衣服或是纳鞋底。记忆中，大炕上永远都放着旱烟盒子，父亲烟瘾上来，马上就会卷上一支，吸上两口。大炕之上，我们大呼小叫地玩扑克——"抓娘娘""打百分"，因为输赢常常弄得面红耳赤，甚至不欢而散。大炕之上，姐姐妹妹欻嘎拉哈（猪或是羊腿上的一块骨头），一个碎花布口袋高高抛起，大炕上嘎拉哈正面或是反面一样的瞬间一把抓起，然后再接住口袋，玩着各种花样。大炕之上，我仰面朝天悠悠哉哉地看着小人书，在黄继光、杨根思等英雄人物的身上捕捉着英雄的感觉。大炕之上，我跷着二郎腿，竖起耳朵聆听挂在房梁上那个广播匣子播放的样板戏。大炕之上，我们在一片笑声中分享着瓜子、花生的香脆，龇牙咧嘴地品尝着带着冰碴儿的黑色冻梨……

　　懵懂少年，很长时间里，我都会双腿盘坐在土坯炕上，透过窗户最下面仅有的三小块玻璃窗，傻傻愣愣地望着老屋院落的一切。在春天，老杏树花繁满枝，满院清香四溢。乖巧可爱的麻雀在井沿边蹦蹦跳跳，啄食着地上爬行的虫儿。红冠子、长尾巴的芦花大公鸡伸着长长的脖子不断地啼鸣。在夏天，父亲极娴熟地用那架老态龙钟的辘轳汲取老井之水，一桶桶地浇灌井边的菜园。老井之水催生了菜地里青翠的黄瓜，酸甜的番茄，绿油油的豆角，催开了井旁红艳艳的地瓜花，金灿灿的向阳花，艳丽的玫瑰和大朵大朵的芍药。到了秋天，院落里向日葵耀眼的金冠下，妩媚出一脸的灿烂。那低矮的篱笆墙上，扁豆花开了，层层叠叠，沸沸扬扬，荡漾出一片清新淡雅的紫色；横卧于甬道之上的葡萄架下，有了一串串紫色剔透"玛瑙"；老屋东南角几棵老枣树上，炭火般的枣子燃烧出一片红红火火；隐藏在小菜园里大白菜下的蛐蛐发出银铃般的悦耳叫声。冬天的早晨，玻璃窗有了好看的冰凌花，山、水、树木、房屋……只要你想象出来什么就会有什么，很神奇。一盘炕，一个少年，好多憧憬。

家里还没有电视机的时候，在田间劳累一天的父母回到家中，唯一能够解闷的就是我给他们唱上一段样板戏。当时，我也就是七八岁的样子，毫无拘谨地站在土坯炕的中央，头上戴着父亲的大狗皮帽子，穿上羊毛坎肩，腰间扎着武装带，学着《智取威虎山》中杨子荣的样子。"穿林海跨雪原气冲霄汉，抒豪情寄壮志面对群山……"一大段台词唱得完完整整，有滋有味。每逢唱完，父亲就会把我按倒在炕上，用满脸的胡茬蹭我的小脸，弄得我吱哇乱叫。母亲站在一旁笑得前仰后合，整个房间里盈满了欢声笑语。土坯炕是我演戏的舞台，更是我成长的摇篮。

"老婆孩子热炕头。"一个男人要是有了老婆，有了孩子，再有一盘热乎乎的大炕，那就是一个完整的家，温馨的家。即使再苦再累，也会心甘情愿，我们的父辈就是这样。后来，我在土坯炕上长大了，离开故土，离开了我挚爱的土坯炕。再后来，我有了自己的家，住进了城里的楼房，有了柔柔软软的席梦思床。土坯炕成了我的记忆，可我始终也没有忘记土坯炕，没有忘记土坯炕的火热和家的温馨。久居城里，每次回到乡下，我都会放开四肢平躺在滚烫的土坯炕上，烙一烙僵硬的后背，用土坯炕的温度唤醒我的记忆。

# 古 梯 田

◎张龙兴

村子南边隔着曼地的山坡有十几层古老梯田，是一列大山与曼地之间的衔接过渡带，将大山的坡度慢慢放缓，山与曼地显得益彰。

古梯田，村里没人知道是何时何人建造的，村民年年在此耕种、收割，一年又一年。梯田全是就地取材的自然散落的坚硬黑色山石砌筑的，大小不一，形状各异，凸凹嶙峋，大的如牛体小的如乳猪，被风雨蹂躏的苍老石墙布满了青苔，像风骨犹存的老人诉说着历史过往。梯田挨山的几层坝梗上有几棵稀稀拉拉的古松，山腰以下全是油松，树龄至少上百年，何人种植的不得知。

辽西的气候十年九旱，不比南方梯田，山有多高，水有多高，虽说这里高瘠地薄，极度缺水，但这里有得天独厚的优势，梯田处在山北，大山阻挡了正午太阳照射，特别是冬天里的积雪，待到来年春天才融化，较其他地方墒情好，无论种植谷子、糜黍、豆类、高粱、玉米等农作物都适合，虽较阳坡少了日照时间，但相对其他地方耐旱。

沿一列山脊有连绵起伏的山峰，中间一座特别高大，像擎天立柱，险峻陡立，悬崖处常年有老鹰住，先民形象地运用了借喻的语言艺术，把这座最高峰叫老雕窝。初春，山上仍然保持一派黛色，老雕窝悬崖依然没有走出冬季的眉青色，松树林披着融融春光，积蓄春的勃机，梯田里有人吆喝牛拉着烙擦子烙地，边角地头由村妇用榔头或耙子夯砸土坷垃，手一扬起一落下一块土坷垃被击成粉末，手再一扬起一落下又一块土坷垃变成粉末，村民力争做足上地春播前准备，村妇头上扎着红或绿的围巾，成为梯田上一抹亮点。因处在东西向大川通透的中间位置，北侧又是平地、丘陵、县道、村庄相间，梯田成为空旷山野里的大舞台，几十里外的人都能望见梯田，惊诧古梯田人勤春来早，首先拉开了春的序幕。梯田层阶宽窄不同，古人懂得因地制宜，坡缓地则宽度大些，陡坡相对窄些，十米、八米、十一二米不等，中间之上的梯田长度基本一致，绵延数千米，也并不一马平川，随原有沟脊平缓起伏。中间之下，长度收短了，因大自然地质运动，曼地为河床，与梯田交际处是十米多高的陡坡河堤土坎，土坎被冲刷成几道大湾，犹如陕北黄土高坡一排排窑洞口窗户顶部，大湾是有户口的，如"彭家湾子""高家湾子""刘家湾子"，无论是在生产队时代还是分田到户，到现在传统称谓都没有改变。大湾两侧是短梯田，坡度越低长度越短。整坡梯田长度不一，好似文章长短句，有百亩的一篇大文章。文章有物境和意境，让人一年四时能产生想象，借景舒意，韵律轻吟恐怕也有几百年时光。

春天种田开始，禾苗还未出，花根、草根积蓄了一个冬天的蛰伏，春风一吻过地面，接到命令似的，山边、田坝石缝处、田埂上的小野花、小草就接二连三地开放，竞相疯长，虽不成章法，但自成一节，按照各自姿态、颜色、清香闪亮登场，也不计较哪里该疏哪里该密，都长得精致，特别是苦麻子花，一开就是一片，花茎长出分叉，分叉又长出分叉，每支头顶一朵小黄花，矮矮的，颤颤巍巍地摇晃，向梯田土壤里的种子招手呼唤快快长出来吧，过不了几天，梯田的禾苗齐刷刷露头了，禾苗为彰显梯田主人地位，几天工夫，满坡梯田被绿色覆盖，随着肥料的给力，以及雨水的泽润，庄稼很快长成一条一条青纱帐，在村民的呵护下，直到秋天硕果累累。

一条曲折的上山小路从梯田当中穿过，将梯田相互串联起来，行走在小路上，每一层梯田就是一首诗，每层梯田的庄稼各有章法，庄稼交谈的细语让人能猜出几分，或高粱，或玉米，或种子不同的差异，或六月六谷子该出穗了，八月高粱脸该红透了，每首诗主题没离开过农事。

春播时，为驱赶野鸡偷吃土壤里的种子，梯田里间隔不远就有穿着破旧衣服的稻草人看护，它们头戴一顶晃悠悠的破草帽，直到满垄绿色还在坚守。一道道黑石梯坝，像画家描绘大海里航行的长船，戴着草帽蓑衣的艄公掌舵，艳红的樱桃花在老雕窝崖上盛开，山腰松林换上了翠绿容颜，在远处眺望，收进眼底的是一幅浓墨重彩的美丽春景图画。何止春景图？秋天漫山红叶，满坡梯田金黄色，老雕窝上一排排老鹰盘旋，不也是一幅更美的秋景图画吗？"自古逢秋悲寂寥，我言秋日胜春朝。晴空一鹤排云上，便引诗情到碧霄。"佩服刘禹锡写出了秋天的豪气。满坡梯田捧出万斛粱谷，回报勤劳的村民。感叹祖先的智慧，将贫瘠的山坡绘就成美丽图画，福泽后人。

# 风清霭润采茶忙

◎史　辉

　　3月中旬，虽值仲春，北方仍旧大部植被干枝未脱，唯有前期花草含蕊待笑，寒气袭来，身抖肤凉。此时的江南已是满眼皆绿，宜人舒爽。我的一位在南方养茶的盘锦朋友突然打来了电话，说此时正值明前采茶忙季，邀我前去体验生活。研究茶，我这个品茗不知所以，茶树未触，采、炒、筛、装未见的茶盲，倒是蛮感兴趣。于是便欣然应邀，订票前往。

　　来到朋友所居的山脚下——湖州市妙西镇范坞村时，已是夜幕降临。我与朋友选定民宿，寄顿安歇。在品茶觥交中，我与朋友体验到了乡人异地而聚的真情实感。从别乡思亲，到孤人与山茶为伴；陋室门前独立望山，左右疏民亦无往来的孤独与寂寞。说着说着，友弟眼圈泛红，虽彻旦夜阑，仍不肯休。第二天晨起，洗漱饕毕，我轻装上阵，与友人步行上山。步入山间，举目望去，哦！如此壮观。这里虽为山地，但山峰不高，起伏连绵，既无秃山亦无荒壁，植被蓁茂，满眼皆绿，均为可用之地。满山坡上，除了山脚处偶有成片的修竹点缀，全是茶树。棵棵茶树，灌墩而列，笔直成行，山山相连，峰谷一体。远处望去，呈梯次面的茶田如鱼鳞漫弧，层似绿毯；阡陌有序，畦塍尽显。在薄雾的映衬下，犹如一幅精美灵动的山水画令吾大饱眼福。此时，身背竹篓，身着各式艳丽服饰的采茶女已遍布山坡，与绿色茶园浑然一体，形成了一道亮丽风景。说起采茶女，通过影视及艺术作品我似乎脑有成像，一定是身着蓝底白花的侧开衫，貌美如花的豆蔻少女。现今则不然，大都来自于豫、皖、苏一带的媪妪，有的已至六旬开外。雇用美少女采茶只能是一种美丽而遥远的传说……

接下来的任务是进入体验操作阶段。初进茶园，不知所措，于是我与采茶女并肩而行。她们告诉我，不要急，要有耐心，关注茶树各杈顶尖的蕊芽，做到每采必取"一心一叶"。其间茶主人还在树前垄沟徐徊不止，督喊："采尖，采尖。"只有如此，方能保证茶叶的精华所在。采茶女是主人以每天一百五十元雇用而来，她们实行日工制。每天中午和晚上收工前各向主人交鲜叶一次，每次二斤，一天下来四斤左右。时至中午，采茶女均下山用餐。友弟问我，大哥，咱俩下山吃点儿东西吧！我说："秀色可餐，饥欲何有？"于是，我帮他身背鲜叶下山送到烘炒车间（他人代加工），然后再上山，与饭后上山的采茶女共同采茶。夕阳西下，采茶女们交茶下班，我与友弟再把收上来的鲜茶叶送至山下烘炒车间。往复循迹，天天如此。

采茶的时段是固定的，一般来说3月20日左右开采，至4月5日结束，半月左右，也就是我们所说的明前茶。茶的产量和茶农的收成与天气有关，如遇大雨低温天气，不仅误耽延搁采茶期，而且茶树长势亦受影响。也就是说，在固定的时限内，茶树不能正常生长吐芽，又不能如期采摘制茶，茶农的效益自然受损。

为何明前采茶？只因当春复苏，气候温和；长势均匀，芽蕊初展；雾润露染，清香沁脾。明后随着气温升高，茶树枝叶疯长，即便采叶酿茶，也会味苦感涩，只可论为次茶，行家一品便知。采茶季一结束，茶农们就要利用电锯截断茶树上部，待来年柯杈吐蕊。

说完采茶，自然要说炒茶。传统的炒茶过程，我只是偶尔通过电视介绍，从未谋面。茶师们在大铁锅中不断地翻动烘炒，既要分寸适度，又很辛苦。现如今，随着科技的发展，养茶制茶的过程也都借助于科技手段，从而提高了效率，减轻了人的劳动强度。制茶车间一般设在山脚下的简易板房中，设备购齐要投资几十万元，只有养茶大户才能自购，小户只能借助加工。程序是：茶农将从山上采下的鲜茶叶背至车间过秤，然后放置烘干床上摊平，人工筛选，将杂叶、树梗、沙粒剔掉，然后机器烘干。接着是中心环节，把烘干床上的鲜叶移至槽式干炒机上，经过十几分钟的干炒后，鲜叶已成干状。最后将干茶叶再转至烘香机中，通过自动烘香，即可脱去水分，又可增香。增香后的干茶放入袋中，称重注名，待业主各自而归。当天采下的鲜叶必须当晚炒制完毕，否则，鲜叶就会变色变味，无以成茶。此外，大户茶园的园间管理、送肥加料、切割搬运等环节都是通过单轨运输机自动升降，省人节力，科技作用凸显。

业主将干茶背回家中后，再进行一次人工复勘筛选，旨在去掉非标干叶、干梗及沙粒，确保茶叶质量。然后将筛选的成茶分别装入一两、二两不等的袋中，用封边机封好，放入统购的印有安吉白茶（绿茶一种）标识的铁茶盒中，最后将铁盒成列装入硬式纸盒中，再配上外包提袋即可发运。

这里安然若素，氓庶蕃息，家家都是二层小楼，黛瓦白墙。收入来源主要是茶叶和竹笋（含竹林）。这里的茶叶价格不菲，但很少直销，与传统的茶道大相径庭。原住户的大片茶园大都租给了城里老板。这些城里有产业的大老板每年业务用茶都要从茶店自购，既昂贵又不保真。租买茶园，既有自己弄茶之娱，又能让客户员工品到自家焙制的保真新茶，可谓一举两得。成茶包装后不用零售，都是按公司指令直接发往所需之地。当地居民在稳吃租金的同时，大都自留几亩茶园，自采自酿。健身娱乐兼有，自饮赠友并蓄，余者可自售，日子过得很惬意、滋润。

茶之成本之高，是我们这些只会饮茶却不懂茶的人难以想到的。四斤多鲜叶——即四万多片鲜叶只能产出一斤干茶（成茶），那么，一斤成茶的采摘费用、加工费用、包装费用、外雇人员的管理营销费用等合计可达几百元之多，如遇特殊天气，望园而叹，损失会更大。

　　三天的茶园生活让我感慨不已，走进或彻悟一项事物的本源，其意义是何等之大？此次湖州之行，既丰富了我的人生履历，又让我学到了茶识茗史，体悟到了茶之来之不易！品茗岂知做茶人？"一粥一饭，当思来处不易；半丝半缕，恒念物力维艰。"但愿我们每个品茶人都能丢掉它的"随意"，品出它的"真味"。

# 团 圆

◎王　雁

　　小区里搬来一位疯妈，听说是媳妇在家里容不下这位疯婆婆，不得已，儿子花了几万元在这个小区里买一间车库旁边的储物间给她栖身。

　　疯妈虽疯，但不讨人嫌，只是思维有些混乱，有时说话颠三倒四。每天疯妈都会站在她房间唯一能透进阳光的一扇小窗前看来往的车辆和行人，嘴里总是喃喃地说着什么，路过的人都说，疯妈想她的儿子、孙子了。疯妈的儿子，我没见过，听小区里的人说疯妈刚搬来的时候送过几次饭，以后就再没来过，所以疯妈经常是饥一顿饱一顿吃不好饭。

　　那天，北风嗖嗖地刮，天上飘着轻雪。我中午下班回家，看见疯妈里三层外三层地套着红的、绿的、白的单衣、毛衫坐在院子里的石桌前，桌上摆着两个饭盒，嘴里又在喃喃念叨什么。我走过去问她："这么冷的天，怎么不进屋？坐在这里干什么？""我在等我的儿子来接我，接我回家和我的小孙孙吃团圆饭，下雪了，就快过年了。"我听着心里不是滋味，不禁低头看了看那两个盛着"团圆饭"的饭盒，一盒是凉水泡大米饭，一盒是酱油泡白菜条。"进屋吧，外面太冷，吃凉饭会生病的。""我不进屋，屋里黑我上不来气。"疯妈

136

大声地和我嚷道。"那我帮你把饭泡上热水再吃，行吗？"这回疯妈没吱声，我端着饭盒进了她的小屋，一股霉味扑鼻而来，屋里黑黑的什么也看不清，我往前走了两步，扑通一声被一个东西绊个跟头，仔细一看，是棵大白菜。等我好不容易找到暖壶，里面空空的一滴水也没有。我掏出手机往家里给儿子打个电话，叫儿子把暖瓶拎下来，再嘱咐他把昨天蒸的豆包放进微波炉打一下拿下来。

几分钟后儿子下来了，我给疯妈的泡饭换上热水，把热豆包递到她手里。疯妈接过豆包后仔细看了看我和儿子，足足有一分钟，眼神里满是纯净，泛着一种母爱的光，然后端起饭盒转身回到了她的小屋里。

星期日，我在家休息，吃过早饭，儿子端着一小碗鱼刺下楼去喂小区里的流浪猫，刚下楼便听到楼道里响起儿子急促的脚步声，只见儿子气喘吁吁地跑上来对我说："妈、妈，快下楼，楼下有人打疯婆婆！""谁打她呀？"我连睡衣都来不及换就和孩子奔到楼下。一看两个收拾垃圾的人正和疯妈在厮打，疯妈显然寡不敌众，已经被打倒在地，头发也被打得散开来，手里却一直紧紧抱着两个空易拉罐。我喊了两声没管用，便急忙上前想把她们拉开，没想到那两个人力大无比，我没拉开不说，小腹却挨了一脚，踢得我现在还隐隐作痛。我急得不行，好在小区的物业人员闻讯赶来，拉开了两个打扫卫生的人。

一问才知道，两个收拾垃圾的人智力多少有些问题，社区为了照顾她们给了她们这份工作，她们每月除了工资也能在垃圾桶里淘来一些易拉罐、纸壳等来换些零花钱，在她们的思维里，这块领地只是她们两人的，不容外人侵犯，显然疯妈的举动惹火了她们。

我从地上扶起疯妈问她，要这些空易拉罐做什么？疯妈像个做错事的孩子，无辜地看着我，眼里竟含着泪水，小声说道："换钱，给小孙孙买鞭炮，好回家过年，吃团圆饭。"我听着再也忍不住，眼泪一下就涌了出来。连小区的物业人员、两个五尺高的汉子听罢眼圈也红红的。疯妈呀！即使神志不清，她的舐犊之爱也是清醒的。

这几天，疯妈病了，可能是又冷、又惊、又吓，吃饭又不及时的后果，她的儿子没来过，疯妈颠三倒四地提供了几个电话号码，都没打通，小区里的几个好心的大妈轮流给她送饭。昨天，我让儿子给疯妈送去米饭和一碗炖好的鸡肉蘑菇，开始儿子有些犹豫，怯怯地不敢去，我说：去吧！没事，疯妈不打好人！

今早起来，已经有爆竹声欢天喜地的响起。我看见疯妈又站在她仅有的一扇小窗前，嘴里喃喃地念叨些什么，精神却大不如从前。看见我的车开过来，疯妈向我挥了挥手咧嘴笑了，我也笑着还她一个祝福的笛声。

乌鸦尚知反哺，羔羊也知跪乳。要过年了，我不知疯妈的儿子什么时候能接她回家过团圆年、吃团圆饭，我也不知道疯妈还有多少个明天。但我知道，在我们每个人不足百年的人生中有两件事不能等待：一件是尽孝，另一件是行善！

# 殷小竺散文

◎殷小竺

## 芹洋：就在那里

### 1

芹洋又名芹竹洋，宋代时建村，属福建宁德福安市溪潭镇。

2010年9月21日辗转政和、柘荣进村。微雨初歇，山间云雾飘浮。坐在半山腰的芹洋茶场喝茶，推开窗，即见古村全景。村子四面环山，坐落在一片山洼里。犹如一位沧桑的老人，静静地坐在那儿，等着什么。

一条著名的小河磻溪，由西至东，横穿芹洋，流入赛江，汇入东海。下游村口公路右侧山壁下，有一处泉眼，名曰"醴泉"。传说光绪年间，一位福建的官员路经此地，突然腹痛难忍。饮此泉水，豁然病去。遂欣然命笔，书下"醴泉"二字。醴泉至今水流不断，尝之，甘醇清冽。

村口处景致颇多，有瀑布、湖泊，一块"三七二十八"石。湖中沙洲上有野鸭、白鹭，嬉戏流连。"二十八石"背后记载的是一个古代故事，寓意一个哲理：跟不讲理的人讲理，就是不讲理。

村口桥头处，有一棵四季桂老树。人未近，香可闻。桥下一条小溪，叫鲤鱼溪。在芹洋的日子里，曾多次逗留桂花树下。闻着花香，看小溪静静流淌，脑子里什么都不想。

磻溪流进村内，建有一座古桥，旁侧为林公故居。林公名亘，生于南宋，芹洋人。一生为民打虎除害，治病救人，芹洋人视之为"保护神"，类似于妈祖、陈靖姑。

## 2

过古桥，沿缓步石阶，可通往双龙漈芹洋十九潭。

一个阴雨天，于丽和立新陪同，我们去观十九潭。她们两人是北京人，作为"文化入村"志愿者，来此帮扶芹洋。"十九潭"个个潭名美妙：星临、斜阳、古弦、野鹤、霁色、君幽、珠帘、素玉、云深、莺梦等。潭名均用篆体红色字，刻在一块石头上，颇添情趣。四年前，这十九块刻有潭名的石头，由一群来自外地和本村的志愿者，捐资捐款，抬石上山，逐个放在潭中。

芹洋是一个古今都有故事的村庄。

现在北京大学某研究所工作的郭先生，芹洋人。四年前开始，带领志愿者入村助力乡村建设，至今未辍。一些旅游景区，包括芹洋十九潭、林公故居、茶厂、生态农业基地、芹洋食府等相继落成。

为十九潭，他写了十九首诗。其中一首《双泪潭》："淡淡烛光映洞房，绵绵细雨泪双行。云霄自有男儿志，且忍他乡作故乡。"读后令人想起唐人张祜的《何满子》："故国三千里，深宫二十年。一声何满子，双泪落君前。"两相对照，异曲同工，家国情怀竟同出一辙。

芹洋归后的一日，与郭先生在北京喝茶。他说，芹洋有一条"古官道"，20世纪80年代，被乡间公路代替。

## 3

在芹洋村待了八天，我最喜欢的还是那些古宅、古井、宗祠、古防火河道等。

"宋井"由吴姓先民掘凿，也称"吴埕井"。宋井是芹洋的"地标"，证明了一段历史的真实存在。井中泉水至今绵绵流淌。一口宋井，曾经供养了全村一千七百多人。提水处的坚硬石板上，生生被踩出了两个脚印。

有时想，或许内心太喜欢旧时的光阴。比如，木心在乌镇过的那些日子："车马慢，邮件都慢，一生中只够爱一个人。从前的锁也好看，钥匙精美有样子，你锁了，人家就懂了。"也走过江南许多古镇。周庄、同里、西塘、乌镇，甚至上海的七宝。失望的是，古镇不古、不旧，早无清梦可续。

芹洋不同。民居年代较久，有的为一二百年前的明清所建。雕工精湛，古朴凝重。走进院内，古早气息扑面而来，但无一点儿颓迷之感。倒觉高堂之上，尚有相聊者的余音绕梁；院中长长的石矶上，茶也未凉。只是饮茶人不觉，光阴似箭，一转眼已过千年。

芹洋有茶。早上推开窗，可见山下的农田，山上的茶园。村子不远处的北山，藏有一个"桫椤谷"。桫椤树，两亿年前的植物，恐龙喜食，被称为"史前活化石"。

神奇之处还在于，村中一家废弃的庭院内，长出一棵桫椤树，芹洋村生态环境之佳可见一斑。好茶，需好山好水泡，高山云雾长。芹洋的茶树，能与桫椤共生，乃"天赐"。

如今的芹洋，仅几百人，且多为老人、孩子与狗，略显落寞。

许多茶园山高路远，终至荒芜。阴差阳错，这些野放茶成了茶人的最爱。

## 普洱茶　水湾寨

多年喝茶，可谓阅茶无数，但仍无法辨清哪类茶哪款茶更适合自己。有人说，一杯上好的绿茶，能把漫山遍野的浩荡清香递送到唇齿之间。可是，喝到了乌龙茶后，又觉得绿茶虽好但过于轻盈，刚咂出味来便淡然远去；乌龙茶倒是深厚，可是香气深藏，又非一般功力者不能领略。就这样，茶海里泛舟，喝来喝去，一直不知所爱者谁。

直至21世纪初的一天，我遇见了一款陈年普洱茶。

那是一款20世纪90年代初勐海茶厂生产的普洱熟茶茶饼。夫妻二人迫不及待合力将茶饼撬开。泡之。开汤后，观之汤色红浓明亮，嗅之陈香独特迷人，尝之滋味更是回甘醇和。此茶果然未负十年光阴沉淀。可是，家里先生一入口：咦？怎么像小时候喝的两元钱一块的青砖茶？先生出生在塞外内蒙古，青年后求学来到关内。青砖茶曾是他生长期家乡奶茶的原料，也是那个年代家里的口粮茶。我也曾有一块那种青砖茶，为刚结婚时婆婆所送。我是北方人，年轻时不识茶、不懂茶，对任何茶都无甚好奇心，一直任那块青砖茶在橱柜里蒙尘。

都说女人的口感敏锐，但那次我折服了先生的口感直觉。普，就是"寨"的意思；洱，"水湾"的意思。水湾寨，"亲切的家园"的意思。他喝出了家乡的味道！

普洱茶到底是什么味道？记得作家余秋雨曾这样描述过普洱茶的口味："那一种，不是气息了，是一位慈目老者的纯净笑容和难懂语言，虽然不知意思却让你身心安顿，滤净尘嚣，不再漂泊。"

都说普洱是茶人的最后一站，我想先生这一喝，他是喝出了普洱茶汤予人的一种温暖感，进而产生了归宿感。

如今，我与普洱茶已日日流连厮守，像学书法，形成了日课模式。

见我如此喜欢普洱，一日，一位来自江南的书法家朋友突然问我：你了解普洱茶吗？这话听着怎么像我阳关三叠、过尽千帆，终于遇见一个成熟精品好男人，爱了许久，突然被人问：你了解他吗？

他说，普洱茶是茶中另类，它的发酵过程可以延续十几年、几十年。可以从今天走回古代，最终完成生命的完美转身，成为一个经典。

现在，家里先生也强烈喜欢上了普洱。难得夫妻二人有一个共同的喜好。于是，常常为寻一款陈年普洱而逛遍茶城，且乐此不疲。满载而归后，连夜将茶分装入罐，为它们精心选择一个通风凉爽之处置放。然后，满足地坐下来，排壶列盏。一款款，一泡泡，开怀品饮。那一刻，仿佛是世上最幸福的夫妻。应了那句话：今夜一起饮茶的男女，一定是有故事的男女。


## 解语茉莉花


对花的喜爱已很久。

上下班路上，需途经一家鲜花店。春天一到，店主就把各种各样的花草搬出来。挂墙上，摆地上，常惹得行人驻足，流连。我亦如此，常常大盆小盆搬回家。那个时刻，心情很好。

心情最好时当数茉莉花季来临。一盆一盆的茉莉花摆出来，直接铺到了人行道上。"爆"了盆的茉莉花，开得密密麻麻。"忽如一夜春风来"。人未近，香已至。茉莉花芳香馥郁，朵色洁白、干净、透亮。如果刚浇过水，阳光一照，一闪一闪的，鲜灵可人。

一个夏夜。窗外漆黑一团，飘着小雨。阳台上，小茶桌前，与友对坐。茶在壶里，只待水沸。推开窗，小风吹了进来。窗前一盆茉莉花，花香随风入室。花香清幽，清茶爽口，夜景宜人，话儿知心，有点儿"情切切良宵花解语"的意思了。

一边饮茶，一边还可以做件雅事。随手摘上几朵茉莉花，撒在茶杯里。于是，一杯清香宜人的茉莉花茶成了。

其实这不能算是真正的茉莉花茶。茉莉花茶的制作工艺很复杂，并不是简单的茶与花搅拌一处。有一款茉莉花茶谓之碧潭飘雪，产于四川峨眉山。碧，茶的色；潭，茶碗；雪，洁白茉莉。此茶一经发水冲泡，即见汤色澄碧，仿若幽潭，朵朵白花漂浮其上，如天降瑞雪。"碧潭飘雪"之名由此而来。轻呷细品，齿舌遍香，很得茉莉之魂。

即便如此，碧潭飘雪也并不是简单的茶花相加，而是茶胚与鲜茉莉花拼和窨制。花，释放香气；茶，吸附花香。彼此交融，变成"香茶"。之后，又保留了干的茉莉花瓣在干的香茶中。

"窨制"为制花茶术语。明代有一本《茶谱》，极为详尽描述了"窨制"这一制茶方法："木樨、茉莉、玫瑰、蔷薇、蕙兰、橘花、栀子、木香、梅花皆可作茶。诸花开放，摘其半含半放、蕊之香气全者，量其茶叶多少，扎花为伴。花多则太香而脱茶韵，花少则不香而不尽其美。三停茶叶一停花始称，用瓷罐，一层茶，一层花，相间至满。纸箬扎固，入锅，重汤煮之，取出待冷。用纸封裹，置火上焙干收用……"

随时代变迁，各种花茶的制作工艺已有所改进，但"窨制"工艺千古未变。工艺精湛，必得境界，那就是齿舌遍香的"花之魂"。

茉莉花是舶来品，汉时传入中国。如今福建、江苏、浙江和广西一带多有种植。市场公认福建茉莉花品质最好，但近些年广西横县却有了茉莉花独秀之势。

2018年9月，应横县政府之邀，我作为茶道讲师参加了中国（横县）茉莉花文化节。当日，顶着小雨，来到校椅镇石井村。放眼望去，数千亩的茉莉种植园如一片无边碧海。碧海中，洋洋洒洒点缀万点洁白，极为震撼。许多品种如鸳鸯茉莉、虎头茉莉、尖瓣茉莉等均为首次看见。

有人打过比方：如果说全中国有十朵茉莉花，那么有八朵产自广西横县。十万亩三十三万花农，占全国百分之八十的茉莉花产量，系列数字使这个三国时期的吴地至今仍声名显赫。当地人自豪地称茉莉花为他们的"幸福花"。

茉莉花期在5月至11月。5月下旬始，绿茶基本制完。于是，茶寻花来。5月至11月期间，全国各地的茶商来来往往。收花，做茶。

县城里有多处交易花市。茉莉花采摘的最佳时间为下午两点左右。于是，四点多钟的时候，花农们会把采好的茉莉花一袋子一袋子，肩背膀扛，运到花市。成熟肥硕、洁白粒大、色泽鲜润、含蕊待放者，会卖上好价钱；阴雨天采的，或采时花已绽放，价格会大打折扣。又或者，老人和孩子采的。老人体弱，采摘许不及时；年幼无知，采摘不合标准。于是，他们需要坐在花市的水泥地上，将花摊放，重新拣剔。看到这样的情景，心中不禁生发感慨：生活中许多时候，有些"美"确实照亮了我们的生活，背后却有着许多人的艰辛付出。


# 对面又多了一个泡茶的人


2012年初决定让小女留学美国。在这个问题上，事实上我们已纠结了许久，最后的关头还是做了决定。让孩子接触一下西方文化，增加一点儿生活阅历，对其成长是件好事。

临行时，一家三口闲逛茶城。在一家茶叶销售店，小女对店内的一款茶产生了兴趣。那是一款带有淡淡乳香的茶，茶名已不记得。

之后，小女去了美国。在美国她喝得最多的饮品是咖啡、牛奶。估计她早已忘记那款奶香茶了吧？

美国到底是一个什么样的国家？没有去过美国，于是美国成了心中的一个"悬念"。终得空闲，与先生决定要去趟美国：看看女儿在那里的学习和生活现状，顺便也到彼岸一游。

临行时，女儿在电话里弱弱地说：妈妈，如果有可能的话，给我捎来一些带奶香味的茶吧！

遗憾的是，由于时间紧迫，没有买到那款奶香茶。有人说，哪里有带奶香味的茶？那一定是制茶时茶里放了奶精。当时不懂茶，于是也就作罢、释然。茶是大自然的饮品，有人工添加剂总是令人扫兴。

2015年的秋天，女儿回国工作了。那段日子，天气酷热，女儿下班回家时手里常常拎着一瓶冷饮。我突然意识到：常喝这些多糖冰冷的饮料，对她的健康没有好处。

我想，如果女儿能喜欢喝茶多好。且不说中国茶文化有多深厚，单从健康角度，我深信茶是人类最好的饮品。众所周知，目前已知茶内主要化学成分有七百余种，其有机成分中的茶多酚、蛋白质和氨基酸、生物碱、芳香物质、糖类和色素等，是对人体有保健功效的物质。

但女儿不喜喝茶，她觉得茶苦涩难喝，除了那款带奶香味的茶。于是，我继续试图寻找那款带奶香味的茶，希望借此可以改变她的饮水习惯，从而培养她一种健康的生活方式。

一日，读到一本潘向黎的《茶可道》，其中一篇文内写道："个人品茶经历中最难忘的，是有一次喝了别人送给家父的乌龙茶，竟有奶油香，就是弥漫于西饼店的那种浓郁芳香。然后茶味、回甘、喉韵依次绽放，令人叫绝。那种乌龙茶的袋子上写着'飘香'二字，其余一概不知，从此'云深不知处了'！后来到外查找，没有看到乌龙茶有奶油香的记载。"

我又有些惘然：到底有没有那种自然带奶香的茶？

一日，一位喜欢茶的朋友很兴奋地致电于我：姐姐，我帮你寻到那款带奶香味的茶了！

那是一款台湾乌龙茶，叫金萱茶。金萱茶是以台湾茶12号（又名金萱）品种命名的茶。金萱茶外形紧结重实呈半球状，色泽翠绿，汤色金黄明亮，滋味甘醇，香气浓郁，其浓郁独特的奶香喝上第一口便令人深深沉醉。女儿高兴地说：妈妈，就是这个味道！

终于帮助小女寻找到了她喜欢的奶香茶。其实，在台湾不止金萱茶有奇特的乳香，在台湾南部六龟的深山里还有一种百年野生茶，棵棵味道不同，有的有蜂蜜味道，有的有莲花的味道，有的就有牛奶的味道。只是这种茶因为少而手工精制，显得极其珍贵，甚是难求。不管怎么说，想着小女从此很可能也喜欢上茶饮，那么，我的对面又多了一个泡茶的人，一种幸福感油然而生。

## 饮 茶 吧

几年时间下来，突然感觉能喝的茶越来越少。站在茶棚前，看着款款茶，这个不思，那个不想，一副"有茶很任性"的样子。那些茶，曾经都是无比热爱。花银子从商家买来，甚至千里迢迢从茶产地寻来。而今，怎么像听过的一句话：郁闷了，想找个人说说话，突然发现，人满为患的通信录里，竟无一个可倾吐的人。

觉得自己有些矫情。比如，喝好了一款川西北大山里真正的野茶，从此，竟开始无"野"不茶——不是野茶就不想喝茶了。对茶的苛刻，让自己身处众茶之中，竟有感孤独。毕竟，纯野生零污染的茶树太少了。哪里有野茶树，哪里就有人趋之。茶性为"洁"，具很强的吸附性。不似荷花，天性出淤泥而不染。

一泡茶，由浓至淡的过程，像一个人行走在世上，走着走着就见了"老"意；又或者，本是一起走着的一群人，走着走着，就有人像茶一样淡了，散了。再好喝的茶也终至无味，天下从来没有不散的茶席。

羡慕古人喝茶，一杯茶，由浓至淡，竟能喝得"一波三折"，喝成伯牙和钟子期，百代一逢的知音。比如明末清初的张岱与闵汶水。二人喝茶的故事，被张岱详细记录在《闵老子茶》一文里。张与闵之间，是高手相遇。好茶遇雅人，雅人遇知音。其实，闵只是一个摆摊卖茶的，且"婆娑一老"，一个不起眼的老头儿；张则是声名显赫的大文豪。但闵汶水茶技卓越，且从不屑与有闲有钱、百无聊赖之流交往，被明代大书家董其昌称为"高蹈不群之士"。茶为媒，闵汶水遇到了精通茶事的张岱。于是，在金陵桃叶渡边，一主一客，识茶断水。几个回合后，"遂定交"。闵汶水视张岱为他七十年来未遇过的忘年至交。

有人说，百代一逢，在如今这个年代，哪能指望。茶凉茶热，茶浓茶淡，人生只是一杯茶的工夫。如杨绛说的：将饮茶吧。


## "非常"的日子里


病毒肆虐，故步自封，宅家为宜。近些年，读书少，可以借此机会多读书。

书架上，书齐整、挺拔，一字排开。突然间，看上去显得有些肃穆。有些书久不翻阅，已蒙了尘。当初，郑重其事把伊们请回家，到头来锁在深闺不去识。想想，有些对不起伊们。

书要读能给自己带来快感的，打心眼儿里喜欢的。常言道，热爱是最好的老师。

这两年，"贴"上了茶。"贴"字具胶着感，用来形容喜欢的状态，自觉不违合。日常里，打算做点儿什么，比如想写几行文字、习几页书法，定要先提壶烧水，喝几杯茶，先暖暖那个久寒的胃。

一周里，有三个晚上失眠。是那种一整夜的失眠，连噩梦都没得做。那几个不眠夜，用来看茶书了。

写茶的书如雨后春笋，一下子冒出众多，也是近几年的事。这几年，茶业包括茶文化，皆有复兴之势。恰逢这个节点，喜欢上了喝茶。初入茶道，有时辨不清茶书之良莠。买书，全靠在网上搜罗。

一次，下单了一本《茶诗三百首》，久未收到。店主打来电话：是复印本，还要吗？未加思索：要。书到了，复印纸制，厚厚的沉沉的。个别诗句下还有画线，书页若干空白处有手写的"感悟"。原来这是一本复印的书。复印原件还是一本别人读过，且亲自勾画涂抹过的书。书店还卖这样的书？倒也喜欢。

一本内容丰富的书，不必精装，不必多好的纸张。否则，如一个人，内心空虚，徒有其表。阅读那本复印的《茶诗三百首》，犹如看到了作者之外，另一个人的生命留痕。屐齿苍苔，别样神秘。那个人，或远在天涯，也许近在眼前。他一定是认真地读了这本书。由此，世上又多了一个知音。

有些书是经典。经典一旦问世，就永远在那里。不可复制，不可修改。后来人读之，也须一而再再而三，方能完全读通读懂。经典给予后人的营养是绵绵不绝的。

陆羽的《茶经》是一部经典。此类书，适合上午读。喝着绿茶，提着神经读；需边读边做笔记，助分析、理解。读书笔记，实际上是读者与作者贴心的交流，也是另一种形式的"书"。曾见过有人在网上售卖书法笔记。那是某人在某个书法培训班上的详细课堂记录。略看一下，字法、章法等的讲解，挺对路。这样的"书"，也饶有趣味。

几日里，读了一本现代人编写的《茶经》，线装本。书很"古"感，竖排版，但字体偏小。几天"啃"完后，视力几度衰退。这样的"旧瓶装老酒"，并不觉得有多好，反倒觉得有些显老派和做作。

同是古籍，中华书局出版的赵佶著《大观茶论》，封面古雅、版式明快，同时还收录了明人许次纾的《茶疏》、黄龙德的《茶说》。虽说都需"啃着"读，但读起来顺眼。一书内囊括了几篇古人写茶的经典文章，读完，基本满足了对古代茶的认识和理解。

对这种古籍类茶书，私下觉得，与其看今人对其辗转反刍，或者断章取义，甚或胡诌乱扯，不如直接深入其中。

经典不能复制，可以重温。

突然明白：自喜欢上茶，一次次奔往茶山，最终要寻找的是什么了。不是为一款茶而爬山涉水寻根究底，是为了寻找一种"与大自然共生的欢喜"。茶，其本质是让人"回归自然"。

这期间，也读了几本当今茶人写的茶书，有的写得倾心倾力，鲜活、接地气。读完，倒也心满意足。

## 一方小茶桌　一处清灵台

日子本来忙忙碌碌，看着却云淡风轻。每日适时抽离一下，小茶桌前一坐，烧水泡茶：杯茶抵尘梦。

茶的真相是苦涩，给我们的时光却很诗意。践行一杯茶，自提壶烧水那刻始，就要小心翼翼，不能旁骛。念着要静静享受一杯茶汤，心情自然舒展。有时也可营造一种无车马喧的安静，矫情一下：青天白日，拉上窗帘，借灯光泡茶。

纵在白日，灯光也是美的。竹子编的、羊皮做的、东巴纸制的，一盏盏，静美柔和。如古时得意书生寒夜读书，陪伴在侧的一个个侍女佳人。

壶内鼎沸，嘤嘤声起，热气袅娜升腾。净手、洁具、投茶、注水。一起一落间，茶叶苏醒复活，人的呼吸开始变慢。外物井然有序了，人的内心也渐入佳境。

费希尔专门写了一本书《喝茶是修行》。他说："我们每天在同样的地方喝茶，这个地方就会逐渐'充满'宁静的力量。"

这个"同样的地方"，可以是一张茶桌。

茶桌旁，是令人心静的绝佳处，如佛门的清静灵台。佛家语说：灵台清静，静则生慧，慧能生智。庄子说：正则静，静则明。

春天，在云南懂过村一个古茶园内，参加了一场"无我茶会"。每人面前有一个微型茶桌，桌上放一杯茶。被要求闭眼，静默。十分钟内，专注感受周围的大自然。勿要有杂念。

起初不甚理解：艳阳高照，口焦舌燥。一杯茶放在眼前，先不让喝，未免有点儿不厚道。

但很快感觉到，人在安静时，对一切持有强烈的敏感。

先是远处村子里传来锅碗瓢勺的合奏，接着是一个人的脚步声渐行渐远。很快，大自然的各种声音悉数传来：风吹、鸡鸣、鸟啼、虫叫……侧耳细听辨别：微风来自哪个方向？几只鸟在叫？什么鸟在叫？它们在哪棵树上？那个本来走近的人，又转向了何方？窸窸窣窣、若有若无的，是早春大山里茶树生长，或者是"茶脱壳"的声音吗？

对喝茶，有人还做过这样一个比喻：会听到茶叶的"飒飒低语，有点儿像通过贝壳倾听海洋的声音"。

简单说，静心喝茶，能喝出来每款茶汤丰富的滋味、制茶工艺的差别，甚或茶树品种的不同、茶山自然气息的迥异。同时，可借片刻宁静，内观身心。一句话，茶桌上喝茶，喝的是滋味，也是心情。

家中有一方茶桌，显静气、清雅。可石可木的茶盘，古朴的泥壶，粗糙的建盏，随意插养的绿植……壶内水沸，热气升腾时，即将呈现一碗鲜美的茶汤。一家人桌边"围炉"，或饮茶，接受一杯甘露的滋养；或相聊，互助心灵的成长。此时，一张茶桌，再现的是一个和谐温馨的家。

这才是生活本来的样子：闲适，有趣，诗意，缓慢，丰富，温暖，又生机勃勃。

## 喝茶在"别处"

逛古镇西塘。晚上，特意找个临河客栈住下。第一件事，看房内有无茶桌；喝茶位置佳否，能否在喝茶时看到河对岸的风景。这事看起来不像喝茶，像是要调情似的。

4月，茶喝在四川，9月喝在闽东，10月来到了江南。临行，备好茶品、桌布、茶巾、茶针、茶夹、茶杯，加上盖碗、公道杯、先生的茶杯，也为同行的两位朋友各备了一个小茶杯。系列动作下来，俨然一个贴心贴肺的人。

或许，一个人的柔软与坚硬是相对的；如喝茶场景般，可以转换。

眼下这杯早上的茶，喝在江西丫山。丫山属赣州大余县。赣州，也称"虔"。苏轼《虔州八境图八首》："涛头寂寞打城还，章贡台前暮霭寒""烟雨缥缈郁孤台，积翠浮空雨半开"。如今，苏轼诗中的"郁孤台"尚在。梅关在，古栈道在，牡丹亭也在。

上海飞赣州，落地时接到梅的电话：正飞奔来。告诉她：慢开，不急。泡一杯茶，坐在候机大厅的落地窗前。这一段空闲，正好打量一下这座城市。可以信马由缰，纵情想象，也可以什么都不必想。

想起古镇喝茶。同行的王兄和家里先生，执意找个可以喝茶观景的客栈。王兄平日不喝茶，王嫂喜欢喝茶。先生下楼买水，王兄烧水。茶桌在室外，没有灯光。王兄打开了手机中的手电筒。刹那间，茶桌亮了，心也暖了。

上海分别，各奔南北。宾馆清晨5点送站，睡前定好了手机闹铃。终因惦记着早起，一夜醒了两次。他说：有我在，不用闹铃。

一个"不放心",两人一起值机。航站楼出发地,两人同坐机场快捷车,先赴一个人的航班。别后,另一人坐快捷车原路返回"到达",再重新"出发"。

突然就想,我们要的日子到底是什么样子的?无非就是当下这样温暖的瞬间,一个一个温暖的瞬间。也许,这些一个一个的瞬间,最终凝为一种叫"永恒"的东西。

2022是一个不寻常年。病毒冰冷,但日子因茶而有了温度。周作人说:"我们在日用必需的东西以外,必须还有一点儿无用的游戏和玩乐,生活才觉得有意思。唱戏、喝茶都是。"

不以为然。从不觉得喝茶是"无用的游戏和玩乐"。足不出户时,茶为解渴饮品。喝茶时,会觉心中有风景,茶中有春秋。迈出家门,人与茶都在路上,茶是良友佳伴。茶之学问,深广远博,茶缘则通达四海。喝茶,无论在家在外,悠然心会,妙处难与君说。

# 生命有一种绝对（外一篇）

◎王楚涵

## 1. 只要心还透明，就能折射希望

"我慢慢相信，每一个活过的人，都能给后人的路途添些光亮，也许是一颗巨星，也许是一把火炬，也许只是一支含泪的烛光。"

史铁生觉得，人类有三种根本的困境：孤独、痛苦、恐惧。孤独，是因为人生来注定只能是自己，无法与他人彻底沟通；痛苦，是因为人生来有无穷的欲望，而实现欲望的能力永远赶不上欲望本身；恐惧，是因为人生来就不想死，可是人生来就是在走向死亡。既然这些困境是永恒的，那么，个人的生死也就显得渺小了，甚至可以忽略不计。

小小的变电站，给了一线职工一个"僻静"的"地坛"，静静地思索自己的命运，思考人生的价值，让他们在每一次攻坚克难的任务前看到时间，并看见自己的身影。正因如此，才慢慢开始发现生命，观察生命，赞叹生命。施工现场中每一个拧紧螺丝的动作，都是他们那片枯萎干涸的心田重新滋润和复苏的过程，也正是这片专属"地坛"给了他们重生的力量。

## 2. 人世间的那些愁，是世界给我的幽默

"此岸永远是残缺的，否则彼岸就要坍塌。"

此岸是现实、是生活，而彼岸是梦，是愿望和眺望。残缺使人们乐此不疲地眺望充满可能性的彼岸，此岸的残缺才会有不甘，才能有所行动，残缺不止，行动不止，欲望无穷无尽，彼岸生生不息。如果人可以达到完美，那么人的欲望将无处安放，无欲无求的人犹如一摊死水毫无生气，迟早消亡。

人到底应该怎样来看待自己的苦难？有人说，送变电人的工作很苦、很脏、很累，然而伴随丝丝银线传递的万家灯火已经由自己严酷的命运上升到生命永恒的流变，把自己的沉思照耀到了生命全体的融会之中。欲望不息，"光明"不息，残酷和伤痛都是一种阔大的境界。投入永无终结的"光明"之舞中，超越自我的苦难也就变成了一种必然。

## 3. 有没有那么一滴眼泪，能洗掉后悔

"一心以为自己是史上最不幸的一个，不知道儿子的不幸在母亲那儿总是要加倍的。"

在地坛的树林中，母亲艰难地寻找着他，他突然意识到自己有多自私。曾经多少次，他只觉得自己无助，却从没意识到自己变成这样母亲该有多痛苦。我们都知道最爱自己的是自己的父母，却总是把最糟糕的表情和最苛刻的话语留给他们。他们已经默默承担了太多，不要总是等到失去后才懂得珍惜，不要总是在伤害过后才懊恼地埋怨自己。

人生不过数十载，送变电人仿佛没有犹豫，便离开那都市繁华，背负坚实的行囊，以一颗电力建设者忠诚的心，叩响千年封闭的山

野的偏僻之门，你可以说他们是巨星，你也可以说他们是烛光。

### 4. 阳光碎裂在熟悉场景，好安静

"这园中不单是处处都有过我的车辙，有过我的车辙的地方也都有过母亲的脚印。"

史铁生与地坛的关系如此密切，密切到处处都有他的车辙。那些印在地坛大地上无处不在的轮椅车辙轨迹，都见证着作者艰苦而富有成效的哲学思考过程中的每一步努力。

而让人更加动容的却是，处处车辙伴着处处母亲的脚印。地坛给了他感悟生命的力量，坚忍的母亲让她明白了生存的意义。只要地坛还在，阳光还在，我觉得在史铁生的心里，母亲便一直都在。一步一步，压着车辙，在他坚强的生命中，慢慢行走。

生命给予我们生活的资本、奋斗的勇气，我感叹生命绝对下的万物有形、各自有规，我钦佩鲜活生命下的人物故事、历史流转，当尘埃落定的生命反思，我期望有那么一滴眼泪，能洗掉后悔，滋泽生命回家漫漫路；有那么一张书签，记录心智成熟的每一步；有那么一个明天，重头过一遍，让我再次感受青春不逝的昨天；有那么一个世界，生生万物不凋落，月亮不忙圆缺，春天不走远，树梢紧紧拥抱着树叶。

## 致青春，致幸福

青春是染了色的耀眼指甲，是卸妆油摘不走的自信笑靥，是心怀梦想的单纯年华。从初生的青涩、含苞的豆蔻到绽放的花信，现在，花漾年华的我会毫不犹豫地、夸张地做一个胜利的手势，绽放青春带给我的幸福。

## "我们是否都一样"

当"90后"的我们不知不觉站在了二十岁的尾巴上，面对三十而立，还有多少人可以昂着头，信誓旦旦地说，我们依然年轻？当事业依然碌碌无为，爱情虚无缥缈时，"90后"的我们，是不是依然还会说，年轻不怕失败？也许我们认为自己不再骄傲轻狂，不再潇洒坦荡，面对生活的压力，未来的迷茫，有的是对于困难的却步，又何谈幸福？可我不以为然，正是我们相同的脆弱和渴望，才足够代表：青春，它一直都在继续……

## "其实幸福谁都拥有"

有时，我们总是感到自己的生活不够幸福，不如人家的日子过得那样滋润甜美，还常常拿别人的幸福做榜样，去寻找自己的幸福。

我羡慕过刚刚毕业就能拥有一台轿车的朋友，不必坐人挤人的公交，不必担心暴雨、飞雪天气拦不到出租车，我还向往过可以脱离父母的喋喋不休，自己有一个单身公寓，过着自由自在的单身贵族生活。直至有次，一朋友用艳羡的目光对我说："你真幸福呢，每天都可以回家，每天都能拥有家的庇护和温暖，每天都能与家人打照面而无须饱尝思念之苦。"我不禁哑然失笑，对于长年奔波漂泊、颠沛流离的她而言，归巢栖息于一个安稳的家就是幸福。而我其他的一切不尽意，统统被搁浅在她的盲区里。

其实幸福就在我身边，如果在自己的心中都找不到幸福，那么在任何地方，都找不到了。

## "其实困难谁都经历"

曾经的我是一个重结果、不重过程的人，不是个重视过程，而是无论过程捷径也好，折腾也罢，只要结果是好的，我便无怨无悔。一次公司演出舞蹈节目甄选，自认为平时刻苦训练、舞步优美的我并没有得到评委的认可。同事姐姐看出我的愤愤然，安慰我说："其实你的努力大家都看到了，你的舞姿大家都很欣赏，不要气馁，也许只是不适合这台晚会而已。"我终于忍不住流下泪委屈地说："我不要姐姐们的认可，我只要评委的认可，我只要结果。"在同事眼里，这是现实，这很平常，这是小事，在我心里我觉得我受的委屈独一无二，她们不会懂我的。

现在的我，工作两年多了，舞蹈、主持、写作、演讲、辩论……各种活动我都参加，奖杯奖状陈列在书房，早已没有当初那般涟漪。这次首届微电影的拍摄，我亲自编剧本、改脚本、导镜头、剪片制作，加班熬夜，最终呈现在五四大会时，我拖着刚刚退烧的身体欣赏着在自己和团队努力下打造出的"八分钟"，我才明白，过程如此幸福，当年我的情绪被抚慰，我的思想被鼓励是多么幸福的事呀！我拿着沉甸甸的水晶奖杯，回忆着我沉甸甸的幸福过程。

## "忧伤，还是你的主题曲吗?"

所以，请不要总感叹自己是世界上最糟糕的人，不要自怨自艾地愤慨幸运女神予以自己的吝啬，不要感时伤怀地将自己推向忧伤的沼泽里，处处如履薄冰、举步维艰。我忘记了当年的委屈是如何转化成坚强，当年的泪水如何变得甘甜，只是用心感受每一刻身边的幸福，才让我更有动力追逐梦想，把遇到的挫折困难都当成一种人生阅历，将青春刻在永垂不朽的记忆里。

## "致，你们"

　　卞之琳如是说："你站在桥上看风景，看风景的人在楼上看你，明月装饰了你的窗子，你装饰了别人的梦。"一个人总是习惯仰望和羡慕着别人的幸福，殊不知一回头，却发现自己也正被别人仰望和羡慕着！致青春，我们正青春；致幸福，我们正幸福！

# 散文二题

◎潘 洗

### 在老院子仰望星空

读书会是在老院子景区渔掌门餐厅的一个包间进行的。

有几个人没来。万胜刚从鞍山走（跟组拍摄一部由他编剧的微电影《滕启刚》），因疫情防控之故，剧组要求不能擅离。少梅陪女儿格姐去上海了。姚宏越直到最后一刻还在开会，只得遗憾地退了票。

一共九个人参加。赵树发和石琇是最先到的。我先跟糖宝儿会合，再去鞍山西站接到了于永铎。到达老院子民宿区不久，在点菜的工夫，苏兰朵和牛寒婷也到了。王学东赶上了读书会的尾巴，杨艳玲则是在天幕烧烤环节才匆匆从沈阳打车赶来。

办好入住之后简单休整一下，我们就齐聚"人杰地灵"包间，开始了当天的正题。

这次读书会早在营口改稿会上就敲定了，主要内容就是推荐或分享一本书、一篇文章或一个作家的作品，并附上推荐理由。读书会的热闹气氛不复赘述。限于篇幅，我在这里也仅仅列出大家推荐的部分书目:《俄罗斯套娃》(比奥伊·卡萨雷斯);《猫派》(克里斯汀·鲁佩南);《轴心时代》(凯伦·阿姆斯特朗);《河的第三条岸》(若昂·吉马朗埃斯·罗萨);《玫瑰的名字》(翁贝托·埃科);《没有个性的人》(罗伯特·穆齐尔);……

实际上,本次读书会还呈现出某种意犹未尽的状态。这个多少赖我这个召集人,我是太着急进入下一个环节了。正题告一段落,马上收拾桌子上菜,就地进入了聚餐环节。这顿吃得比较矜持,两个小时就结束。马上转场到不远处的露营基地7号天幕,那儿还有一场烧烤大餐。从晚上7点钟开始,我们在天幕烧烤喝了四个小时。"北2830"的兄弟姐妹们聚在一起,小酒喝得就是畅快。11点回到入住的民宿祯祥府,又把打包回来的酒菜摆上大堂茶桌,继续喝。边喝边谈读书、谈小说、谈往事,人越喝越少,最后只剩我和苏兰朵,喝到凌晨4点方止。

第二天上午,大家逛了一圈景区后,又齐聚我家,参观了我的"晴园"藏书。这大半年来,我疯狂购买了数万块钱的好书,这让某些爱书人艳羡不已。临走时,有人搜刮走一些。放心,借出去的,我都录入那套图书管理系统啦。当然,他们对我小院中那些螺丝椒、朝天椒、尖椒什么的,也毫不手软。没来参会的万胜酸溜溜地替我打抱不平,你们这是把"村长"家给罢园子了。

遗漏的细节还有很多。比如我们自带了两种白酒,一种叫"往事",另一种叫"小说",美其名曰:我们喝的不是酒,是"小说"和"往事"。比如那个"网格怀旧本"笔记本,标签上打印的是"多读好书,写出不一样的小说",清晰表明了读书与写小说之间的联系。我们也提出了一个"小目标",即每天读两个小时的书(纸质实体书),至少写一千字。如此等等。

最后我想说的是,我深信并且庆幸,这场见缝插针搞的读书会有多重要,多及时。会后,牛寒婷很遗憾地嘟囔,老院子的星空太漂亮了,我得有好多年没见到那么漂亮的夜空、那么多的星星了。

可不是嘛，我们不仅要埋头赶路，也要抬头看天。那个晚上，我们都曾在一个叫老院子的地方，仰望过那块浩瀚而美丽的星空。那也是小说的星空，文学的星空，友情的星空，生命和爱的星空。

## 好吃莫过杀猪菜

家乡产玉，名岫岩玉，精美纯粹的玉器让这座小城声名远播。实际上，更能让外地人心里痒痒地惦着的，当推那些极富东北韵味和满族风情的特色美食了。且不说岫岩绒山羊汤、攥酸汤子、烩馇子、山野菜蘸酱、小鸡炖蘑菇、炒"神仙"、苏子叶饽饽、酱缸小咸菜……数不胜数，单就一道杀猪菜，定会让您大快朵颐，回味无穷。

杀年猪是东北农村的传统习俗，以前是年初抓个猪崽儿养着，等到年底养肥了再杀，改善了平日寡淡的伙食，顺便解决了来年的油水。如今的生活水准更胜往日，虽说一年四季随时能吃到猪肉，但是，还数入冬以后的杀猪菜最好吃。

真正地道、可口的杀猪菜，可是大有讲究的。

猪是自家用粮食和豆粕饲养的笨猪，这样养的猪毛黑、皮顺、肉肥、味香。不能喂猪饲料。去村里打听一下，左邻右舍都说老谁家养的猪好，那准错不了。酸菜得是用秋白菜刚刚腌渍好，从冻了冰碴儿的酸菜缸捞出来的。东北人都知道，吃酸菜最好是在冬季和初春时节，夏天很少吃。

烀肉是最重要的一道环节。锅需要大铁锅，柴火得用劈柴。先把猪肉烀熟，再把切好的酸菜放入烀肉汤中慢炖，这叫原汁原味。别小看了切酸菜的刀功，必须粗细均匀才行。

最常见的不是泥火盆，而是铸铁的那种。炭是现成的，烀肉的劈柴最后都化成了红彤彤的木炭，若火炭暗淡了，就用火筷子捅一捅，立马醒了过来。再支上个火盆架，架上放个锅，锅内是用烀肉汤炖的酸菜、拆骨肉、血肠，还有切得薄薄的五花肉，一会儿工夫，锅里就咕嘟开了，那种浓郁的香气渐渐四溢开来，杀猪菜就可以吃了。

通常年长的在炕桌上吃，年轻的在地桌上吃，现在的年轻人几乎没人会盘腿了。杀猪菜是下饭的菜，最好不喝啤酒，胀肚。如果想喝，就整点儿白的，稍稍烫一下，解腻，而热乎乎的酸菜肉汤又下酒。一顿地道的杀猪菜吃喝下来，几乎每个人都会满头大汗，直呼过瘾。

岫岩的杀猪菜分两种吃法：以岫岩城画线，北面吃法基本是炖锅吃，大伙儿围着火盆团团坐；南面吃法则是炒菜吃，盘子碗子摆满一桌子。不过现在有逐渐融合的趋势。至于饭店里的杀猪菜，其实是个大杂烩。鲜有炭火盆的，多是直接用液化气罐或者电磁炉；酸菜的刀功差劲儿，粗细不均，且酸得有些夸张（据说使用了一种叫酸菜精的添加剂）；锅底还放了干虾和青蟹；至于肉跟血肠是不是靠谱，心里就没底了。总之味道变了。

相比之下，我还是更喜欢北面那种杀猪菜的吃法——炖着吃。我经常想象着这样一幅图景：找个下雪天，约上三五好友围坐小火盆，烫一壶自酿的小烧，炖一锅纯正的杀猪菜，推杯换盏，吆五喝六——这该是何等惬意而温馨的享受哇！

好吃莫过杀猪菜。家乡的杀猪菜，吃的就是浓浓的乡情与年味。

# 心手相牵话推拿（外一篇）

◎朱序安

我与推拿结缘还是在儿子小时候，那时他先天素质不算好，感冒发烧是常事，我和爱人经常半夜三更地抱着他去医院打吊瓶，不仅让大人备受煎熬，而且医院的环境也容易引起交叉感染。

我就想，有没有一种方法可以避免这些问题，还没有副作用？

一次，我领着孩子逛街，在一个书摊上，偶然地一瞥，一本关于小儿推拿按摩的书跳入我的眼帘，我心里一喜，咦，这不就是我要找的吗？！

回家后，我急不可耐地翻开了书，什么小儿感冒、发烧、拉肚子、抽风、惊厥全能治，甚至连弱智、尿床、不长个都能推拿按摩好！简直太能编了吧！怪不得现在中医这么不受待见，我把书随手一丢，扔在了沙发上。

说来凑巧，隔天下午，儿子就发烧了，我和他妈妈赶紧抱着他到了儿童医院，哎呀，人那个多呀，到处都排着队，孩子哭，大人叫。好不容易打退烧药，打完吊瓶，回到家，临近半夜12点了，孩子他妈说，又开始烧了，我这急的，一口老血差点儿喷出来，真上火了！

怎么办？连续灌肠退烧，能行吗？我在客厅里满地徘徊，不经意间看到了那本推拿按摩的书，要不，推拿按摩一下看看？于是我和妻子说，先给孩子吃退烧药看看吧，多喝点儿水，没超过三十八度五还可以等等看。她也没办法，只能点头同意了。

吃了药，我搬过椅子，坐在孩子跟前，照着书里的指导开始给他推拿，清天河水三百次，推三关三百次，推六腑三百次，揉涌泉穴，推天柱，推着推着，本来闹腾的孩子逐渐安静下来，睡着了，我也是半梦半醒，迷迷糊糊陪着他。就这么轻轻揉着、推着，不知不觉中，已经到了早晨7点半了，孩子竟然安睡了一宿，我看着还在熟睡的孩子，粉嘟嘟的小脸，额头渗出细微的汗珠，我给他擦擦汗，再看看我的手，这难道是我推拿的功效吗？

那天，孩子一直睡到上午10点才醒，醒了就嚷着饿了。我和妻子高兴坏了，赶紧给他做好吃的。接下来，我又给他推拿了一次，他这次感冒只是三天就基本痊愈了！

到这里，我还是不太敢相信，推拿按摩居然有这么大作用呢！

但从那以后，我就经常给孩子推拿按摩，即使有了感冒发烧，也不再惊慌失措了，也经历了一些很神奇的事情。

比如，孩子到外地考试，在第二天上午就考试的情况下，他前一天晚上拉肚子发烧，而且，当时是疫情期间，药房都关门了，医院也不敢去，怕他阳了。还是推拿按摩，我忙乎了近四个小时，使他安睡了一宿，第二天清晨，昨晚还上吐下泻的他冲着我做鬼脸，说他饿了。还有呢，他上了大学，放假回家第二天就发烧，我知道他可能是阳了，就赶紧给他推拿按摩，第三天，他就退烧了，但我却阳了，我就不仅自我推拿，还练习吐纳气功，做一些轻微的拉伸运动，同时多喝水，多休息，五天左右我就恢复了。所以，我觉得疾病不可怕，要积极地应对！

在单位里，我也时常给同事按摩，成年男人的身体条件与小孩子差别是很大的，他们肌肉发达、骨骼坚实，没系统学过中医按摩的我常常累得一身汗，人家还没咋的。

于是我在业余时间学习针灸经络腧穴学，用知识武装头脑，在自己身上找穴位，做试验，逐渐初通循经感传的原理，穴位配伍，以及中医四诊的方法，并在实践中得到应用。一次，我的一位同事交接班后，就大汗淋漓，眉头紧皱，脸色蜡黄，我扶着他来到休息室躺下。他不能仰卧，只能侧躺，我便用望闻问切的方法——询问，观察，简单体察，并要送他去医院。他坚持不去，后经多次问询，才知他是陈年的胆管结石犯了。我照顾他吃了自带的药，然后经他许可后，给他推拿。我寻思他肝胆结石，属于肝经，应舒达肝经，培其肾经，泄其心经。在没有任何器械的情况下，我徒手给他揉按井、荥、输、经、合经络穴位，顺畅肝经，补肾经，泄心经的，经过近一小时的疗愈，同事的脸色渐渐恢复了红润，虚汗也消失了。他还一个劲儿地说着感谢的话。

有人说人体的经络腧穴就是我们身体自带的宝库，推拿按摩不仅是激活了我们的免疫力，而且把爱和祝福的温暖能量传递给患者，让他增强自信，增加战胜病患的信念，推拿按摩让我领悟到了祖国传统医学的博大精深，也让我融入学习中医热爱中医的实践中。

## 王大娘家的树

军属王大娘是爸爸的邻居，在爸爸家前面的小二层住，房子前面有一个小院子。王大娘与我爸我妈关系很好，经常来往，经常给我们家送豆子、角瓜、南瓜等蔬菜。王大娘闲不住，一年到头总是在小院子里忙活，小院子里的农作物年年都有好收成。但由于王大娘年纪大了，腿脚也不好，小院里的农活干不了了，爸爸便经常带着妹妹，有时也叫上我去帮助她干活。

小院也就有二十平方米左右，南面种着竹子，墙外还有白玉兰树，靠墙的地方有花椒树、香椿树、杏子树、核桃树，还有靠近院子中间的一棵大柿子树，有大腿粗细，八九米高。每到春天的时候小院子里的树木都发出了翠绿的叶子，浓密的树叶几乎挡住了大娘家的窗户。小院子里也蹚出了几块小菜地，种着各式的应季蔬菜，西红柿、菠菜、芸豆、茄子、土豆、白菜，随着季节的变化蔬菜也不断地变化着，但是由于树叶的挡光，蔬菜长势一般。爸爸经常劝大娘把前面的树砍一砍，最少修剪一下，大娘总是不答应。有一次好不容易说服了她，她答应砍去那棵白玉兰树，原因是白玉兰树下有暖气管道，听说秋天热电公司要增容热力管线，那棵树可能妨碍施工。当时正是5月下旬，白玉兰树上挂满了手掌大小，已经微微绽开翘起的花朵，千姿百态，犹如千百只鸽子栖落在树上，随着微风吹过，轻轻摇动，煞是好看。大娘走到树下，手轻抚着树干，扬起头看着这棵树，那慈爱的眼神就像是在看自己的孩子。她跟我说，这棵树是她结婚那年，回南方老家带回来的，现如今已经近六十年了。刚开始，由于北方的气候不适应，这棵树一直不长，甚至有一段时间，叶子枯黄了眼看就要死了，后来干休所修建暖气管线，供暖阀门井就设置在这棵树的附近，没想到，这倒成了这棵树的福音。暖气管道散发的热力，加上我们的精心照顾，转年，白玉兰树就重现生机，枝繁叶茂。每年到这个时候，这棵树就开满了花，经常引来很多赏花的人，已经成了我们院里的明星了。说到这儿，大娘开朗地笑了。我也笑了，我劝她说，树龄这样长的树，应该保护；再说，这棵树有着特别的意义，热力管线改造，可以研究改一下道，这不两全其美了嘛！她点一点头，对呀，孩子，我老了，有许多的事情都反应不过来了，说着，她笑了，这次是开心的笑。

　　大娘家树的故事太多了，反正差不多都是砍与不砍的争论，比如南墙外的人面竹，那可是少有的观赏竹子品种，它的枝叶碧绿，植株形态秀美，是许多丹青高手临摹的对象，但是它生长迅速，蔓延范围大，也是相当遮光，影响其他作物生长。爸爸早就劝说大娘，给它挪挪地方，起初大娘也不同意，最终达成妥协方案，每年割一茬。这竹子可不是别的，只要你不破坏它的地下根茎，割下地上的竹子，过年春天，长得更旺。有时在春天，刚下过雨，竹子一天长近半米，有时仿佛眼睁睁看着它长高。等到了夏天，竹子早已有三米多高了，真格的是碧玉妆成一树高了。

还有柿子树、核桃树，到了秋天10月初，打核桃，摘柿子，那是我的活了，有的时候较低的树枝上的果子都收干净了，但树顶也挂着橙红色的大柿子，也不能用竹竿挑，梯子也够不着，大娘就告诉我说，孩子，算了吧，留给鸟儿吃吧！于是，树顶的红灿灿的柿子便一直留在树上，在湛蓝的天空衬托下，有时会有几只调皮的喜鹊站在树枝上，啄破柿子皮，仰头品尝着甘美的柿子汁，有时它们把小脑袋都伸进了柿子皮里，那贪嘴的样子实在招人喜欢，这喜鹊吃柿子是多美的景致呀，这可真是喜事（喜鹊，柿子）连连哪！

秋天采摘的时候，也是大娘最忙、最高兴的时候，大娘往往把核桃、柿子留给孙男娣女一点儿，其他的都分给周围的邻居，刘家一把核桃、几个柿子，张家一把核桃、几个柿子，别嫌少，一点儿心意，就连周围看热闹的小孩也个个有份，一人一把，一个柿子，一边分一边大娘还叮嘱，别空肚子吃柿子呀，回家热水泡一下吃，啊！

我喜欢大娘的小院子，也喜欢大娘的树，也喜欢给大娘干活。

# 阿喵的旧旅馆

◎李丽萍

## 1

如果你转过野猫巷的街角，就会看到一家不太起眼的小旅馆，老旧又斑驳的招牌上写着"阿喵小居"。这就是我们家的小旅馆。

阿喵是我的妈妈。

爸爸离开我们已经近十年了，这里一切基本还是十年前的样子，你感觉不到时间流淌过的痕迹：家对面的小书店是老样子，左边的邮局是老样子，右边的超市是老样子，一切都是老样子。妈妈从不介意一成不变地生活，她很珍惜拥有的一切。

我有个舅舅，他很关心妈妈，经常淘来一些好东西送给妈妈，最近他送来一盏马灯。妈妈很喜欢它，小心翼翼地擦拭它，把它放在窗台上，让它欣赏小巷风景。黄昏时分，夕阳斜照过来，透过玻璃窗把店内照得色彩缤纷，那盏马灯仿佛获得了活力，诉说着自己的故事。

到了夜晚，阿喵旅馆是这样的：晕黄的灯光映照着门前，朦胧的景色好像一幅艺术画，我们三个人依偎在一起。周围的人偶尔会加入闲谈，孩子们在周围奔跑，嬉笑打闹。有位房客对戏曲非常痴迷，常常是整个旅馆都回荡着婉转的唱腔："苏三离了洪洞县，将身来在大街前……"

## 2

我们旅馆后面有个杂物间，一天清晨，我发现里面竟然住着一个不同寻常的房客。它一身毛发像夜晚一样漆黑，一双明亮的眼瞳闪烁出瑰丽的光泽。妈妈收养了它，取名小黑，把它送给了姥姥。姥姥很喜欢它。

门檐下放着一把旧椅子，姥姥总是抓着拐杖，佝偻着身子坐在那儿，看着过往行人。猫喜欢趴在她的腿上。挨着大椅子，还有一把小椅子，每当我放学回来，就陪姥姥坐一会儿，看时光静静流淌。

我们的黑猫每天都能捉到一只老鼠。我们经常看见它嘴上叼着一只瘫软的老鼠，随着它的脚步一晃一晃的，消失在黑暗中。

我们这里之所以叫野猫巷，就是因为野猫太多了。小黑是幸运的，不是所有的猫都能被人收养。

妈妈是非常善良的人，她对万物都有慈悲之心。她喜欢读书，练瑜伽，听音乐，熏香，喝茶，养花，美食，收藏古物来装饰小旅馆。

窗外，我们的黑猫蹲在那里，用爪子洗脸。阳光照在猫身上，它的胡子都是金黄色的。

妈妈的梦想就是这样：做一个善良的人，开一间温暖的小店，养一只猫，还有慢慢成为朋友的顾客。

我们非常爱这个小旅馆，它就像避风港一般，像一个罩在玻璃球里变换着四季的小世界。它会在春日开花，夏季下雨，秋天落叶，冬季飘雪。一直美好如常。

然而，一件意料之外的事发生了。

# 3

　　舅舅说，政府打算建一座城市公园，届时公园里将有各种配套设施，绿茵遍地，繁花似锦。在这样景色美丽、生态环境和谐的城市里生活，人们的身心更为健康。野猫巷是最理想的位置，这里将很快被拆迁。

　　在我们周围，也不知什么时候，华丽的酒店和热闹的商场，像施了魔法般纷纷冒出来，把小小的野猫巷笼罩在一片阴影中。每次离开野猫巷，只有一条街的距离，我就感觉走入了一个陌生世界。

　　挨近野猫巷有一幢摩天大厦，笔直而锋利，像一把利剑刺向天空，顶端是一轮午后的太阳。这幢大楼是个现代化的、充满竞争的地方，成排的职员坐在一扇扇玻璃板后面快速地敲击着键盘。

　　妈妈不喜欢那样的生活。她觉得野猫巷虽然有点儿破旧，但她从不嫌弃它，如果她离开野猫巷，就像风筝断了线，船失了锚，就失去了稳定感。

　　"我不想走。我只想把儿子慢慢带大，过安静平凡的生活，你帮我想想办法吧，你一定能帮我。"她恳求舅舅，"我的小旅馆在野猫巷最边缘，可不可以把我们划在征迁范围外，你们只需要画个弧线就可以绕过我的店，好不好？"

　　舅舅是拆迁安置指挥部的负责人，但他从不徇私，他说征拆工作一定要晒在阳光之下，他是负责人，更应该持之以恒正风肃纪反腐，哪怕是亲人也要公平处理，否则就是工作不力、失职失责。

　　"征迁计划不能依个人的意愿，我也不能这么帮你。"

　　妈妈失望地叹了口气。

　　旅馆的房客又在放戏曲了。"……麻绳偏挑细处断，噩运只找苦命人……"

　　"真正的安静来自你的内心，而不是野猫巷。有句话叫作'境由心造'，充满爱心和诗意的人住在哪儿，都能营造出一个美丽的世界，是不是?"舅舅试图说服她。

妈妈没作声。但我知道她不想走，她的心意就掩藏在温柔且倔强的表情之下。

"我觉得有你爱和爱你的人的地方，才是世上最好的地方，不是吗?"

舅舅的话我听懂了。比如说，因为妈妈住在野猫巷，所以它对于我来说，就是世界上最好的地方，但如果妈妈搬到新住处，我仍然觉得新住处也很好，因为妈妈在那里。

"你不要害怕改变，你要有打破旧生活、旧习惯的勇气，时代进步的脚步一直向前，无法阻挡，你要做自己命运的主人，新的生活将由你自己创造，这不是件坏事，为什么不尝试一下?"舅舅说。

妈妈依旧沉默着。

"为了孩子，你也不该一直住在这里，要给他创造一个良好的环境和成长机会。离开野猫巷是有意义的，值得的。"

"我再考虑下吧。"妈妈说。

## 4

姥姥虽然很瘦小，但说话的声音好像在拉警报，无论你睡在旅馆的哪一个房间，都会被她吵醒。

"小黑! 我的好猫猫，你在哪里?"

以前姥姥一叫小黑的名字，它会很快出来，翘起尾巴擦她的大腿，姥姥会摸摸它的头，听它喵喵地叫。可是今天，小黑没有露面。

第二天，第三天，它仍然没有出现。姥姥说她有一种不祥的预感，小黑不会回来了。妈妈利用朋友圈发布寻猫启事，但一无所获，我们的猫仿佛从这个世界凭空消失了。

我告诉姥姥，我们已经尽力去找过了。它很可能找到了一个更好的人家。

姥姥沉默着坐在椅子里纹丝不动，在我们眼里，那平静像是对我们的一种谴责，因为我们没有努力找她的猫。


## 5


舅舅说不清第几次来家里劝说妈妈了。

"我这样做也是因为姥姥，她不愿意搬离这里。"妈妈看了一眼姥姥。

姥姥躺在床上萎靡不堪，仿佛是一株干枯的野草。当听说我们要搬家后，她就是这个样子。她经常自言自语，还不时发出叹息。她从出生起一直生活在这里，她哪儿都不想去。

舅舅对她说："姥姥，我知道你很爱她们，没有她们，你会活不下去。如果她们搬到别的地方，你不能独自在这里生活，是吧，她们走，你只能跟着走。"

姥姥点点头。她心里明白，有些事物正在结束，不管你喜不喜欢，它们已经走向尽头，太固执就是为难自己的亲人。她同意搬离野猫巷，只要能和我们在一起就好。

舅舅对妈妈说，"你把家里照顾得很好，但是真正的照顾家园，是不能以自己的利益为准的，而是要考虑他人的利益。你不签合同，影响了搬迁进度，影响了大家的利益，就是自私了，这可不像你平时的作为呀。"

"你对我批评得越来越狠了。"妈妈嗔怪地说，"我搬还不成？但是我有一个条件——你们能不能帮我把猫找回来，姥姥很喜欢那只猫。"

舅舅笑了。野猫巷里猫那么多，他怎么可能知道哪只猫是我家的？妈妈也觉得自己是给舅舅出难题。她叹了一口气，坐在那里发呆。

舅舅说："要不，我买一只相似的猫送给姥姥？"

妈妈说："姥姥只喜欢那只黑猫。"

舅舅说："好吧，在我们眼里，群众的事无小事，要不我们试试吧，毕竟在野猫巷，纯黑色的猫并不多。"

从那以后，街上多了许多找猫的工作人员，他们带着工具，只要遇见黑色的猫就会想办法去抓。巷子里猫叫狗吠，好不热闹。

6

距离搬走还有段日子，我们越来越珍惜在野猫巷的时光。

我和妈妈经常拿着相机，拍花花草草，拍各种猫，拍檐下残旧的排水管，斑驳脱落的墙皮，还有院门上的铁锈，拍出来的照片陈旧，却温暖。

"你看，野猫巷多美呀，可惜这一切都要消失了。"妈妈的眼睛里有着淡淡的忧伤。

她没事就整理那些旧物，在摆满古董的架子前流连，不知不觉一天就过去了。这些旧物在她脑海里勾起对往事的回忆，使她想起遇到它们时，是如何的惊喜，如何辛苦地把它们带回来。

搬家的那天，舅舅一直在帮妈妈。他们在给各种器物装箱，妈妈向他诉说着每个器物背后的故事。听着他们聊天，我感觉舒适又温馨。

告诉你一个秘密，舅舅不是我的亲舅舅，他喜欢妈妈喜欢了好久好久。为了妈妈，他甚至把工作室搬到了野猫巷。

其实舅舅也舍不得搬走，但是拆迁令下来后，他第一个搬走了。作为拆迁办的负责人，他要起到"清廉拆迁"的表率作用。

在他们的聊天声和音乐中，我昏昏欲睡，偶然一睁眼，不由得发出一声惊叫。

是小黑，它被一个工作人员送回来了！

我心里涌上一股暖暖的热流。

小黑步子悠闲而轻巧地走进来，仿佛从来都没离开过这个家似的。它去闻了闻猫碗。在它失踪后，那只碗再没用过，落满了灰尘，被遗忘在楼梯间。

它朝姥姥走去，轻盈地跳上了她的腿，那是它最爱的位置。它先是脸朝着姥姥的肚子，接着掉了个个儿，朝向门口，盘成一团。

月光漫了上来，触摸猫的脸颊和鼻子，然后慢慢地覆盖了它的面容。

我十分欣慰，等姥姥醒来，她一定会非常惊喜的。

# 枪

◎马三枣

## 1

我爸有气管炎,老是喘哪喘的,像拉风箱。快入冬了,家家户户打煤坯,爸爸带我去河边挖黄土。打煤坯离不开黄土,土掺进煤里,倒上水,松散的煤粉有了黏性,才能打成砖头似的煤坯。黄土装进了柳条筐,我俩一起往回抬。没走多远,爸爸的脚步就跟不上我了,喘着气问:"你累了吧?""没累!"我很坚决。那时我念小学三年级,胳膊很细,麻秆似的,但是跟我爸的粗胳膊比起来,我的胳膊生机勃勃,拽着柳条筐,拖着他往前走。那时候,我觉得自己真像个男子汉了。

爸爸的个子很矮,刚过一米五,他是银行会计。我家邻居住着王叔一家。王叔高高的个子,衣裤笔挺,有一辆气派的黑色轿车接送他上下班,听说他是一位局长。王叔笑呵呵的,很慈祥,我最佩服他手巧,他家养了三个儿子,每个儿子一把木头手枪,王叔亲手做的。枪型帅气,按电影里一位英雄的手枪仿造的。枪身也光滑,用细砂纸精心打磨过。那个年代,手握一把拴着红穗子的木头手枪,是很荣耀的事，仿佛自己真的成了英雄。我爸手笨，不会做枪，给我捡了个废旧的自行车圈，我整天用棍子滚着车圈满院子傻跑，一身臭汗。

2

我也有幸福的时候。星期天，爸爸骑上自行车，驮我进城逛书店。我坐在自行车横梁上，从我们居住的郊区慢悠悠进入市区，一路风光，越来越繁华。跨进书店的大门，立刻书香扑鼻。那时候的书，油墨味道特别重，我很爱闻。我还没有柜台高，隔着玻璃看花花绿绿的封皮，就像饥肠辘辘的人扒熟食店的橱窗。每次，爸爸都会给我选几本书，科普读物《动脑筋爷爷的故事》、水墨连环画《三岔口》、历史故事《上下五千年》，都是那时候读到的，大都彩色印刷，漂亮极了。

回家的路上，要经过一个铁路道口，我总要看看大火车，我们就在铁道边休息。如果是初夏，那里会开满丁香花，淡紫色，一大片一大片的。火车好长，轰隆隆轰隆隆轰隆隆开过来了，那是我童年见过的最壮观的庞然大物，带着呼啸的凉风，夹着丁香花的气息，我和铁轨、大地一起震颤。继续上路的时候，我手里总是捧着一大把丁香花，花香书香融合在一起。直到今天，我仍然认为，丁香花是世界上最美的花。

爸爸有读书的习惯，家里藏书不少，有些书比我年龄大好几倍。那本丰子恺的《漫画阿Q正传》，开明书店1951年出版，是我印象最深的一本书。我对毛笔的认识，就是从这本书开始的。丰子恺用毛笔写字作画，我也用毛笔模仿。使毛笔，要掌握好轻重提按，要不就会弄黑一大片。我很早就摸准了毛笔的脾气，能画出控制有度的线条。

晚饭后，王叔的小儿子拎着枪，在院子里耀武扬威。

我拿出一摞画稿，说："涛涛，看，我自己画的。"

"哎呀，这是小人书哇！"他翻看着，把枪摘下来，"咱俩换！"

我发现，他玩的不是木头枪了，而是商店里卖的玩具手枪，金属外壳，能发射子弹。用自己的画，换了一把好枪，我比考了双百还得意。我飞奔回家，给爸妈看。还没等我炫耀完，他大哥就找上门来。

"涛涛太小，不懂事，这枪不能换。"他把我的画送回来了。

手枪物归原主，我差点儿哭出来，然而，也有意外的收获，涛涛做了我的徒弟，跟我学画画。

我们年龄相仿，他学习好，是学习委员，可是拿起毛笔来就不行了，是个外行，像做惯了体力活的人，出手太重，一下子就按出个大黑点子，画不出粗细变化的线条。他把枪借我玩，换取我的耐心。我明白了，当你有了本领，你能用这本领换来你想要的一切。

## 3

丰子恺用毛笔写的"Q"字，像一个人的脸。我爸说，这就是阿Q的脸，叼支烟斗。翻开书一看，阿Q确实抽烟斗，"Q"字越看越像阿Q的脸了。我爸又说，这也是阿Q的后脑勺，梳条辫子。我又回书里翻看，阿Q的脑后果然坠着一条辫子。这个"Q"字好神奇呀，书也好神奇。这时候，我开始佩服爸爸了，小个子，气管炎，那算什么缺陷呢？一个强大的爸爸，不只是会给孩子做木头手枪，更要给孩子一扇认知世界的窗口，提升修养的阶梯。书，就是这样一扇窗，也是我成长的阶梯。

五年级，我成绩大幅进步，名列前茅，课外知识也渊博，当选了班长。有一次，学校举办艺术节，我们班的节目是诗朗诵，诗很长，同学们拿着稿子上台，瞅着很乱。班主任有办法，让每人捧一个红色文件夹登台，她从班费支出一百块钱，派我去买。商店里，商品琳琅满目，有个柜台卖书，吸引了我，真想买一本。一扭头，又发现了玩具柜台，一把乌黑发亮的手枪，让我眼前一亮，快步走了过去。这枪握在手里沉甸甸的，真不舍得放下。一问价格，二十多元。我撂下枪，又抓起来，一只手摸着兜里的班费，手心冒了汗。对我来说，这是一笔巨款，可以由我支配。我问明几种文件夹的价格，头脑飞速运转，经过几分钟的算计，我拿定主意，选择了便宜的文件夹，节省的钱给自己买了这把手枪。

有了自己的枪，我的心怦怦跳，把枪藏在衣兜深处，赶回学校，进了教室，趁人不备就塞到书包的隐蔽处。有了枪，本该是件荣耀的事，我却像做了贼，老觉得有人盯着我的书包，上厕所我都是跑去跑回。给老师报账的时候，我胆战心惊，把枪钱分摊在每个文件夹上，老师点点头，忙着整理手边的作业本，并没怀疑什么。走出办公室，我长舒一口气，心中沾沾自喜。

见到涛涛，我亮出了手枪。他惊呼："哎呀，这下子你文武双全了！"文武双全，这词儿他用得真棒，一手持枪，一手握笔，这就是我，文武双全！

这把枪还是被爸爸发现了。

他掂量着枪，问："谁的？"

我犹豫着，蹦出俩字："我的。"

"你的？"他注视着我，"哪来的钱？"

我支支吾吾，说出实情，耷拉着脑袋，等待着一顿训斥。

爸爸坐下了，瞅瞅枪，没说什么，然后轻轻叹息一声，起身走向书架，抽出一本书，是《聊斋志异》。他翻到《梦狼》那一篇，递给我："这个故事很有意思，读一读吧。"

他注视着我把那篇文章读完。《梦狼》里的县令变成了吃人猛虎，衙役是一群恶狼，他们以人为食，吃得白骨如山。故事讲的是当官的贪污腐败，对百姓敲骨吸髓。"官虎吏狼"这个成语，就出自这篇小说。

我读了老半天，读完了，也不敢抬头。

"你当了个小小的班长，有了一点权力，见了钱就眼馋，要占便宜，你要是做了银行会计，天天和钱打交道，那该怎么办呢？"爸爸声音严厉，然后温和有力地说，"要记住，公私分明。"

第二天，爸爸带我找到班主任。我认了错，补交了枪钱。

4

这把枪放在抽屉里，我很少碰。我觉得它很陌生，像谁遗落的，它特殊的来历，常常令我惭愧。

涛涛问："枪呢？"

"坏了。"我回答着，就去玩别的了。

忽然有一天，我想起，很久不见接送王叔的轿车了，也没看见王叔。

我问涛涛："你爸呢？"

"出差了。"他说完，就跑远了。

回到家，爸爸告诉我："王叔出了经济问题，撤职了。"

"什么是经济问题？"

"就是，他忘记了公私分明。"爸爸嘱咐我，"出去不要乱说。"

后来，王叔又出现了，赋闲在家，不上班了。王家三兄弟也变得静悄悄的，院子里听不见他们的声音了，涛涛好像一下子长大好几岁，不再玩枪，喜欢一个人画画。晚饭后，爸爸陪王叔下象棋，常常下到夜深人静。我躺下了，月亮爬过东厢房的屋脊，银色的光洒进窗子，映着那方倒贴的"福"字，还听见棋子撞击的脆响……

我爸那么小的个子，那么文弱的体质，做了一辈子银行会计。那时候，不用电脑，他整天拨拉算盘珠，噼噼啪啪，快速而又精确。

他不是文武双全，没有飞黄腾达，我却越来越觉得他很强大。等我长大了，他日渐衰老，七年前的春天，他去世了。我匆匆赶到，看见他枕边放着一本翻旧了的《道德经》，我留下了它。我把书和枪珍藏在一起。

# 爷爷家的菜园子

◎李忆锋

和很多小学生一样，于小北总是盼着放假，放那种时间长一点儿的假，比如暑假、寒假。

只有在时间长一些的假期里，于小北才可以离开自己家，去爷爷家住几天。

最盼望的是放暑假。暑假在夏天，夏天去爷爷家，可以去长满青菜的菜园里玩。

爷爷家的菜园子在房子的南面。名字叫菜园子，其实不光种菜，还种苞米，还有一棵果树，还有花。

于小北三四岁时来爷爷家，一头钻进菜园里，见到了比他还高的长丝瓜，比他还重的大冬瓜，也看见只有拇指大的小黄瓜。他想吃小黄瓜，但是不会摘，就噘起小嘴巴靠近小黄瓜去咬。那憨态可掬的样子，逗得大家哈哈笑。

爷爷家在农村，离于小北市里的家很远。开车要两个小时，要是坐长途汽车，得换乘，比两个小时还要长。坐火车也不方便。速度快的火车从村子边上驶过，但是不停，那里没有火车站。

恍恍惚惚记得，小时候，就是上学之前，于小北去爷爷家，都是坐长途车。车次少，人多，车厢里挤挤擦擦，总是很热闹。车上的人口音重，有的话听不懂。

到了爷爷家，迎接于小北一家三口的，不仅仅是于家的亲戚，还有左邻右舍的乡亲。他们嘘寒问暖，亲热地逗于小北，投来温暖的目光，说着暖心的话。

"多住几天孩子，这就是你的家。"

"想吃啥，要是你爷家没有，就去二大爷家拿。"

爷爷特别憨厚，不多说话。他抚摸于小北的头，摸着摸着，充满慈爱，然后就去厨房，给于小北做很多好吃的。

再后来，就是过了两三年，再去爷爷家，不坐慢慢腾腾的长途车了，而是坐小轿车。

一位年轻的叔叔开车，很礼貌地叫于小北爸爸"于处长"，很礼貌地照顾于小北。

于小北不知道那是什么车，只觉得坐轿车快。睡一觉醒来，就到爷爷家了。

车子拐进街面，已经有数位左邻右舍的人走出自家门，聚堆看热闹。车子开过来，指指点点地议论。

车窗打开着，于小北喜欢乡下无遮无拦的风吹进车里。那些议论的声音随着风刮进他的耳朵里。

精瘦的年轻男人说："哎呀，老于家这大小子出息人了，开政府的车回来。"

有人好奇地问："大明白，你咋知道这车是政府的？"

这位被叫作"大明白"的人，年纪不大，可是辈分大，也不知道从哪里论，于小北得管他叫小老爷。他以前在市里打过工，接触的人和事多，就比别人懂得多。

"大明白"说："你看那车牌子——两个尖，政府的车牌号。"

"什么尖？"

"大明白"有些不耐烦："就是两个 A。"

"能干到这地步，也算是光宗耀祖了。"端着肩膀的中年人哼了一声之后，阴阳怪气地说。

于小北想起爸爸的名字叫"于光宗"，这个"光宗耀祖"和爸爸的名字有什么联系吗？

一帮人聚在街面上说着，不再像以前那样，前脚挨后脚地拥进爷爷家，嘻嘻哈哈地打招呼。

于小北听出来这些人语声中的不愉快，于小北也不愉快。但他很快就忘掉不愉快，下了车，一头钻进菜园子里。

再看见架子上的小黄瓜，他会摘下来吃，不再用嘴巴去咬。正是开花季节，小菜园子里有飞来飞去的小蜜蜂。他们落在花朵上，快乐地扇动翅膀，嗡嗡唱歌。

再后来，爸爸自己开着两个A的车，带于小北去爷爷家，不用叔叔开车了。

于小北长大了一些，再回爷爷家时，那些大人说的话他不但能听懂，也记在心里。

三大娘对妈妈说："光宗这孩子，可金贵呢。村子里考上大学的孩子可少了，他考进了省城的大学，那可是大城市。他是老于家的骄傲，你得好好照顾他。"

妈妈温和地回答："三大娘放心，我会的。"


可是现在，虽然车速加快了，回爷爷家的路途时间缩短了，但于小北的心情没有以前好了。

爷爷家的菜园子依旧很好玩，果实累累的，但是爷爷和爸爸吵架，让于小北心生烦恼。

于小北在菜园子里看蚂蚁搬家，听见屋子里的爷爷和爸爸，一声高过一声地对话。

"咱可不能忘本啊！"爷爷语重心长地说。

"我可没忘本。我给儿子起名叫小北，就是不忘根的意思。"爸爸不耐烦地说。

爷爷提高声音说:"我看你现在是找不到北了。"

于小北赶紧应答:"我在这儿呢。"

爷爷接着说:"什么事能做,什么事不能做,你心里要有数。"

"怕啥呀,别人都这么干,不也啥事没有吗?"爸爸不服气。

"不是不报,时间没到!"爷爷的语气更加不好听。

爸爸也提高声音:"不是你一直灌输我,要我光宗耀祖的吗?连名字都叫光宗。"

爷爷被顶撞得说不出话来,过了好一会儿,才低声说:"我可没让你这样光宗耀祖哇!"

闷闷不乐地,爸爸带着于小北离开爷爷家。


后来于小北问妈妈,自己的名字是什么意思。

妈妈回答说:"爷爷家在咱家的北面,爸爸来自北边,叫你小北,是不忘老家的意思。"

又过了一段时间,爸爸经常去爷爷家,几天就去一趟,但是不带于小北,因为那不是在假期。

偶尔,爸爸也对于小北说他去爷爷家办的事:在爷爷家的北面买了一块地,要给爷爷建庄园。

"庄园?是菜园子吗?"于小北问。

"比菜园子可大多了,非常气派。"


非常气派的庄园开业时,爸爸带着妈妈和于小北一起去爷爷家。

现在爸爸回爷爷家,开的不是车牌子两个尖的政府车,而是比那辆更阔气的大吉普。车内空间大,坐着非常舒服。

气派的庄园到了,于小北在一群人的注视中下了车。

他抬头看去,看见高大的围墙,庄重的大门。走进大门,宽敞的砖石地面的院子里,有古色古香的凉亭,沿着凉亭一侧的木质长廊走过去,是一座二层小楼。楼的四周房角翘起来,有点儿像古代宫殿的样子。走进楼里，是金碧辉煌的大厅，和城市里的大酒店一样。

爷爷的左邻右舍、远近乡亲都在场。爸爸请村子里的老老少少、男男女女大吃一顿。人们看着庄园的装饰装潢，露出惊讶的表情："这块地面积有几十亩，建成这个样子，得百八十万吧？"

"大明白"撇嘴"呲"了一声，表示不认可。"就这阵势，没有三四百万，根本下不来。你们看楼上那个歌舞厅，就那音响设备，就得四五十万。"

人们异口同声恭维于小北的爷爷："老于头儿，你这儿子可没白养，太给你长脸了。"

可一转身，他们就嘴一撇，眼皮一抹搭，一脸不屑的样子："老于家祖坟冒青烟了。"

"大明白"说话更是难听："不是好嚼瑟，早晚出事。"


流水席结束，人们散去。爸爸的脸上带着十分满足的笑意，问于小北："这比爷爷的菜园子大吧？"

于小北没笑："大是大，但没爷爷的菜园子好玩。"

"为什么？"爸爸问。

"爷爷的菜园子里，黄瓜茄子大苞米，都是真的。这里都是假的。爷爷的菜园子，土多，脚踩上去，软的。这里都是水泥地，太硬。"

"别瞎说。"爸爸不高兴。

爸爸请爷爷坐在长廊上休息。于小北看荷花池里的大金鱼，竖着耳朵听爷爷和爸爸唠嗑。

爷爷说："这么好的一大块地，不种粮不种菜，白瞎了。"

"爸你以后住这里吧。"

爷爷拒绝："我不来，还得侍弄家里的菜园子呢。"

"那才几个钱，不要了。"

"几个钱？你上学的学费，都是菜园子的黄瓜土豆洋柿子换的，亏你说得出口！我说你忘本了，你还不承认。"

"行行行，菜园子留着，让别人种，你住这里，我安排专人伺候你。"爸爸退了一步。

"我可不住。不是好道来的东西，我不要。"爷爷再一次拒绝。

这下轮到爸爸发火了，他站起身说话："怎么不是好道来的？那些大老板，一年赚几个亿，给我几十万，有什么不行？我帮他们扛了多少事，带给他们多少利润，不应该得到回报吗？"

"光宗，你变了，真的变了。我一直想说，你寒窗苦读考大学，从工厂考试进机关，当科长，当处长，现在是局级的主任，咱知足了，收手吧。人家都说，对于一个家来说，医院里没病人，监狱里没犯人，平安、健康就是幸福。"

"爱住不住，我不管你了。"爸爸转身走了。

于小北听见爷爷痛苦的语声："我只是告诉你要光宗耀祖，却没有告诉你，什么是光宗耀祖，我错了。"

热热闹闹的开场，不欢而散的结局。于小北心里特别难受。

后来，于小北跟着爸爸又去了两次那个让爸爸自豪让爷爷发愁的"庄园"，看着从城里运来的大鱼大肉，他却很想吃爷爷菜园子里的只有拇指大小的小黄瓜，那绝无仅有的清香令人回味无穷。


快半年了，爸爸没回家来。

"爸爸不回来？"于小北问妈妈。

"四年之后回来。"

于小北眼前出现"大明白"挤眉弄眼的表情："不是好嘚瑟，早晚出事。"

"爷爷知道了？"于小北轻声问。

"知道了。"

"我寒假去爷爷家吧。"

"冬天去，菜园子被雪覆盖了，啥也看不到。"妈妈说。

"我去陪爷爷。"

"好，妈妈陪你一起。爷爷家通高铁了，坐高铁，很方便。"

# 清　明

◎董芷微

那年我 12 岁，恰逢十五大集，集市上车水马龙，人群熙攘，在我的记忆里十分深刻。

我生活的地方叫杏园村，是沧州远近闻名的富庶村落。这里有丰厚的物产、历史悠久的人文、五彩斑斓的漂亮房子、人潮熙攘的热闹集市，更有热情周到、其乐融融的邻里。这座如同世外桃源般的小村落在沧州的东北角遗世独立，数百年来岁月静好、祥和喜乐。

夜幕初至，我和伙伴们在外玩耍归来，经过渡口时看见两名陌生男女的小艇出了故障，便好心带他们回村休息。

"土豆儿，这人有点儿眼生啊！"集市一旁卖草药的刘姐手中摆弄着她的番红花，隔着纱帘门抬头问我。

我嘿嘿一笑："渡口遇到的，船坏啦，带他们回来过一夜！"

"好娃儿，心眼真好！"对门卖酒曲的王叔夸我。

光顾着和邻居街坊打招呼，我却忽略了身边这两位叔叔阿姨一路惊诧又惊喜的神情。直到带他们回到我家的小院，我才发觉他们的表情似乎有点儿不对劲。

我们这里地处偏僻，鲜有外人来，物资自给自足。虽然有些闭塞，但村里人热情好客，若是偶尔有几艘探险或者邻县打鱼的船队经过搁浅或是迷了路，我们都会好心收留一晚。

当时我只以为他们遇到了困难，并未多想，按照爸妈的意思安顿好他们，便蹦蹦跳跳回到了自己的屋子。

翌日晨起，东方泛白，爸妈已经出门了，我想起昨晚安置在偏房的两个客人，便揉了揉惺忪的睡眼，披了件衣服去寻他们。然而他们却不见了踪影。

我挨个屋子找，还跑去邻居王婶刘叔张奶奶家问了一圈，仍旧毫无收获。看着行李还在，并不像是不告而别的样子，我也不再花心思寻找，感觉肚子有些饿，便从厨房拿出两个白面馒头回到了自己屋子。

这会儿，东边的地平线已经开始泛起丝丝光亮，浸润着浅蓝色的天幕，窗外秀竹婆娑，花树摇曳。吃饱了饭，我伸了个懒腰，舒服地窝在院子的秋千上吹风。

记忆中，杏花村的夏天是最热闹的，山野花开，香气四溢。村畔河海相连，白日男子打鱼，女子采药，我们这群小朋友结伴放羊放牛，羊群吃草，我们便在树荫下乘凉斗蛐蛐，快乐极了。

刚荡了会儿秋千，昨日那叔叔阿姨便回了院子。他们风尘仆仆的，像是刚从农田里回来，满脚泥泞。

我跳下秋千，刚要打招呼，阿姨却迎了过来："小土豆儿，你带我去见你们村主任吧！"她蹲下身向我晃了晃手中的玩具枪，一脸笑意，但我总觉得笑容中好像多了些什么。

我不知道他们葫芦里卖的什么药，但终究是抵不住这把好看帅气的手枪的诱惑，点了点头。

村主任是个慈眉善目的爷爷，因生在清明，他爹就给起了个名字叫王清明。我们村如此和谐美好，有他大半的功劳。母亲跟我说过，大概二十几年前，村里曾经遭难发大水，淹没了我们大片的房屋和良田，他带着村里的男人们砍树做成竹筏挨家挨户地寻人救人，几天都没合眼。母亲又说，待大水退去后，村内一片荒芜，他不是跑去城里为大家申请资金补助，就是带着大家伙整日忙在林间田地，一边想办法恢复农耕，一边带着男丁们修建沟渠、塘坝，坡改梯田。

此后，清明爷爷又开始寻求新的办法带村里人致富，也就是在那个时候，我们村才开始走向种植草药的道路。

我把他们带到清明爷爷的屋外，示意他们自己敲门进去，然后像是做了什么错事一般赶紧躲了起来。

我真的是太喜欢这把手枪了！这是一把野战用的手枪，枪身造型十分精巧别致，迷彩的外壳酷炫无比，连保险和扳机扣响的声音都非常仿真。我已经垂涎这款手枪很久了，就是钱一直没攒够，没想到今天竟能这么轻而易举地得到。

但拿了人家的东西，总是隐隐觉得有些不妥，看到他们两人进了清明爷爷的屋子，我偷偷溜到屋檐下，想听听他们想要谈什么。

还未靠到近前，我就听到了清明爷爷非常严肃的声音："商量不了，你们赶紧拿着东西离开杏园村吧！"

"老爷子，您看您也这把年纪了，这是上好的保健药，您就收着吧！"阿姨有些急了，赶紧解释。叔叔也在一边应和："老爷子，你是不知道咱们村这中药产出的质量有多好，你把种植经验卖给我们，我们之后再给你提成，这可是互利互惠的事呀！"

我说他们昨天怎么带了这么些背包跟我回村，这根本不是普通的借宿，分明是有备而来呀！

瓦蓝的天空不见一丝云彩，火热的太阳炙烤着大地，也炙烤着我的心。我攥了攥汗渍渍的双手，心中怦怦跳个不停。

我虽然不太懂村里的药材生意，但我知道刘姐王叔秦伯他们起早贪黑，日夜摸索种植经验，辛苦得很。他们是实在本分的农民，这条路是靠自己一步一步蹚出来的。

还不及多想，我就听到了清明爷爷霍地从座位上站起来，椅子与地面划出了尖锐的摩擦声。

"年轻人，种植草药是我们村的营生，水患过后的这些年，我们靠双手重建家园，勤劳致富。有钱是可以走捷径，但它不是万能的，我不能为了一己私利毁了我们村的希望。"透过窗户缝，我看到阳光照在清明爷爷的身上，将他的身影拉得格外高大。

接着，他又语重心长地说："你们是商人，商人当以诚信为本，扶危济困，兼顾天下，而不是使用手段只为个人谋利益，行了，赶紧拿着你们的钱和补品离开杏园村吧！"

那对夫妻羞愧地对视了一眼，有些难为情地走出了清明爷爷的屋子。刚出屋我便追了出去，把手中的枪递给他们。

这枪是真好看哪，迷彩枪身在太阳下发着明晃晃的光，拿在手中沉甸甸的，很有质感。

"还给你们，我不要了！"我目光犀利地望向他们，挺直了腰板。

送他们离开后，我回到院子，伙伴们已经过来找我玩了。但我心中不是滋味，小脸拉成了苦瓜，连和大家斗蛐蛐的兴致都没有。

伙伴们看出了我的异样，反复追问，我左思右想，还是决定向大家承认我的错误。

"昨天来村子里的那对夫妻，其实是来抢我们村草药培育方法的。"我把头垂得很低，满脸通红，声音越来越小，"不过，我也是后来把他们带到清明爷爷那里，才知道他们要干什么的。"

"然后呢？清明爷爷怎么说？"小伙伴焦急地问道。

"当然是拒绝了！爷爷还说，商人当以诚信为本，扶危济困，兼顾天下！"虽然还不太能完全理解这句话的深意，但它已经深深刻在我的心里：经商，当讲求诚信，用自己赚到的钱财去帮扶需要的人，救济有困难的人，要有博爱，而不是为了小利小惠就失了本心。

"还好还好，"小骆驼松了口气，"爸妈努力了这么多年才摸索出来的一点儿经验，要是被他们这么轻而易举地盗了去，那他们的辛苦岂不是要白费了！"我知道小骆驼的爸妈就是做草药种植的，每天天不亮就要出门，风吹日晒，一日三餐都顾不得吃。

想到这，我羞愧难当，呜呜地哭了起来，都怪我一时心善给他们领进了村，又一时被漂亮的手枪迷了心窍，把他们带到了清明爷爷那里。

正难过的时候，看到清明爷爷从不远处走了过来。

"爷爷！"我扑在他的怀里，越哭越大声，追悔莫及。

"小土豆儿，跑得还挺快，在屋外爷爷都看见你咯！"爷爷把我抱在怀里，笑着说，"你是个善良懂事的孩子，带他们回来这件事没有错。"他坐在了老树下，伙伴们也围着爷爷坐了下来。

"其实呀，爷爷也并不是想藏着咱们村的种植方法，只是不能为了自己的一点儿小利益放弃大家的利益。"清明爷爷笑了笑，为我抹掉了脸上的泪花，"爷爷已经和你们的爸妈商量过啦，等过两年咱们村药材产量稳定，种植方法也成熟了，咱们就去申请国家专利，让更多需要的人以它致富，也让更多需要药材的人买到平价药材！"

这一刻，我突然明白了爷爷口中"兼顾天下"的真正意义。

依旧是盛夏，火车蜿蜒前行，道路两旁的风景在视野中急速后退。

大学毕业后，我申请回到了杏园村。

十年的光景，爸妈、刘姐、王叔、秦伯和邻里们都老了，他们喜欢每日在树荫下喝茶聊天，喜欢牵着小狗穿过繁华的集市，喜欢在金乌将坠之时踩着流行音乐的鼓点跳广场舞。

五年前，村中的中药种植技术申请到了国家专利，很多地区开始向我们申请种植许可，我们的种植方法开始广为传播，清明爷爷终于完成了他共同致富的愿望。

三年前，清明爷爷病逝后，村民自发筹钱在他墓前立了一座很高很大的碑，杏园村人祖祖辈辈都不会忘记清明爷爷对我们村的付出与守护。

又是一年5月，杏花似锦，我折了一大枝杏花带到了清明爷爷的墓前。

　　如今，我终于长大，再也不是那个只会在他怀中哭哭啼啼的小娃娃了。我接替了他的位置，成为杏花村的下一届村主任。

　　"爷爷放心，我一定会像你一样，坚守底线，一生清明。"

　　清风拂过，花瓣飞落，明媚的阳光倾洒而下，万物美好。

# 青水沟村的班长竞选

◎韩　群

午后，正是阳光热辣辣的时候，一名老者和一个戴着眼镜的年轻人下了小公汽，匆匆地到了村前，村口的知了聒噪地叫着，诉说着这个夏天的燥热。老者年轻时应是骨骼清奇，花白的头发下，一张圆圆的血色红润的脸，仙风道骨。他一边走一边和年轻人嘀咕着什么，神色略显焦急。

青水沟村呈现一只褡裢的形状，进出都得从这一个道口。村子里的水系发达，但奇怪的是流到这里就突然消失了，像是一首歌飙到高音后戛然而止。人往高处走，水往低处流，村口地势是陡然升高的，像一个台阶。村子里老人说，从这个豁口走出去的人都出息了。去城里打工的壮年，到镇里上中学的娃，走了很多人。这些年风向变了，村里也热闹起来，来了不少人，开农家乐的，搞乡村游的，还比如这个毕业来村里任教的年轻人——王春江老师。

村子口第一户的赖李子每日游手好闲，他家院里的狗是从大城市里淘汰下来的一只年老的德牧，即使毛裹杂着泥土块子拧成的疙瘩，仍然不忘看门守户的职责，大声狂吠。"回去！狗东西，秦校长你都不认识了！"赖李子也从屋子里走出来，呵斥完了狗，嬉皮笑脸地走过来，"俺们家那小子淘气，校长和老师多担待。"

王老师表示知会了，点点头，转身对秦校长说："校长，这事别着急，镇里今年教学超预算了，走流程肯定费劲。"

"春江啊，这从开学到期末，马上就要考试了，正用的时候，不行我们搞台旧的，对付着用。我来想办法。"

青水沟村小学离村子口百米来远，当初因为地势高，取鲤鱼跃龙门，步步高升之意，就建在了这儿。秦校长刚抬起脚准备登上教学校二楼的第一个台阶，走廊的尽头就传来了嬉笑喧闹的声音。秦校长放慢了脚步，看了一眼那个方向。王老师尴尬地笑了笑："这是我们班。"他说完赶紧回到教室。教室里早就乱成了一锅粥。

"加油！加油！"呐喊声不亚于一场盛大的运动会，而教室里确实有两个角逐的"运动健儿"。

崔小志和赖李子的儿子李爽，在教室的过道里一个跑，一个追。崔小志是从城里才转过来一个学期的孩子，因为父母离婚，他爸爸揣着早年做买卖的钱，跑到青水沟村，包了一片水域，种了莲花，盖了亭台楼榭，搞了个垂钓文化园。小志也跟着父亲，从城里的小学转到了村小。

李爽胖墩墩的肉有节奏地一颤一颤。他一边呼哧带喘，一边抹着脸颊上的汗珠子，啪啪地甩在地上，就像他冬天往地上甩大鼻涕泡一样。

"崔小志，你别以为会个什么马术，当个体委就了不起了，我们这儿，可没有给你嘚瑟的马。"

"此处没有爷斗转腾挪的地儿，你敢不敢去城里看我生龙活虎啥样？"

"龙啊虎哇的，我看你粘上毛就是只猴子，你要是骑上马，就像——"李爽突然停了下来，不追了，笑得直不起腰，紧喘起来。

崔小志也停了下来，眼睛瞪得圆溜溜："你说，像什么？"

"像——像——"李爽双手合十，憋住了笑，"你这泼猴怪，痴心妄想，要当班长，还不现出原形。"

崔小志反手就从空中捉住了一只苍蝇，瞄了一眼班花儿清莲，转过头对李爽说："你这呆子，还在这乱嗡嗡，看我不叫师父送你回高老庄。"

全班正哄笑，王春江老师推开门，脸色铁青。崔小志猛地吓了一跳，吐了吐舌头喃喃地说："师父要来念紧箍咒了。"

"老师去开会，才走了一下午，班里没有班长，你们就没了个形儿。崔小志、李爽，你们俩还要竞选班长，你们多向清莲学习，明天各交一份检讨。"话音落时，放学铃声不早不晚地结束了这简短的批评会，王老师也无心恋战，挥挥手让同学们散了。

这些年的村子早就变了，没有了远黛前房屋顶上升起的袅袅炊烟，新建的文化广场上"动次——达次"的广场舞节奏，也和小志在电视剧里看到的不一样。不变的是青水沟村重视教育，村里的小学教学楼却一直被维护得很好。沿着广场边再走一个路口，就是清莲的家，小志不知不觉走到这里。

清莲出生的时候，正赶上莲花绽放，她一生出来，浑身像被洛神赋予了灵性的美，羊脂玉一样的肌肤，透着朝霞的绯粉，胳膊腿儿都像藕节一样，爱死个人儿。娃出生了才想起来取名，请来了村子里最有学问的秦校长。秦校长围着孩子端详了半天，又掐着指头算起来。秦校长对《易经》的研究是家传的，他从来不给人断事，只取名。谁家生孩子都找他取名，他分文不取，取的都是助文昌运、有深意的好名。

"这孩子八字属乙木，柔弱，缺水来生木，还需要取同类相的名字傍身，正值莲花盛开之际，就叫清莲吧。在世如莲，静心素雅，不污不垢，淡看浮华。对，就叫清莲。"清莲也不辜负这个名字，学业上很有灵性，心灵纯净。

崔小志来找她的时候，清莲正在院子的葡萄架下画着什么，端庄秀美如莲花，小志在门口看得入神了。

"小志，你怎么来了？"清莲抬头看到了大门口的小志，莞尔一笑。

"清莲，你出来一下，我有事和你私下商量。"

清莲走出了院，轻轻合上铝合金的院门。

小志拿出了一个信封，掏出一沓钱："这是五千块钱。"

村子的夜晚，没有城市的车水马龙，在广场消停了鼎沸的人声后，就还给流水和环抱村子的山林了，显现出一种纯净的美。蟋蟀声、蛙声、蝉声交和在一起，演奏着森林狂想曲。但偶尔也有些不协调的杂声。

月亮和星星缀在夜幕的穹顶上，它们把审视的目光投在了村子东头独栋别墅的窗户上。窗户里面，透出来两个晃动的人影，梳着大背头的中年男子正拽着王老师，往他手里塞一个信封。

"小志爸爸，我今天应您的邀请来家访，就是想多了解一下这个孩子，可是您不能这样。"

"王老师，您这是觉得少是吧？要不这样，明年我给您在县里找找人，解决一下职称的事，可以破格提升，就是差一个机会。"

"不不不，那更不行了，您快拿回去。"

"您的晋升和小志当班长都是一回事，都得找人找关系。您帮帮我，我也帮帮王老师，多美的事。"

"不是这样的，小志凭自己也是有能力竞选班长的。"

正在撕扯的时候，小志推开房门，他喊了一声："爸！"

小志爸手一抖，信封掉在地上，里面露出了一沓白纸的纸角。

小志爸爸紧张地立即捡起信封，没来得及看，就把里面的东西抖进信封里，就像是隐藏机密文件一样，把东西别在了身后，从三秒钟的神色慌张，马上调成一张严厉的脸："不是去同学家写作业了吗，老师来家访，你快回你自己的房间。"

小志说："爸，别给我丢人现眼了。"

"很晚了，我先走了，小志爸爸。"

"哎，别呀。"小志爸爸眼看着王老师扭头走出了别墅和院子，消失在夜色中，急得直拍手、跺脚。"你真是不知好赖，你老子不为你好吗？"小志没有反驳，默默走进自己的房间。

和草窠里的虫鸣、池塘里的蛙叫和天上的月光都没有关系，这一夜，很漫长。崔小志做了个梦，梦见迷迷糊糊走到了一个烟雾缭绕的地方。他慈爱的奶奶根本没有离开人世，她戴着老花镜，笑得脸上的褶子像散开的菊花。小志很惊喜，奶奶伸出手喊他过来。而他变成了小时候的小不点儿，爬上沙发，又趴在奶奶腿上听奶奶讲葫芦娃的故事。"蛇精给大葫芦娃变出了好多好多钱币，堆成了山，还奸笑着说：我就不相信，这些钱眼，你钻进去就困不住你。"

早上，闹钟和鸡鸣叫醒了大家，同学们都背上了书包，走进了学校。今天下午三点，五年二班要选班长了。班会上，小志第一个信心满满地举手演讲。

小志像一只自信的小公鸡一样，气定神闲地走上讲台。他清了清嗓子，说："大家好，我今天正式宣布，我放弃班长的竞选。"在大家疑惑的神色中，小志继续说："因为昨天在我家里发生了一件事，我失去了竞选资格。但是我愿意为大家变个魔术。"他拍了拍手掌，李爽跑到班级门口，打开了大门，同学们看到赖李子叔叔顶着大肚子，大肚子上顶着一台崭新的激光打印机。

"听说学校的打印机该换了，但是批下来还需要时间，老师和校长都很着急。清莲找镇里的舅舅给大家采购了机器，李叔叔为我们把打印机运送了回来。"

王老师吃惊地看着他们："可是你们哪里来的钱？"

门嘎的一声响了，小志爸爸也来了。大家都张大了嘴巴，不知道什么风吹进了村小，让这个班会这么热闹。小志爸爸憋得满脸通红地说："小志，我今天早上才发现，那信封里的钱变成了纸。我知道是你拿了，我本来想拎你回家问问清楚，揍一顿。可是我刚才都听到了，是我错了。"

小志没有回答，他先面向清莲："清莲，你昨天对我说的话我想了很久。钱对谁都很重要，钱用错了地方，还不如白纸，害处更大，用对了地方，可以做很多好事。"

他又走到爸爸面前，拉起爸爸的手："爸爸，有句话我从没说过，今天要当着全班对你说，您一个人带着我，不容易，您做的任何事，都是希望我有出息。爸爸，谢谢您。"

小志爸爸的眼睛里噙着泪花。

王老师明白了一切，对大家说："什么都不说，不解释了。这是一堂生动的班会。其实，这三名同学都参加了班长竞选，他们在意的不是打败对方，而是一起想办法，想着为大家做事情。我们的打印机下个月就要到了，可是期末有大量的资料和卷子需要用打印机。校长和我在想办法，没想到你们抢先解决了这件事。这钱，我先垫上，不能让小志爸爸出。"

"这钱我来垫！"秦校长花白的头发被阳光照得闪闪发亮。

"校长来了！"

"我很感动，你们以后，将从村子口走出去读中学、大学，路走得直不直，都代表我们青水沟村里的水是清还是浊。我建议，由我和王老师带头，我们在一张纸上印上自己的手印，代表自己愿意做一个堂堂正正的人。再用这台打印机，复印给每个同学，让我们刻下这个深深的印记。"

"好哇好哇！"教室响起了掌声。

紧接着是一个浑厚的男低音："也带上我！"

# 非童话小镇

◎蓝叶子

　　夏日午后，闷热异常，院子里的小鸡小鸭小鹅，只打了一个盹儿，就被惊醒了。一顿好说歹说，两个玩得满头大汗的孩子被带回到各自的家，放进洗澡盆中，水晒得不凉不热，她们暂时安静下来。

　　娜娜和小曼是附近数一数二的淘孩子，两家又是邻居，这也让她们淘得越发五花八门。一大早，为了争夺一个布娃娃，惹得鸡飞狗跳是常事。上一秒谁也不搭理谁，下一秒又同时被顶着饼干渣的蚂蚁吸引，趴在地上，目不转睛地盯着，为比她们更弱小的生命加油助力。这样的场景会伴随着院子里的夏花、大门外的黄叶、原野上的白雪，一点点被时光擦去，又会在多年以后的某个瞬间，被记忆清晰还原，成为生命中弥足珍贵的记忆。我们也是从那幅鲜活的画面中走出来的，却再也走不回去！

　　然而，这也只是她们日常生活中小得不能再小的一部分，一年三百六十五天，一天二十四小时，对于孩子们来说太漫长了，她们有用不完的精力。

　　不一会儿工夫，几声草叶一样纤细的猫叫，又让她们不约而同地溜出屋子，顺着声音，终于在一片地瓜秧下，找到了两只小奶猫。小东西看见她俩，有点儿恐慌，却没有逃走，待娜娜伸出胖乎乎的手指，其中一只居然伸出舌头唰唰地舔了起来。于是，火腿酸奶饼干被分成四份，两只小猫奶足饭饱，并没有离开的意思，而是贴着她们呼噜呼噜地睡着了，直到天黑也没人来找。相互挤一挤大眼睛，小曼跑回仓房取来空纸壳箱，娜娜把自己的小床垫垫在里面，为了防止临时的猫房子被露水和雨水打湿，又把自己的小雨披蒙在上面，就这样在两家大人假装不知道的情况下，她们成功地收养了两只小猫，也由此在吃心玩心之外，培养出爱心与宽容之心。

与娜娜、小曼比起来，子轩就没那么幸运了。父母离异（虽然他还不懂离异是什么），爸爸长年打工不着家，妈妈一开始逢年过节还来看望他，给买两件新衣服，后来就音信全无了。尽管爷爷奶奶也很宠爱他，零食玩具，别人家孩子有的他都有，可子轩胆子很小，几乎不和村子里的小伙伴一起玩，每天躲在家里蔫淘。

家里大大小小的抽屉被他翻个底朝天不算，玩具拆得缺胳膊少腿扔一地，奶奶一说，他就赌气地跑到院子里拿铲子挖土沙和稀泥玩。不过，他最喜欢骑着小自行车在路上飞跑。五岁的时候，村子里差不多大的孩子都去上育红班，唯有子轩死活不肯去，即便是强行送去了，他不是哭闹就是扔东西，要不就抱头躲在墙角。直到有一天，一个叫紫薇的小女孩主动走过来，掰开他的小手，把一只毛茸茸的小鸭子送给他……

第二天，子轩破天荒地没用奶奶催促，往小书包里塞了一大堆好吃的，精神头十足地上学了。到了班级，他不由分说地把自己平时最爱吃的锅巴辣条山楂卷分给了紫薇，紫薇又分给其他小朋友一些，很快其他的孩子也接纳了他，一起高高兴兴地边吃边玩游戏。或许，孩子们之间的友谊只有孩子们懂，也或许，我们成人其中的某个人也有类似的经历，也曾被这种天真烂漫的方式治愈过。

而和子轩同龄的美琳，则是被困在笼中的小鸟。每天从布置得像童话城堡的房间醒来，八音盒里的小仙女翩翩起舞，电动狗汪汪汪地跑个不停，她揉揉眼睛看着与自己同病相怜的小金鱼。高高的院墙外，已经有小伙伴自由自在地嬉笑打闹，她只能隔着紧锁的大门，眼巴巴望着。

她想和他们一起玩老鹰捉小鸡，哪怕是排在队伍最后，一口被吃掉；她想一起跳绳，小燕子一样来回轻盈穿梭；她想玩捉迷藏，藏在柔软的干草垛里……可这一切幻想，都会被妈妈的一句"美琳该写作业了，该画画了，该练琴了"打断。妈妈说镇子里的孩子没有出息，将来要把她送进城里。

不知道是看她可怜，还是故意挑战美琳妈妈的势利眼，孩子们天天在她家大门外欢蹦乱跳，撵也撵不走。趁着美琳妈妈外出之际爬进院子里，一起玩摔泥巴，堆积木过家家，预感到她妈妈快回来了，又一起打扫"战场"。明帆更是不忘给她带糖饼，用一块白手巾包着，告诉她手巾是新洗的，糖饼是热乎的。

孩子们鬼鬼祟祟的把戏，还是被美琳妈妈发现了，一把夺过糖饼，想扔进垃圾桶。这次美琳大哭起来，妈妈看着她油汪汪的小手小嘴，一双无辜的大眼睛，突然一阵心疼，明明家里好吃的好玩的应有尽有……美琳看着妈妈手里的糖饼，认真地说，妈妈你尝尝可甜啦。愣在原地，她忍不住咬了一口，嗯，又香又甜，妈妈说完抱着抽抽搭搭的美琳一起吃了起来。从那以后，美琳家的大门再也不上锁了，还允许她把玩具分给其他的孩子。

傍晚，一阵悦耳的电话铃声响起来，接完电话，儿子兴冲冲地喊妈——妈，我明天要参加小学和初中同学聚会，许久不见还真挺想他们的。看着儿子眉飞色舞的表情，我不禁有些恍然，窗外茂盛的绿植，开得正艳的花朵，仿佛还是昨天的场景，可时光却一去不回头了！

记得刚搬来时，儿子只有四岁，走路趔趔趄趄，说话一个字一个字往出蹦。可小孩子爱玩的天性是挡不住的，几天工夫，他就和一左一右的小伙伴混熟了。不过也应了那句两天半新鲜，由于儿子体弱多病，孩子们在一起玩，遇到都喜欢的物件你争我抢，他就明显吃亏了。经常是出去时穿得漂白，回来头上被扬一层土沙，身上的衣服蹭得五颜六色，甚至哇哇大哭地跑回来。

我心疼极了，于是不让他出去，就在自己家院子里玩，而且养了小猫、小狗，买了他喜欢的拼图和变形金刚，充气的鲸鱼、鸭子放在大水盆里。儿子倒也听话，我忙着做家务活没空理他，他就自己鼓捣这鼓捣那，玩得不亦乐乎。可那帮孩子并不肯就此罢休，时不时地坐在墙头上面。我既生气又担心，毕竟那么高的墙，不管谁家孩子掉下去，后果都会很严重。然而，事实又一次证明我的担心是多余的，没几个时辰，儿子也能在墙头上如履平地了，而且没发生过谁把谁推下去的恶作剧。

儿子今天受个小伤，明天挂个小彩，磕磕绊绊地挨到了上学的年龄，本以为送到学校有老师管理，情况会好些，没想到新的问题又来了。据知情的孩子透露，一帮小孩会在放学的路上截住他各种刁难，比如让他走就得走，让他停就得停，要不然就挨揍。实在想不出更好的办法，我只能每天接送，东边的林荫小路是他们的必经之路，而且前不着村后不着店，那帮小孩似乎也知道事情败露，看见我远远躲着。接了一段时间，我还是觉得顺其自然吧。

一波刚平，一波又起，在一次检查儿子作业时，发现两本一样的练习册。一本上的答案都是正确的，另一本上一看就是瞎蒙的，再三追问下，儿子才支支吾吾地道出实情，原来是班级里最壮实的孩子，要求他帮忙做题，要是不帮就摔他东西。我沉思了一会儿，对儿子说："我去和那孩子的家长沟通一下，让家长管管。"儿子似懂非懂地点了点头。

"妈——妈，你看我明天穿这件衣服行不行？"儿子把我从穿梭的时光中拽了回来，他已经从瘦瘦小小长成了一米七九的帅小伙，只是眼角眉梢稚气未脱，保持着一份纯真。不是说孩子们之间的友谊是"一把伞下的两个身影，是一张桌子上的两对明眸"吗，我深以为然。在我们漫长而短暂的生命里，童年无疑是最闪闪发光的亮点，它是金黄的，也是嫩绿的，更是五彩斑斓的，让我们一回想起来，就忍不住笑出声来。想拉着手再去小河边摔个跤，不为分上下，只想弄得浑身是泥；再去桑树上摘个桑葚，手上嘴巴又黑又紫，相互蹭对方的衣服；不管不顾吃饱了就玩，玩累了就躺在草甸子上，日落西山也不回家，数星星抓萤火虫，直到饥肠辘辘，母亲扯着大嗓门喊："再不回来吃饭，就刷锅了！"

# 两只信封

◎刘一夫

左上角有六个小方格子，要在这里填写邮政编码，右侧一个大方格，是贴邮票的地方，中间的两条红色的横线，用来填写收信人的地址和姓名。这个一侧开口的纸袋子就叫作信封。

爸爸说在他大学毕业以前，信封是经常用到的东西，现在却几乎看不到了。所以当我发现它静静地躺在新家的小草坪上时，一时都没能叫出它的名字。爸爸把它捡起来，打开看了看，疑惑地四下张望了半天。那个信封鼓鼓的，我问爸爸里面装的是什么，他没有回答。

"会不会是谁家晾被子，从楼上掉下来的？"妈妈一边擦桌子一边说道。

"哪有这么不小心的人，多半是从栅栏门扔进来的。"爸爸在刷碗，连头也没回，"我看哪，这个信封可不像是一次意外。"

"嘘——"每次妈妈发出这样的声音，都好像在提醒我"重点来了"！我知道此刻，妈妈的手指一定指向了我，一秒钟后爸爸也会望向我；但如果我转过头去，他们一定会停止对话。为了听点儿那些"小孩不要打听的事"，我装作紧盯作业本上那道数学题，只把耳朵竖起来。

"……这牛皮纸信封真是不多见了!"爸爸并没有说出什么我感兴趣的新鲜内容,只有那个带着陈年往事气息的名词——信封。

"你能不能把那个信封给我……"我的话像一架飞机从课本上起飞,飞向餐厅。

"写你的作业!"妈妈的话像一枚导弹喷吐着白烟,腾空而起。

导弹拦截成功。

晚上,我倚在床头上读《木偶奇遇记》,隐隐约约听见他们还在探讨信封的问题。爸爸很晚才走进我的房间,接过我的书读了一会儿,没有每天的绘声绘色,我滑进被子里。

"爸爸,你以前经常用信封吗?"

"是呀,那时候还没有手机和微信,公用电话要排队才能打。"

"信封只是用来装信的吗?"

"不光装信。有一次你奶奶给我寄来了一片枫叶,我好像立刻看到了老家门前的那片枫树林!"

"今天的那个信封里装着什么呢?"

"那个信封里,装的是……一个'谜'。"

"谜?什么谜?你猜出来了吗?"我努力想象着在信封里塞满谜语卡片的样子。

"还没猜出来,不过我想一定会有个结果。"

"等你猜出来,可以把信封给我吗?爸爸!"

"你要信封干什么?"

"我想给奶奶写封信……"

搬进新家第一个周末,爸爸妈妈一早就带我去附近的公园玩。中午返回时,当我们快走到门口,邻居家小院里走出了一个戴着山地车头盔的男孩,身后还跟着一个叔叔。

"孟处长,你们回来啦?"叔叔远远地跟爸爸打起了招呼,而且使用了在爸爸单位时才能听到的称呼。

"你……也住这儿?"爸爸似乎很惊讶。

"我们在你们之前一周搬进来的，以后咱们就是邻居了。"通过爸爸和那位叔叔的互相介绍，我知道他姓李，那个稍大的男孩是他的儿子，叫李晓非。

"你带儿了先进去吧。"于是，妈妈拉着我走进小院。我无意间听到了身后爸爸在对李叔叔说："那个信封——是你的吧？"这句话，一下引起了我的注意。

"一点儿感谢……您千万别客气……"李叔叔回答。

"你不是说那个信封里装着一个'谜'吗？怎么又变成'感谢'了？"晚上爸爸一进我房间，我就迫不及待地问。

"'谜'已经解开了，信封是属于李叔叔的。我在工作中曾经帮助过他，他想感谢我，但是……"

"信封还能装'感谢'？是一封厚厚的感谢信吗？"

"……小孩子不用知道那么多事情，你快睡觉吧。"那天在我的梦里，牛皮纸信封像雪一样从天而降。我就是这样的，爸爸越是不告诉我，我的好奇心就越强烈。

没想到，我很快就有了机会亲手打开那个信封。

那天，我钻进爸爸的书房写作业。当我拉开抽屉找铅笔刀的时候，却看到了那个信封。它静静躺在抽屉里，开口处隐隐地露出一点儿浅红色。那是"解开的谜"，还是"李叔叔的感谢"？当我把里面的东西抽出来的一瞬间，我惊呆了——好多的百元钞票！

我想既然爸爸没有告诉我信封里是什么，偷看信封这件事最好还是不要告诉他。而这期间，又发生了两件小事。

第一件事是我有了好几个信封，都是爸爸找来的。不是牛皮纸的，而是白色的纸信封。我写了一封短信，摘了一片小院里的树叶装进信封，寄给了奶奶。奶奶在收信的当晚就发来了视频。她激动地说好多年没收到信了，等假期一定和爷爷来看看我们的新家。

第二件事是我和李晓非的友谊拉力赛。这个新楼盘入住的人还不算多，小区内环的主路也很宽敞。只要晓非和我都把作业写完了，我们就会骑上车比上两圈。晓非的山地车没有我的好，但是他年龄比我稍大，所以我们互有胜负，常常杀得难解难分，后来干脆画了个表格计算积分。

那天完成作业后，我站在小院里冲着隔壁喊了半天也没有人答应。晓非家里没有一点儿动静，我只好一个人去骑车了。我经过小广场时，看到几个孩子在玩捉迷藏。当他们邀请我一起玩时，我把车停好，毫不犹豫地加入了他们。

我玩捉迷藏比骑车还要厉害，好几次一直藏到寻找的人大声认输了才出来。游戏结束天已经黑了。当我回到小广场时，却发现我的自行车不见了！

我不敢告诉爸爸妈妈，只好自己寻找。我找遍了小区所有的角落，却一无所获——车一定是丢了！想到那是奶奶送给我的生日礼物，想到再也不能和晓非比赛了，我蹲在小院的门口哭了起来。

我哭了很久，直到有人叫我的名字。我抬起头，那个人是晓非，而他的手里正推着我丢失的自行车！

"我在小区大门外树丛边发现的，我认识你的车！"

"一定是那个讨厌的小孩，玩捉迷藏找不到我，就推走了我的车！"

"要是放在外面一夜，没准就真丢了！"

"所以我要好好感谢一下你！你等会儿。"我飞快地跑进小院。

山地车的失而复得让我无比高兴，爸爸妈妈一到家，我就迫不及待地把整个故事讲给他们听。他们听着听着却皱起了眉头，故事还没到结尾就被妈妈的尖叫打断了："你用信封装了五十元钱？送给了晓非？"

"是呀，我用的是我自己的压岁钱！"我说，"那台车可是一千块买的呢！"我觉得我没有做错什么。

"他帮助了你，你只要表示感谢就行了。"妈妈说。

"我就是对他表示感谢呀，就像李叔叔对爸爸表示感谢那样。"

在那一秒钟里，爸爸妈妈都愣住了……

爸爸用更和缓的语气对我说："晓非爸爸的信封里，装的其实并不是'感谢'，而是，而是——'误解'！"

"你一开始说，信封里装的是'谜'，然后又说是'感谢'，今天又说是'误解'，其实里面装的就是钱！比我给晓非的多得多！"这句话一出，爸爸妈妈你看看我我看看你，彻底没话了。

在沉默了好久以后，爸爸终于又开口了："既然你已经知道那个信封里装的是钱，我就也把这件事完整讲给你吧。一个多月前，李叔叔来爸爸单位办事。按照规定，李叔叔开的公司可以享受优惠，但是他自己并不知道。在爸爸的提醒和协助下，他省下了这笔钱。这些都是按照单位的规定办理的，我并没有给他特殊照顾。李叔叔多次提出要'感谢'爸爸，都被我回绝了。可是碰巧我们搬新家，竟然和李叔叔成了邻居。他就用信封装了钱，扔进我们家的小院里……"

"李叔叔选择了错误的感谢方式。如果爸爸留下了信封，那他就是违反了纪律，甚至犯了罪。"妈妈补充道。

"用钱表示感谢不可以吗？"我被他们说得有点儿晕。

"你以为用钱补偿了别人的真心帮助，可一颗真心要用多少金钱来换才合适呢？所以你只会让人觉得自己受到了侮辱和冒犯！"妈妈说。

"李叔叔和你都犯了一样的错误，错误地以为别人的真心和帮助是可以用物质来交换的，错误地以为自己表达谢意最方便的方式就是用钱。所以我才说，李叔叔的信封里装的是'误解'，你的也是！"爸爸说。

"那我们要怎么表达对别人的感谢呢？"我问。

"最好表达谢意的方式，就是记住这些无私帮助过我们的人。一旦有机会，我们也要像他们一样不计报酬地去帮助更多的人！"

"那我应该把给晓非的信封要回来，而李叔叔也应该把他的信封拿回去——对吗?"

"就应该是这样的。"妈妈说。

"那你们为什么不在解谜那天就把信封还给他?"

爸爸说:"我们在寻找一种让他最容易接受的方式。"

妈妈说:"'误解'的消除可不容易,我们在等更合适的机会!"

"那什么时候最合适呢?"

"就是现在!"

我看到,爸爸不知什么时候已经把牛皮纸信封拿在了手里。

"我们出发吧,不需要等到明天了!"妈妈说。

爸爸拉开房门的一瞬,我看到李晓非和他的爸爸正站在门口,手里握着一只白色的信封。

# 妖娆的黑山羊

◎王海燕

我放学刚到家门口，就发现一个问题，平时一直守候在东边房山根下睡懒觉的大黄狗，不知道被谁挪出来拴在了大门口，成了真正的把门狗。

这是为啥？万一家里来了生人，把人咬了怎么办？这也不是我爸我妈做事的风格呀。

我顾不得向我摇尾讨好的大黄狗打招呼，背着书包直接走到东房山处查看，这里摆放着用钢筋焊接的铁笼子，大黄狗每时每刻都在这里圈着。家里无论谁来，大黄狗也只是露着眼睛汪汪叫几声，永远威胁不到任何人。

我刚走近狗窝，扑棱一下，一只黑色的大山羊站起来了，原来这里放了一只山羊。我家从来不养羊，难道这只美丽的黑色山羊是爸爸给我买回来的宠物？

这是一个身材庞大的家伙，比一般的绵羊高大，看起来挺威武，我夯着胆子试着把手伸给它，黑山羊竟然向我走过来，黑色的鼻子触碰我的手心，用力嗅着，软软的，毛茸茸的，原来这只山羊不怕人，也不咬人，不顶不撞，真是太可爱了。

这只黑山羊非常漂亮，它的两只羊角对称地向后边弯曲，也是黑色的，两只眼睛金光闪闪，黄色眼珠特别好看。它很温顺地叫了一声，我发现它的舌头也是黑色的，唯独牙齿洁白如玉，在黑色的嘴里很独特。下颚处还有一簇山羊胡子，往前撅着，好不俏皮。

我喜欢极了。我一定好好对它，没事的时候我会牵着它去山坡上吃草，我越想越美，黑山羊一定会成为我最好的朋友。

我跑到外面的玉米地旁，拽了几把草回来。黑山羊好像知道我的意思，两眼放光，咩咩叫着伸长脖子和我要。我把草伸给它，它狼吞虎咽地吃起来，从草根到草尖，唰唰往嘴里进，几口就吃光了，原来山羊这么好喂呀。

我干脆拿个镰刀去给黑山羊割草，不一会儿就割了一大捆。我很费劲地把草抱回家，全部都给黑山羊添进笼子里，黑山羊又大口大口吃起来。看山羊吃草非常过瘾，它吃得香，我看得舒服。我用手抚摸它，从脑门摸到尾巴，它光滑细腻的黑色羊毛闪着光，全身胖乎乎的，它一定是山羊里的佼佼者。

爸爸和妈妈回来了，他们去地里施肥了。我迫不及待地问了黑山羊的事。我妈马上压低声音制止我说："别说，和谁都不能说。"

我不解其意，买个山羊还要偷偷摸摸地隐藏着？

我爸低头收拾东西，顺口问我妈："杀了还是卖了？杀了得找人杀，我不会也不敢。卖了怕吵吵闹闹的，在村里一走一过被人看见，不好。"

"你们不许杀黑山羊，它已经是我的朋友了，我刚才还给它割了一捆草呢。"我好像一个勇士，坚决保护黑山羊。

"你喂它了？净帮倒忙。一边去，大人的事小孩子少打听。"

我妈数落我一顿，我也没做错什么呀，感觉莫名其妙，也感觉挺委屈，差点儿就哭了。

"干脆杀了吧，这羊挺肥，最少出一百多斤肉，能卖四千多块钱，头蹄下货自己留着吃。"我爸看了我妈一眼。

"对，只能杀，不能卖也不能留。可是刚才吃了青草，胃满了，肠子不好倒了。"我妈说完狠狠地瞪我一眼。我把山羊喂饱好像是罪过。我想起我家杀年猪的时候，也是提前停止饲喂。

"你们咋这么残忍？这么好的山羊杀死吃肉，难道你们不心疼吗？"尽管我非常喜欢吃羊肉串，也喜欢吃烤羊腿，可是我就是不同意爸爸妈妈杀掉这只美丽的黑山羊，我已经喜欢上这只羊了。

这天晚上，我爸和我妈很晚才休息，我在一边写作业，他们说的话，我全都听见了，也知道了这只山羊究竟是怎么回事了。

我爸爸是新当选的村主任，每日为村里的事忙碌着。村里有一家贫困户老张头儿，为了能够评上低保户，把家里的一只最大的山羊偷偷给我爸拿来了。爸爸说："老张也算懂事，他给拿来一只羊就对啦。没有我给他担保，他可整不来贷款，他家的几只羊全仗我了。"

"那，他家能评上低保户吗？"我妈问的这个问题，也是我也想问的。

我爸一边刮胡子一边说："那谁知道呢，这个事是所有村民代表参加评选的，得大会一致通过才行。我个人说了不算。"

"老张家很贫困吗？"我问了一句。村里人我一般都不了解，我毕竟是个小孩子嘛。

"他家当然穷了，两个老人都80多岁了卧床不起，老张和媳妇身体也不好，一个儿子还是个残疾人，虽然娶了媳妇分出去自己过日子，也是紧紧巴巴的，根本没有能力顾这个破家。一年都吃不起一顿肉馅饺子。"

"这样穷了，为啥还不是低保户呢？"我妈气鼓鼓地问。

"那有啥法？又不是我说了算，都是上届领导的事。听说谁给送礼就评谁。有的低保户有工资有车，还有的在城里住楼房呢。"我爸收下这只山羊还觉得理直气壮的，好像都是这样干的。

"爸，妈，我有话跟你俩说。"我鼓起勇气，和爸爸妈妈说了我的想法。

"爸爸，妈妈，这只山羊多么可爱呀，虽然是老张家自愿给咱家

214

的，但是这只羊对他们来说多么重要哇，咱们给他们送回去吧。爸，你是村干部，你得带头做好事，做个清正廉洁的干部，那多好哇!"

我妈看了我一眼，没什么表情，不过她没反对我，我就更有动力了。

"唉，说实话，这只羊我也不想要，好像我咋回事似的。可是，如果咱们不收下，好像我不给他家办事，怕他多想，其实我已经跟书记反映老张家的实际情况了，这次评低保户，他家应该差不多了，我也寻思了，如果他家评不上低保户，"爸爸沉吟了一下，"我就辞职!"我爸这样说，看来这个小村干部还不怎么好当呢。

"那怕啥的呀，爸爸，只要您秉公办事，不就成了吗?"我又想起来最近在课堂上学的关于清正廉洁的故事，一股脑儿地讲给爸爸听，我爸一撇子把我撂倒，笑着，还捅我的胳肢窝，嘴里骂道:"小兔崽子，还给我讲大道理呢，难道我还不如你明白?"我顺势躺在爸爸宽阔的怀里，半夜三更的，也许别人家都进入梦乡了，可是我家还灯火通明闹得欢。

这个夜晚特别美好，几朵白云围绕着月亮飘游，草丛里唧唧虫鸣，一阵阵的清风夹杂着花香，清爽宜人哪，可是我家的山羊，确切地说是贫困户老张的山羊，因为想家不时地咩咩叫几声，还用蹄子刨铁门子，咣当咣当的，分外扎耳。

"送回去?"我爸瞅了一眼我妈。

"送就送呗，省着提心吊胆的，咱得给儿子做个好榜样。"我妈看我一眼，笑容满面，我揶揄她，这么快觉悟就上来了?我妈又掐我一下。

"走，现在就给老张家送回去，老张家贷款买的几只羊，指望着山羊返本呢，这个黑山羊是最近他家新买的种羊，花了五千多元呢。这也就是我，人家舍得出来，一般人还不给呢。"

我赶紧捧我爸的臭脚:"那是，咱爷儿们做事就是杠杠的，当初老爸全票当选村主任，也不是吹来的。群众的眼睛是雪亮的。"

我爸默不作声了，不知道他在想什么。不过从他那兴奋的眼神里，我看见我爸的坚定和正义。

　　借着朦胧的夜色，我牵着黑色的山羊，走在乡间铺满杂草和野花的小路上，去老张家送羊。山羊的眼睛闪闪发光，它特别懂事，仿佛知道是送它回家，特别老实，紧跟在我的身后。我给它割过草，它肯定是记得的，偶尔会抬起头来看看我，它漆黑的羊毛与夜色融为一体，屁股一撅一撅的，走得很急切，也走得很妖娆，原来山羊走路这么美呀，它的四蹄错落有致地迈着，奔向它心爱的家。

# 拯救爸爸

◎詹丽娜

我又听到了他们的争吵。但我知道，明天早晨，当太阳升起，他们照样会微笑着和遇到的邻居打招呼，昂着头去上班，他们必须维持住体面与尊严。这是我升入初中就习惯的事。

我不想听到他们吵架，但我又很想知道他们为什么争吵。

"这十多年，家，孩子，让你操过心吗？我们一起大学毕业，可现在我只是一个科员，你有今天，那是我的牺牲！"

唉，妈妈总是这么说，好像在这个家里，她是唯一的家长，没有她就没有家。我都听烦了。

"我给了你想要的一切，这还不够吗？"

是呀，爸爸带给我们一切，我们的房子伴随爸爸的升迁越来越大，我们的生活越来越好，我们被仰视的目光越来越多……忆当年，妈妈半夜去卫生间都不开灯，说为了省电。爸爸天天写论文、加班，对每个人点头哈腰。俱往矣，俱往矣。

"这个家里没有你，我要这个家干什么？"

"我不是好好地在家里吗？不懂你了。"

"可你的心里早就没我了，你早就不爱我了。"

哦，爱？妈妈说的可是爱情？我以为到了他们这个年纪，都不会再提这个词了，那是年轻人的事。记得小时候，爸爸可是经常带我们出去玩的，只有我能分开他们紧紧拉着的手。想想，他们很久都没拉过手了。不知不觉，爸爸变成一个工作忙、朋友多、晚回家的人。现在他和妈妈分别住在两个房间了。

"累了，休息吧。"

"我说对了，是吗?"

"无理取闹!"

"我无理取闹，那这照片怎么解释?"

"你跟踪我? 你疯了吗?"

"疯的是你!"

"我和她是正常接触，这能说明什么? 你现在真是不可理喻!"爸爸说完摔门而去。

我走过去，看见妈妈狼狈地坐在地板上，身体颤抖着，痛苦和愤怒扭曲了她的脸。我捡起地板上散落的照片，每张照片都是爸爸和一个年轻女孩的合影。哦，那不是我喜欢的依诺姐姐吗? 依诺姐姐是爸爸的同事，名牌大学本硕连读的学历，加上青春靓丽的外表，简直就是人间四月天哪。

"妈，您简直就是福尔摩斯。"

妈妈不说话，她的眼泪簌簌地落下来。我可不想让妈妈掉眼泪。

"妈妈，您看，这照片背景都是公共场合呀，这张是会展中心大堂的咖啡厅，他们肯定是去开会了。您再看这张，这饭店的大桌子上摆着一排餐具，肯定是很多人一起吃饭哪。还有这张，记得吧，您让我看过政府网站上一张市领导考察小凌河的照片，就是爸爸和一群人站在一起的，照片上的桃花也开成这样。"

妈妈抹去眼泪，也仔细去看照片了。

"他看别的女人的眼神，真叫人受不了。"她叹息着。

"看也白看，在咱家，您永远是老大，别看我爸是局长，他顶多排老三。"

"贫嘴，回去写作业。"

那之后的几天，爸爸没回家住。我不再把"我爸爸"挂在嘴边，妈妈也不再傲慢地对别人提起"我们家老尚"，就好像我们的天空与无所不能的爸爸一起消失了。

太巧了，一个晚上，妈妈刚打开电视，就看到了爸爸。他带着一群人走在滨河路上，对记者描绘着滨河路二期改造工程的宏伟蓝图，政府将启动上亿资金打造一座跨河大桥和跨海大桥。蓝天白云之下，爸爸高高的个子挺得笔直，他既没有将军肚也没有秃顶，嗯，的确很有魅力。这时，他是尚文树局长，他和加班回家疲惫的爸爸不一样了，也和带我爬山的爸爸不一样了。哪个是真实的，我也分不清了。

"坏了，要出事了。"妈妈说。

"好事，以后不会塞车了。"我说。

"这是一块大蛋糕，诱惑，尚峰你不懂的。"妈妈起身，开始在屋子里转圈，"我得把你爸找回来，免得他迷路。"

妈妈马上给爸爸打电话，说了很多甜言蜜语，然后就去准备三鲜馅饺子了，估计还顺手做了四菜一汤。

晚上，我见到了一脸疲惫的爸爸，完全没了接受采访时的风采。他刚进屋电话就跟进来了，要请他吃饭喝茶的，要来拜访的，有男人，也有女人，爸爸用"你嫂子的三鲜馅饺子"搪塞着。妈妈怕他随时跑掉，急忙把热气腾腾的饺子端上来。

"天下熙熙，皆为利来。"爸爸感叹着，坐到餐桌边。

"看这样子，要招标了吧?"妈妈问。

"两座大桥，同时招标，要忙一阵了。"

"所以，最近咱要好好回家吃饭，谁也不见。"妈妈柔声说，好像变了一个人。

"身不由己呀!"

我的脑海中忽然出现一个古装女人在戏台上悲悲切切地唱着"妾身不由己呀"，然后扑哧一声笑出来。

　　他们同时看向我。我忙解释："爸爸回来了，高兴。"

　　爸爸开始询问我的学习情况。这时他的电话又响起来了。

　　"静音吧，好好吃顿饭。"妈妈说。

　　可爸爸低头看了电话号码之后马上起身，回他的房间接电话了。等他出来的时候，神色凝重了很多，甚至忘了我们之间被打断的话题。

　　"谁呀？"

　　"老领导。"

　　然后，爸爸对待饺子就心不在焉了。妈妈看了看我，欲言又止。我吃完马上回房间，留给他们私密的空间，但我也给自己留了一条门缝。

　　"是不是黑龙要工程啊？"妈妈说。

　　"嗯。"

　　"这大桥的工程可不能给他！我们设计院的人都知道，黑龙根本没有设计、施工团队，都是他中标之后再拼凑队伍的。"

　　"我知道，可我，我是老领导一手栽培的，他承诺过，我还应该再走一步的。"

　　"再走一步？再走一步你就掉河里了。知道吗？黑龙修的路每年都得返修，人们都管那叫碎石路了，说胆结石、肾结石的病人坐车经过黑龙修过的路都不用去医院了，结石直接碎了。还有他换过的井盖子狗踩上去都能掉进去。他建的桥谁敢过呀！"

　　"黑龙是老领导的亲外甥，我不能不考虑。"

　　"这个桥绝不能给他！"

　　我听见妈妈摔锅摔碗的声音，她终于揭去了温柔的面纱。不一会儿，依诺的名字又从他们的争吵中出现了。我关上了屋门。

　　黑龙在我们的城市是很有名的，就连我们小孩子都知道，据说他的产业渗透到与政府有关的各项事务之中。他每次出门都有四个保镖跟着。我觉得，他并不是一个好人。

深夜，妈妈睡了。我看见爸爸站在客厅的窗前。我走过去，外面漆黑一片，什么都看不清，只有我和爸爸的影子。

"爸爸，您和妈妈是初恋吗?"

"嗯，当年你妈不顾父母反对，从省城来到这县级市生活，什么都分不开我们。"

"现在，您还爱她吗?"

"更多的是亲情吧。"

"爸爸，如果你们离婚了，我会和妈妈回省城。"

"不和我在一起?"爸爸回头审视着我，"我可以给你最好的生活，我可以送你出国留学。"

"不，我要和妈妈在一起。"我迎视着爸爸的目光，"还有，如果您进监狱了，我不会去看的。"

"尚峰，我不会和你妈妈离婚的，我更不会……"

我转身把爸爸的话关在门外，然后用力抹去了不断涌出的眼泪。

两天之后的晚上，奶奶不请自来。她背着一个大包，进门就把包里挂着商标的羊绒衫、貂绒大衣摔到爸爸面前，把用来买菜的高奢背包也甩了过去，上面的字母 L 已经被菜叶染成绿色了，然后扯掉脖子上的金项链扔给爸爸。

"我不要，都给你……你想黄金满屋，我只要我儿子平平安安，你好自为之!"

就在爸爸发愣的时候，奶奶扬长而去。

"快去送奶奶。"妈妈对我说。

忽然发现妈妈脸上掩饰不住的幸灾乐祸，明白了，这一定又是她导演的好戏。我此刻有点儿同情爸爸了。我追出去，送奶奶去公交车站。这么多年，奶奶坚持住老城区的旧房子，一直坐公交车。她上车前对我说:"峰啊，你知道我为啥不搬家吗?"

我摇摇头。

"我就怕你爸为了钱，掉坑里去。"奶奶说。

那以后，爸爸谢绝了一切宴请，回家就开始研究竞标书，他的桌子上铺满设计图。建筑设计专业毕业的妈妈也经常过去指指点点。晚上他们坐在一起吃夜宵，妈妈笑着说好像回到了大学时代。她看上去真的年轻许多。

妈妈还说，这么多年来自己一直在清闲的岗位上蹲着，现在该站起来了，考研是不可能了，不过，拿下一些证书应该没问题的。

"妈妈，我看好您！"我拍拍妈妈的肩膀。

不久，政府修建大桥的招标结果公示了，黑龙的公司没有中标。爸爸却很焦虑，他反复嘱咐我和妈妈要注意安全，原来他受到了黑龙的威胁。黑龙准确地说出我的学校和班级，而几天前他还对爸爸毕恭毕敬呢。妈妈说他给爸爸的承诺是我们几代人奋斗都无法得到的财富，但是爸爸拒绝了。

我上学前故意挽起袖子，因为我用圆珠笔在左胳膊上画出一条丑陋又凶恶的龙，就像文身一样，我还把头发扒拉下来遮住前额。妈妈拦住了我。

"你这身痞气，被打一顿都没人救你。"妈妈把我按在水池边，差点儿把我的胳膊洗掉一层皮，"记住了，即使咱被打趴下，也是阳光少年！"

"别骑车了，我开车送你上学！"妈妈说完，紧紧抓着她的小包和我一起出门。我知道，那包里有一个小喷壶，里面装满了高浓度辣椒水。

后来，我开始跑步、健身，我一定要让我这瘦杆龙强壮起来，才能战胜黑龙。

一年后，两座气派的大桥同时竣工了。

一个周末，爸爸开车带着我和妈妈驶过跨海大桥，最好的设计、最好的施工队造出了最好的桥！这是我们的桥，这是我们捍卫过的桥!

　　大桥两侧深蓝涌动，海鸥在头顶盘旋，我们犹如飞离尘世，飞上云霄。伫立海边，我看见爸爸和妈妈的手又悄悄地握在一起了。

# 2022年辽宁散文扫描①

◎李耀鹏

英国的神秘论者布莱克告知世人"时间是永恒的馈赠"，散文作为长盛不衰的文体，从古至今包罗万象地讲述着人类亘古不变的思想和情感，乾坤日月、山河大地、刀光剑影、悲喜哀乐以及人性的明暗都在这个艺术王国中永续存在。2022年度辽宁散文家在精神的风暴中砥砺前行，他们徜徉于时间的河流，无忧无虑地言说着个体对生存世界的真实感知。追忆着古老文明的前夜，与山间自然和光同尘，面对生命流逝的"此心光明，亦复何言"，镜中凝视当代生活的宏伟、追怀历史的悲情，这些充沛的"沙之书"形构了2022年的辽宁散文风景，让我们在这片草场和星空中诗意地瞭望和生活。纵观2022年度辽宁散文创作的整体格局，更深度的意义是对散文的文体革新与发展源流的透视，以此发觉辽宁散文创作的美学意蕴及其在中国当代散文史中的历史地位。周作人和郁达夫分别在《中国新文学大系》散文一集与散文二集导言中就现代散文表达了自己的见解和主张。周作人指出，新文学的散文始于文学革命，它的传统主

---

① 2022年度辽宁省教育厅基本科研项目（面上项目）"新时期"以来五四新文学传统重构与论争研究阶段性成果。

要源自中国古代的公安派散文和英国的小品文。他进一步阐明，"小品文是文学发达的极致，他的兴盛必须在王纲解纽的时代""小品文则又在个人的文学之尖端，是言志的散文，他集合叙事说理抒情的分子，都浸在自己的性情里，用了适宜的手法调理起来，所以是近代文学的一个潮头"。与此同时，郁达夫就散文的命名、外形、内容和特征进行了阐述。他认为，"散文的内容，自然早已发达到了五花八门，无以复加。我们只需一翻开桐城派正宗的《古文辞类纂》来看，曰论辨，曰序跋，曰奏议……一直到辞赋哀祭之类，他的内容真富丽错综，活像一部二十四史零售的百货商店"。郁达夫认定，现代散文的最大特征就是带有自叙传色彩的个性表现，而且注重人性、社会性与大自然的调和。2022年度辽宁散文创作继承现代小品文的文学传统，辽宁散文家开创了新的"散文革命"。

王充闾的历史和文化散文意境开阔而气韵万千，他的笔端轻盈曼妙地流淌着诗人的浪漫和哲学家的思辨，在中国古代士大夫文人和西方思想先哲的浩瀚夜空中寻觅淬炼着精神的圭臬，处变不惊、庄敬自强的文化姿态和典雅的文体风格使其为当代散文树立了难以超越的丰碑。散文《渴慕》精悍凝练，写就的是在法兰西的思想和精神圣殿——先贤祠拜谒伏尔泰墓的心绪和感念，王充闾景仰伏尔泰对人类精神自由的无限拓展和终其毕生为启蒙战斗的热情。凭吊伏尔泰是对他伟大人格魅力的拥抱和认同，塞纳河畔的清波依旧倒映着他血气方刚、以笔为旗的傲岸身影，这位法兰西世界的无冕之王让整个欧洲都在倾听他的声音。伏尔泰在文学、历史和哲学诸多领域建树颇丰，他的历史学观念——"在所有国家里，历史都被虚无的故事扭曲了，直到最后哲学家出来启迪人们。当他们最终到达黑暗之中时，他们发现人类的心灵已经被错误蒙蔽数个世纪而很难醒悟，他们发现庆典、事实和纪念碑只为了证明谎言"至今仍是无数史学家的治史箴言。伏尔泰还以先行者的自觉为中法文化的碰撞交融开辟航程，他内心深处潜隐着浓郁的中国情结，他同莱布尼茨、白璧德、谢阁兰等不遗余力地译介中国文化，他对博大兼容的儒家文化和古老的东方文明有着不吝言辞的赞誉，他将中华民族视为世界上最明智开化的文明之邦，举荐标榜孔子为真理的解释者。"正是他，以史学家的开放视野发现并弘扬了中国古代文明；以哲学家的深刻识见追寻着中华民族的精魂毅魄；以文学家的敏锐感觉开启了中法文学交流的历史航程，从而在两国文化交往史册上谱写下辉煌的篇章。"伏尔泰推崇备至孔子的思想学说和崇敬欣羡乾隆皇帝的《盛京赋》，王充闾内心深处的文化焰火被点燃，他希冀后来者能够像思想巨擘伏尔泰那样，以赤诚的渴慕和善意的尊崇面对多元的文化，让中国传统文化以绚烂璀璨之姿绽放世界。

老藤的《风从正北来》吟咏的是乌兰察布的风，草原上和煦的阳光、啁啾的鸟鸣、草长莺飞造化的钟灵毓秀固然让人流连忘返，但真正令其难以忘却的是深沉冷峻的北风。乌兰察布的风如同微醺的莽汉，带给人洒脱不羁的豪放和狂欢，桀骜不驯的凛冽中带来生命的跃动。老藤独具匠心地在《易经》八卦中为漫卷旷野的风找寻到文化上的释义，"这是真正的大地之风，是至哉坤元，是万物滋生，是履霜踏冰，是龙战于野。一言以蔽之：是风孕育并催生了一切"。包容润泽世间万物的风周而复始，它悄无声息地萌发时光的凋零和岁月的流逝，但也带来了天地玄黄和众生的期待。乌兰察布的风播种于野，它如无形的铧犁，用万物的种子孕育沧海桑田，浩荡的北风承载着希望让春意盎然弥漫辽阔的中原大地。这里的风还是生生不息的强劲之风，它以流动的生命常态驱散阴霾和瘴气，"风乃乾坤气，不留人间尘，不论山川沟渠的尘埃积淀有多厚，不管犄角旮旯的污垢隐匿有多深，推陈布新的乌兰察布之风都会荡涤无余，还你一个玉宇澄清！"贯通大道的刺骨寒风无言地印证着老子天下为公的宇宙哲学，老藤在深邃的道家文化中赋予乌兰察布的风博大精深的内涵。正所谓"道之为物，惟恍惟惚"，"道冲，而用之或不盈"，正北吹刮而来的风拂过天地万物，启悟着日用而不觉的"大道"和生存智慧。

周建新是当代辽宁文学的多面圣手,他的小说和散文创作都取得了令人瞩目的高端成就,渗透其间的文人趣味、文化传统和风骨情怀确实惊艳和折服我们的阅读期待。《从红山到石峁》是在北纬40度进行的文明行旅,以知识考古的文学方式想象遍寻着中华文明的前夜,追忆人类的童年光影。从牛河梁的红山文化到神秘莫测的石峁古城,历史的风云骤变与文明的变迁演进被永恒地镌刻进山岩与巨石的褶皱中,古朴庄重的残垣遗址仿佛诉说着历久弥新的故事。红山女神雕像的冥思、千年古玉以器载道的境界及至王巫祭祀的原始仪式共同见证着史前文明的精妙极致,周建新在行走中追溯华夏文明的源头,他让日月经天、江河行地的神奇自然地理获得了丰盈的文化注解。文明的长河如此悠远浩荡,唯有在"行者无疆"的"文化苦旅"中方能感受到触摸文明的"千年一叹"。《我在高原》融合叙事、抒情和哲理于一体,大自然鬼斧神工的旖旎风光陶冶人的性情,随处可遇的玉砌银装、白鲸游弋、碧海银波以及高原冰雪大地上的独特灵气让孤寂的灵魂有了精神栖居的家园。率真、豁达而自由执着的高原生命力使心灵与万物彼此相随,世界因此高尚且宽广,内心浊气荡然无存。穿越隧道的如梦似幻,让"我"感慨国家复兴强盛之余想到了雪山上成为雕像的红军战士、永远长眠的地震遇难者以及那些翻山越岭的救援官兵,忧国忧民的赤子之心如穿越雾霭的万道阳光,耀眼、热烈而无比温暖。四姑娘山与巴朗山的忧伤美丽传说让人为之动容,风景如画的天地间因此有了不动声色的情与爱。置身在宽容、圣洁与慈爱的高原,天人合一而相忘江湖,"我在高原,云低得在头顶浮荡,触手可及,涤尽我尘世烦扰,洗透我凡思俗愿。我从没像现在这样,与我的灵魂如此接近。我觉得生命在无限地延长,延长得失去了时间。"我们固然会在生命中的某个时刻短暂地失去时间,但时间终有一天会无情地永远走过我们。

孙春平在中国文坛的声誉和影响力主要得益于他始终以在场者

的方式参与当代小说的历史变革，他的散文朴实无华中带着现实主义的强音，言近旨远中蕴藉着意无穷的韵味。《天下第一弄》将目光和脚步聚焦广西的七百弄，奇峰峻岭与盎然的漓江风光固然令人心旌赞叹，然而，孙春平执意在民俗义化、地域传统与神话古歌以及日常生活的烟火中活画出七百弄的"前世今生"。悠久的历史文化积淀使曾经的贫瘠之地厚重非凡，人类生存的坚韧与聪慧凝结在四处环绕喀斯特地貌、林草密布的巉岩古道，七百弄鸡高亢嘹亮的啼鸣象征着绿水青山式的美好生活，沐浴着明媚的时代晨光，无人问津且不足为外人道也的偏隅走向充满无限希望的康庄之路。据由《密洛陀古歌》记载，七百弄当地最初的鸡雏来自神秘遥远的创世史诗，"因公鸡吃了沾有太阳血的午饭，母鸡吃了沾有月亮血的午饭，从而形成公鸡金黄雪花、母鸡麻羽雪花的毛色。"鸡的羽毛里呈现着来自太阳与月亮的色泽和光芒，如同七百弄享有着历史与时代的恩泽和光辉，奔向着朝阳与未来。女真的散文始终萦绕着空谷幽兰般的馨香，清丽淡雅而又精致高贵，平静如水的笔致中浸透着出尘脱俗的气质。她延续着林海音《城南旧事》的温婉如玉，又异常清晰地映现着屠格涅夫《猎人笔记》的含蓄内敛。《树的和声》别出新意地写出树的歌声、树的叶落和树的历史，在古典与现代的词与物中想象建构新的中国美学。树所营造的自然之景虽令人心旷神怡，但女真内心却是醉翁之意不在酒，她借由《诗经》中的比兴之法以客观的风情万物吟咏观物之心。于是，她所倾情描绘的景致也就有了新的释义，那些存于天地间的无言大美因此隐秀在个体生命的真切感悟中。"我喜欢聆听、猜想树在唱什么歌。不同的季节，不同的树下，不同的心境，和不同的人在一起，听到的树之歌总是不同的。"寒风与松林合奏的苍凉乐章；秋日里静默悲壮的吟唱；夏阳中微风细语的呢喃；春之风坚定有力地唤醒沉睡的万物，风的演绎与人的心绪彼此融汇而物我两忘。此外，女真还从城中树那里洞穿品咂历史和现实人生，古油松代表着关外城市的精气神，无声地见证着清代历史的跃迁；万柳塘闻名遐迩的柳树是满族人的生育之神，旺盛的生命活力象征着后世子孙的繁衍不息；而有着"植物活化石"美誉的银杏不仅令人陶醉，而且让人愿意相信心静自凉的生活之道。王国维在《人间词话》中指明，"大家之作，其言情也必沁人心脾，其写景也必豁人耳目。其词脱口而出，无矫揉妆束之态。以其所见者真，所知者深也。诗词皆然。持此以衡古今之作果者，可无大误矣。"与此同时又言及道："诗人对宇宙人生，须入乎其内，又须出乎其外。入乎其内，故能写之。出乎其外，故能观之。入乎其内，故有生气。出乎其外，故有高致。诗人必有轻视外物之意，故能以奴仆命风月。又必有重视外物之意，故能与花鸟共忧乐。"女真以散文的方式遥相呼应了王国维的诗论之见。

王梅芳的散文写作蕴含着鲜明的女性意识和文化追求，她并非以明确的性别立场批判男权文化的樊篱和桎梏，而是带着女性独特的生命体验触摸那些跃动的灵魂。《归来》《林徽因在东北大学》《赵一曼在沈阳》等散文名篇在史海钩沉的陈年旧事中重温历史、思想和情感，那是时间深处依旧在回响的女性微声，她们的命运抉择和人生方式虽难以抵达却如此深远地如影相随。《归来》是中国农学界第一位女教授曹诚英简约的生命传记，摹刻了她命运多舛的情感遭遇，感人肺腑又扼腕叹息。作为现代知识女性，曹诚英置身的时代，女性并未完全获得真正的解放和自由，她们需要以激烈决绝的抗争和逃亡换取新生。与萧红和张爱玲这样的悲剧女性相比，曹诚英是幸运的，在胞哥曹诚克和胡适的援助下，她实现了求得新知的梦想。然而，曹诚英又是极度不幸的，她终其毕生都在守望和等待着无法圆满的爱情。她的人生就像啼血的夜莺，优雅的身姿带着孤寂的悲鸣。曹诚英果断地放弃了与胡冠英之间情感纠葛，继而开启了她对胡适漫长无期的顾盼和眷念。或许，她选择爱上胡适的那一刻就注定了与孤独相伴，直到生命尽头还铭心刻骨地延续着她与胡适的爱情神话。在小说家麦卡勒斯的理解中，心是孤独的猎手，"孤独是绝对的，最深切的爱也无法改变人类最终极的孤独。""胡适应该是在孤独的生活中，遇到了懂他的曹诚英，弥补了知音缺失的温暖，而曹诚英在这桩爱情里的牺牲、贡献，都被胡适巨大的声音覆盖。曹诚英对胡适是一辈子无怨无嗔的知己之爱，使这个皖南的小女子，在我看来，已是顶天立地的巾帼英雄。"远去的胡适并未归来，曹诚英以余生冥想着没有结局的爱情，她的至真和至情感天动地，那颗执着明亮的心绽放的光芒掩盖了命运的暗影而异常夺目。《林徽因在东北大学》于历史的风云涌动中书写民国才女林徽因在东北大地的生命痕迹，历史的惊心动魄和命运的无常之变在情感的密林与河流中邂逅。林徽因的精神气质典型地继承了"五四"后期中国自由主义知识分子的传统，崇尚科学新知，热情而奔放，她与梁思成、金岳霖之间的情感故事已然成为中国现代文学史和文化史中的文坛佳话。林徽因的成就不止于其作为新月诗派的中坚力量，她在美学、建筑学和雕塑史领域具有不可磨灭的非凡造诣，其与梁思成撰写的《中国建筑史》《中国雕塑史》是迄今难以超越具有里程碑意义的学术巨著。她创意设计了"狼熊觊觎白山黑水"东北大学校徽和中国"最文艺最美丽火车站"，这些精湛的个性化理念既饱有中国传统建筑的底蕴，又不乏西方现代建筑的别致风格，铸就了中国现代建筑史上的不朽杰作。林徽因在东北度过的短暂岁月随着"九一八"至暗时刻的到来而终结，但她在东北这片沉重的土地上留下的跋涉和飞翔却如同一阵风，留下了"千古绝唱"。经过时间的漫溯和回望，无数历史后来者或许并不是在建筑学和文学中体悟和感受林徽因的余温，而是带着个体的生活道路和命运抉择与其相遇相知。林徽因在五十一年的生命光影中极尽力量追求爱、艺术和美，她像极一首隽永清澈的小诗，以真挚和理性涤荡着卑微和鄙俗，细腻的心灵与纯正的天性未曾被时代的疾风骤雨浸染，她倔强地将生命最后定格在阳光照彻天宇的晨曦。"一身诗意千寻瀑，万古人间四月天"，林徽因就这样如晚风拂柳和霞光满天，温情地照耀着人世间。《赵一曼在沈阳》是缅怀追忆革命先烈赵一曼的祭奠檄文，她的铮铮铁骨与英勇无畏的坚贞不屈已经融进民族精神的江河。"自是中华好儿女，珠河血迹史千秋"，赵一曼将最美好的青春华年奉献给祖国和革命，她以满腔的热忱和斗志作为战斗的利器，用血泪和生命彪炳史册。赵一曼因为中国革命的烽火而结缘沈阳，她所经历的并不是安逸平静的日常生活，而是在血与火的搏杀中开拓着民族救亡的道路，她同杨靖宇、李兆麟和赵尚志等抗日将领为阻击侵略者将头颅和热血抛洒在中华大地，她是当之无愧的民族魂。赵一曼是信仰坚定的革命者，但她的知识分子身份被长久地遮蔽和漠视，相关影像和研究资料也鲜有提及。"我想，作为文人的赵一曼，心里可能同样也住着风花雪月、渔夫樵子，可当锦绣河山破碎凋零，她只能金戈铁马，甘将热血沃中华，亦保持了知识分子连死亡也不能动摇的人格尊严。"曾经的《申报》记者李坤泰辗转成为心存浩然之气的正义志士赵一曼，在行将慷慨就义时，她以泣血般的悲壮写下"未惜头颅新故国""笑看旌旗似红花"的豪言壮语。虽然那个带着生命体温的赵一曼已经魂归故里，但是她已然成为中华民族的伟大精神象征，无言亦无声地给予我们无穷的力量。

王雪茜近年来散文成就斐然而引人注目，随笔集《折叠世界》和《时间的折痕》是其具有标志性意义的散文著作，这些篇章充分地表征出卓然超群的才华，她的文体、气度和修辞深情款款而独树一帜，在当下散文创作的整体格局中既标新立异，又横绝四海。散文《除了雪，世上再无白的东西》《每棵树都是自己声音的囚徒》《灰烬里的光亮灼伤野蛮的焰火》《血液里藏着隐秘的风》《布鲁诺舒尔茨的盛装舞步》《你当像鱼游往你的海》《猛禽出没》等体现出来的轻逸、趣味和哲思让身陷红尘世界中的我们在精神的云端拥抱自由、庄重和高贵。《鸟劬于泽》是恬淡静远的自然主义之诗，王雪茜回归天空、河湖与飞鸟，似诗人艾基那般寻觅闪向天空光芒的田野。这个世界中完全没有车马喧嚣，而是"采菊东篱下，悠然见南山"

的怡然自得，长脚鹬、野鸭子、白骨顶鸡、白尾鹞、燕鸥、鹏鹏、环颈鸻、斑尾塍鹬等构成了一座天然的"博物馆"，以鸟声如雨的仙境和灵动幻美的语词于纸页间想象着天人合一。"当你真正沉浸在这样的一个世界中时，耳朵会飞上风中的苇尖，眼睛会嵌入澄碧的水底，喉咙会忍不住发出一声含混的鸟鸣……它们有一种天然的能力，可以分辨出谁是它们喜爱和认可的听众，并以独特的曲目表达善意。那一刻，城市的霓虹与人类文明的自负，都显得无比廉价而脆弱。"王雪茜用"第三只眼"开掘了她更加广阔的散文星河，如同梭罗那样在瓦尔登湖畔书写四季流逝，在乡村、湖泊、野兽和森林中思索着"我生活在何处，我为何而生"的终极命题。亦如德富芦花的自然与人生，在亲近原生态自然和"反现代的现代性"中反思批判现代文明，他的《草叶的低语》《熊的足迹》《红叶之旅》《都市逃亡的手记》都是对理想生命样态的顽强呵护。王雪茜的散文流脉显然继承了梭罗和德富芦花的美学观念，如此轻盈绚烂，如此深邃浪漫，他们都心领神会华兹华斯的感悟——"我学会了如何看待自然，不再像没有头脑的青年人一样。我经常听到那平静而悲伤的人生的音乐，它并不激越，也不豪放，却具有纯化和征服灵魂的浩大的力量。"赵冬妮的散文始终静言朴素而练达晓畅，她秉持着细腻沉稳的格调，平静如水中酝酿着巨浪滔天的汹涌，仿佛时光老人向世人缓慢讲述着唯美动人的故事。《走圈》是一篇耐人寻味的哲理散文诗，生活岁月的逝者如斯与生命感悟的潮起潮落如涓涓细流汇聚于此，既有怅然若失的迷惘，又不乏豁达通解的洒脱。走圈是最寻常的日常行为，它是茶余饭后消磨时间的最佳方式，可以谈天说地、抚今追昔，亦可论及古今中外、世事沧桑，就像那分割天空的塔吊，"永远有下一步，永远有它要抵达的地方存在着。"走圈是神奇的时光机，它让过去、现在和未来穿梭不息，老爷爷的清唱瞬间点燃了"我"尘封的记忆，熟悉的梦境复活，湮没在荒芜中的旧路再度敞开，荒诞的历史和痛苦的境遇被重新咀嚼。喜爱观看塔吊源于它唤醒和承载着记忆，如同那个痴迷的热梦被击碎的小女孩，作为精神安慰和心理补偿，"我知道自己看得久了，就会被一种混合着迷惑和奇异之感的力量死死攫住，我感到过从中抽身的难度。力量这东西，一旦掌握和被其掌握，就难免会变形，成为奇迹，也构成魔幻。"村上春树笔下的木碗山让"我"心意相通，"我"和他都没有走出时间和"自我"，他写鲜明的记忆和熟悉的柑橘香气，那些虚幻和犹疑让"我"感受到"困惑迷离从未消散，从来无法解开，而村上春树此时风清月明，他年老而亲切的目光投向自我曾经的生命，天地辽阔，一轮明月挂在夜空，白玉盘幽影清辉，那是玉兔在捣药"。这是形而上学的"我思故我在"，走圈意味着"我"不断地接近澄明的心灵港湾，随着时间而通晓真理。因此，"有限的永远在重复的那么一圈路，我仍旧喜欢走，并不厌烦。独自走，左右无人。我沉默的天性融进了河流，变得更加广阔。"而最终在卡尔维诺那里寻得存在的真谛——"就让我这样吧，我已走遍四方，我已经明白了。世界应该颠倒过来看，这样，一切才清楚。"这样，走圈有了无数美好的回想，脑海中才不断徘徊着那个瘦女孩手指逆行少年的诗意和纯真，如风中的铜铃，欲说还休也欲言又止。

王陆的《夏至过后（外二篇）》是个人对生命的真诚感悟，他写的同学聚会、日常生活的琐屑、追忆故人往事及其对人生晚景的期许如此平淡不惊，娓娓而来的讲述中浸透着他对现实和生命的超拔之思。赫拉克利特言及的"人不能两次踏入同一条河流"的哲学观意在表明一切皆流，无物常住，正所谓这个世界唯一不变的东西是这个世界不断地在变。冬去春来，人间草木，万物终究抵挡不住时间的无情而走向"永恒"，而以新的方式延续着存在。"夏至过后"不仅是节气的更替变化，更喻指人要开始懂得静思行俭和超然物外，那是"人到冬天"应当有的对于宇宙万物的重新体会。余华曾在《活着》韩文版自序中指出，"'活着'在我们中国的语言里充满了力量，它的力量不是来自喊叫，也不是来自进攻，而是忍受，去忍受生命赋予我们的责任，去忍受现实给予我们的幸福和苦难、无聊和平庸。"遗憾的是，生命岁月的刻度无法延长，我们只能竭尽力量让其无限宽广和丰富，以淡泊致远的心面对天地、众生和自我，懂得"当下即是生活"。季羡林先生坦言，人生最好的状态就是活得坦荡、清醒和真实。可惜，世人被功名利禄的浮云遮蔽了双眼，以至于我们错失了那些美的和善的人与事物。"人有悲欢离合，月有阴晴圆缺，此事古难全。"正如失败和不完满才是人生的常态，笃定从容地面对每一天不期而遇的生活，在孤独的前行路上"有花堪折直需折，莫待无花空折枝"，静待命运前方闪烁的希望和灿烂的花开。杨明的《豆奶》温情脉脉，借由炒豆做酱回忆了清贫岁月中的人间往事，那些平凡的生活光影漫过时间的隧道浮现眼前。勤劳务田的爷爷和善良敦厚的奶奶颠沛流离，他们隐忍着现实的蹉跎，用骨血里的坚强抗争着艰难。爷爷罔顾自己敝室拙荆，而自诩桃李门第和耕读人家，他根本不解明代苏秉衡诗曰："个中滋味谁知得，多在僧家与道家"的深意，内心中却艳羡把金豆豆做成嫩滑雪豆腐的美味佳肴。爷爷生活的年代忍饥挨饿，他对美食的向往可望而不可即，只能在诗词的不求甚解中聊以精神慰藉。奶奶身上闪耀着中国传统女性的清辉，她为人正直心存善念，以凛然的正气面对苦难困顿的生活，她悉心酵制的豆酱延续着我们脚下的道路，让不堪回首的记忆绵密犹新。清初诗人查慎行以赞美豆腐"须知澹泊生涯在，水乳交融味最长"表达高洁傲岸的品格，杨明则通过对祖辈人的追往重温了并未远去的历史和生活。爷爷奶奶虽逝者已矣，但余韵犹存。

宋长江的《边角记事》形式新颖别致，以六个时空片段连缀起改革开放至今的历史变迁，言简意赅中蕴含着无限宽广的隽永深意。"一枚空信封"写的是知青的故事，知青生活是一代人的心灵和情感遭遇，那是历史附着给青年人无法改变的命运之重，既有"相信未来"声嘶力竭的呐喊和彷徨，也有"我不相信"的悲壮和愤慨。那个空信封和多年后的拒绝回答是知青悲剧命运的真实写照，他们的

"青春之歌"独怆然而涕下。"拒收外汇券的山里女孩"隐晦地写出20世纪80年代中期山区的贫瘠，它折射的是中国现代化进程中文明与愚昧之间的冲突。大山里的女孩就像罗中立笔下的《父亲》和乘着火车走出台儿沟的"香雪"，他们既强烈地感受着现代的震动，同时又身陷"前现代"的泥淖无力自拔。这是现代性在当代中国的必由之路，但不可避免地充满难以尽说的伤痛。"离别"表达的是青年男女无奈彼此诀别的动人场景，那是没有归期的远去和余生漫长的等待。"公交车上的感慨"表达两位老者对时过境迁的唏嘘揶揄，是对人文精神不断失落的无奈。"曹雪芹故居前的牢骚"则是对空疏戏说缺乏谨严的学术研究风气的批判；"品牌店"直指拜金主义盛行的时代诚信的弥足珍贵。宋长江以近乎后现代时间编年史的断代方式映现了当代中国的现实面孔和思想影像，这些历史蒙太奇构筑的"边角"让我们"看见"更加真实可感的中国。渊子《陶真的胜利》是一篇兼具小说风格的叙事散文，情窦初开的陶真在1975年的春天陷入爱河，出身优渥的她爱上了下放劳动改造的耳泉。年少的陶真倾其所有为她心底的爱默默奉献一切，内心深处盛开着爱情的花朵，她坚信耳泉终究会选择接纳这份暴烈如火的浓情蜜意。陶真天性温良，敢爱敢恨，她就像《人生》中的刘巧珍，为了奔赴理想的爱情而甘愿赴汤蹈火。对于朴实诚挚的陶真而言，"她的春天，就是耳泉日渐明朗的面容和孤冷中不断闪现的炽热"，无数希冀等待的日子里，她在自己的乌托邦世界里憧憬着浪漫的爱情。耳泉身上凝聚着知识分子清高的本性，他的精神之根不属于红旗公社向阳大队，他也从未想过要与陶真"执子之手，与子偕老"，他只为自己的诗人理想而奋斗，唯有在普希金和雪莱的诗歌中才能找到真正的自己。考上大学的耳泉杳无音讯，他全然忘记了那个为其痴狂的陶真，而是选择恋爱开启了新的生活。选择体弱多病、家境贫穷的翟嘉是陶真对耳泉的"战胜"，她选择以自我牺牲和戕害的方式埋葬不堪回首的过往，陶真的"胜利"如此悲情。"时光河流把人的情感磨成了光滑的卵石面，也褪去了原有的纯真和底色。美丽年华肴馔即尽，只剩下往事依稀，犹如看过的一部老电影。"诚如普希金在《假如生活欺骗了你》中所写的——"假如生活欺骗了你，不要悲伤，不要心急！忧郁的日子里须要镇静……一切都是瞬息，一切都将会过去；而那过去了的，就会成为亲切的怀恋。"陶真用尽生命的时光"如愿以偿"地慰藉爱情背叛的苦楚，多年后的重逢耳泉的内心或许同样泛起五味杂陈的涟漪。"人海茫茫，有一个人为你而生，错过了，就不会再来。"

布鲁姆的《西方正典：伟大作家与不朽作品》中创造性地遴选了从但丁到贝克特等西方文学大师的经典著作，他强调"只有审美的力量才能透入经典，而这力量又主要是一种混合力：娴熟的形象语言、原创性、认知能力、知识以及丰富的词汇。"在论著中的《哀伤的结语》，他进一步阐明——"世俗经典的形成涉及一个深刻的真理：它既不是由批评家也不是由学术界，更不是由政治家来进行的。作家、艺术家和作曲家们自己决定了经典，因为他们把最出色的前辈和最重要的后来者联系了起来。"遵循这样的审美和艺术准则，虽然评述的十五篇散文作品并不能够形塑2022年度辽宁散文的全部风貌，却当之无愧地成为该年度的经典之作。辽宁的散文创作要有更加宏阔的宇宙意识和世界主义的目光，而不是单向度地追逐着梭罗、伍尔夫、德富芦花、毛姆、蒙田、柯艾略等人的光晕，要让辽宁的散文家成为西方散文写作的典范。诗人彭斯要将国民性印在诗里，辽宁散文家则应当在文化自信的新时代将辽宁文学的诗性抒情之光刻印在散文中。

# 2022年辽宁儿童文学扫描

◎何家欢

　　党的二十大报告指出，中国式现代化是"物质文明和精神文明相协调的现代化"，"促进人民精神生活共同富裕，强化社会主义核心价值观引领，不断满足人民群众多样化、多层次、多方面的精神文化需求"是新时代文化发展的目的。对于正处于成长阶段的少年儿童来说，他们对精神文化有着有别于成人的独特需求，而优秀的儿童文学作品正是给予他们精神文化能量的重要食粮。面对时代赋予的责任与使命，在过去的2022年里，辽宁儿童文学作家聚焦儿童成长的精神空间，力图从更深层次发现和抵达儿童的精神世界，用生动真实的文学讲述开拓儿童的成长视野，为少年儿童成长注入丰富的精神力量。

　　中国是一个幅员辽阔、民族众多的国家，对少数民族儿童生活的书写是儿童文学童年叙事的重要组成部分，此类创作不仅展现了当代少数民族少年儿童的生活图景与精神风貌，同时也为各民族儿童读者带来丰富的异质性的文化体验，让儿童领略多元化的生态观、生命观和价值观，有效地开拓了当代少年儿童成长的生命视野和文化视野。

　　鲍尔吉·原野的小说《赛马的孩子》将目光投向辽阔的内蒙古

草原，讲述了两个蒙古族少年之间的动人情谊。一年一度的那达慕大会将至，少年安达和胡其图为即将到来的赛马比赛进行着训练准备，他们既是比赛的竞争对手，也是亲密无间的训练搭档。因为胡其图没有马，安达便慷慨地让他和自己一起交替训练，而胡其图也将自己的经验毫无保留地分享给安达。大会日益临近，胡其图因没有借到赛马而面临退赛，安达为其让出自己的雪青马和参赛机会，胡其图深深感谢安达的无私帮助，将新一轮比赛名额让给了安达，并帮助他提升速度，最终在大赛上一举夺魁。从备赛到比赛的过程中，两个孩子不但没有因竞争而产生隔阂，反而全心帮助对方，成为彼此成长进步的助力。经过这次赛马，胡其图和安达不仅成为草原上优秀的小骑手，更重要的是，他们都将友情视作比胜负更重要的东西，在对彼此鼎力相助的过程中相互促进、彼此成就、共同进步，这才是友情之于成长的重要意义。

马三枣的《鹿角草》《雪鹤》《夜莺》三篇小说围绕哈萨克族男孩阿拜的生活和情感展开叙事。在《夜莺》中，阿拜与初次相识的少年在夜空下的草原上弹琴唱歌、倾吐心声。小说借少年之口勾勒出草原歌手哈伊娜的形象，她不仅是草原上当之无愧的夜莺女王，还将科学的养殖方法传授给哈萨克族千家万户。哈伊娜的意外离世给热爱她的牧民们带来无尽的悲伤，但正如父亲对阿拜所说："阿肯活不到千岁，但歌声能流传千年。"哈伊娜无私的精神也将如同她的歌声一样永远留在草原牧民的心中。小说中，少年在草原上放声歌唱的场景给读者留下非常深刻的印象，歌词中包罗自然万物，流淌着哈萨克族人对自然的热爱和崇拜。他们在自然中纵情歌唱，又在歌唱中吟咏自然，少年的心声与歌声在天地间回荡，像是在与自然进行一场亲密的交谈，这是哈萨克少年表达和抒发情感的独特方式。在《雪鹤》中，阿拜和大自然之间有了更亲密的接触。暴风雪将至，一对丹顶鹤母子滞留在寒冷的北疆草原，阿拜及时发现，将它们带回家中照料。在救助站工作人员因暴风雪无法进山的情况下，阿拜一家悉心呵护着丹顶鹤母子，帮助生病的雏鹤渡过生死难关。阿拜与雏鹤同屋而眠，对它细心照料，完全将雏鹤视为和自己一样的生命来对待，这既是儿童天性中的善念，也是哈萨克族人爱护自然，与自然和谐共生的生态观的体现。在长期与自然相处的过程中，哈萨克族人自然而然地形成了保护自然、顺应自然的生态理念，这已经深深融入他们的民族血液。如果说《雪鹤》讲述的是人对大自然的呵护与关照，那么《鹿角草》则以自然为参照，书写了对生命的体悟与认知。风雪之夜，一个名叫雪宝的年轻人的到来揭开了一段尘封多年的往事，多年前，还是孩子的雪宝和父亲途经此处不慎掉落山崖，幸得驼老爹冒险救助才活了下来。时隔多年，雪宝顶风冒雪来给驼老爹送煤，车里载着的却已是父亲的骨灰。人生无常，无常既苦，青年丧父的雪宝、老年丧子的驼老爹无不是这人生苦海中的泅渡者，但是他们身上却又如冰雪之下的鹿角草，散放着幽微的生命力量。在陪雪宝找寻鹿角草和撒骨灰的过程中，阿拜对生死有了新的认知："一粒种子发了芽，长成大树，树埋在地下变成煤，又燃烧成炉灰。人的一生不是也在燃烧吗？一个人也是一块煤。"生命源于自然，亦归于自然。生命本身就是走向死亡的过程，然而死亡并非生命的终结，而是在寂静中孕育着另一个新生。三篇作品将文化、自然、生命、死亡等主题置于少年成长叙事之中，表现了哈萨克族人民独特的生态观和生命观，与此同时，作品中也流贯着某种相同的精神和情感，那就是哈萨克族人的淳朴、善良、友好，以及他们对自然的敬畏与依恋。他们在与自然的交流中倾吐心声，在对自然的体悟中认识生命，同时也竭尽所能地爱护和关照着大自然中的其他生灵，他们不仅亲近自然、爱护自然，更将自己视为大自然的一部分，真正践行了万物一体、和谐共生。

薛涛的《桦皮船》聚焦传统民族文化，书写了鄂伦春族少年乌日和爷爷托布的返乡之旅。乌日从小随父母在城市中生活学习，爷爷托布的到来打破了他习以为常的生活。在爷爷乐此不疲的影响带动下，久居城市的乌日渐渐对自己素未谋面的家乡产生兴趣。乌日随爷爷乘火车一路北上，开启了祖孙二人的返乡之旅。祖孙俩返乡的过程亦是少年乌日与大自然相遇的过程。起初，乌日的内心是好奇而胆怯的。儿童天真的好奇心驱使乌日不断向未知的世界靠近，但是由未知而导致的陌生和惶恐又令他对眼前的一切望而却步："乌日喜欢这条船，可它属于托布，不是他的；乌日更喜欢古然，但古然属于森林，也不是他的。这片森林里没有乌日的东西，乌日身无分文、一无所有。"面对本民族的文化遗产和千百年来生长繁衍的生活环境，乌日感受到的更多是陌生、隔阂而非归属感。其所映射的正是现代化进程中，民族生活方式以及民族文化传统所受到的巨大冲击。但是，乌日并没有就此终止自己的返乡之旅，而是在托布的带动下，和他展开了一场水陆竞赛，他骑车和小狍子古然在陆地上奔驰，托布则乘桦皮船带着猎狗啊哈从呼玛河顺流而下，两人时聚时散，饿了便以岸上的野果野鸭蛋为食，柳根鱼也成群结队来为老猎狗啊哈送行。经过这次山野之行，乌日作为游猎民族后裔的潜能被彻底激发出来，他从一个懦弱胆小的孩子，渐渐成长为一个可以在大自然面前独当一面的勇敢少年，他不仅学会了驾驶桦皮船，面对棕熊时也能临危不惧、随机应变，更重要的是，经历了这次冒险之旅，他真正体验到了山林生活的乐趣，并深深地爱上了这片大森林。少年乌日在收获成长的同时，也在真正意义上实现了精神还乡。《桦皮船》作为民族叙事的独特之处在于，它是透过乌日——一个现代城市儿童的视角，将读者带入传统鄂伦春族的山林生活和渔猎文明之中，它没有单纯通过对少数民族文化生活的景观化呈现和猎奇式书写来凸显民族文化的独特性，而是以探访和融入的姿态进入民族生活，这不仅在一定程度上削弱了读者内心中的文化冲突和隔阂感，也为读者带来了一次沉浸式的精神还乡体验。

　　如果说以上作品从不同角度实现了对民族文化和民族精神的追问，那么贾颖的《漫长的雨季》和高君子的《土拨鼠的四季礼物》

则深入城市和乡村的生存缝隙中，勾勒出一个不为人所熟知的底层童年世界。两位作者不约而同地关注到农村留守儿童的生活，但是他们对艺术表达方式的不同选择又使这两篇作品在思想内容和美学质感上呈现出极大的差异性。

《漫长的雨季》透过一个令人揪心的少年溺亡事件，将当下农村留守儿童的成长现状带入读者视野。对于很多在城市生活的孩子来说，或许早已对父母的陪伴和关心习以为常，但对于父母进城务工的留守儿童来说，即便是电话中的一声问候，逢年过节时来去匆匆的身影，也是他们童年里不可多得的温暖。故事的四个孩子就是这样一群留守儿童，他们在江水里打发暑假时光，男孩大鹏在一次"跳水表演"后，消失在滚滚江水之中，成为新闻里"因为洗野澡而淹死的第五个孩子"，而他的失踪也给从小一起嬉闹玩耍的三个伙伴留下了无尽的懊悔和悲痛。小说通过孩子的讲述为读者呈现了溺水事故后大鹏的家庭剪影，大鹏一直苦苦期待的父亲，在他死后马上就赶了回来，却在料理完后事之后又一次匆匆离去。巨大的生活压力之下，就连最后的道别也变得如此匆忙，一个年轻的生命就这样无声无息地消失在滔滔江水之中。这不仅是家庭之殇，更是时代的隐痛。面对悲剧的发生，我们不由得发出追问：是什么促成了这样一个年轻生命的陨落？仅仅是因为家长监护不周、儿童安全意识淡薄吗？或许底层的贫穷和家庭教育的缺失才是促使这一悲剧发生的根源。对于挣扎在贫困线上的底层家庭来说，生存仍然是亟待解决的首要问题，儿童成长所需的陪伴、教导往往被家长所忽视，甚至连最基本的监护和管教都是缺失状态，这才导致了悲剧的发生。故事的最后，三个孩子面对滔滔江水，以自己的方式向伙伴进行了最后的道别，他们的未来究竟在何方，生活是否会因此而发生改变，作品中并没有给出答案。

不同于《漫长的雨季》是以写实的方式实现对社会痛点的揭示与追问，《土拨鼠的四季礼物》则以童话幻想扑入生活现实，谱写了一曲浪漫而温暖的乡土田园之诗。六岁的女孩麦小穗和爷爷奶奶一起生活在乡下，土拨鼠拔拔的到来给她原本孤单的童年带来了陪伴的温暖。他们一起过年，吃春饼，看养蜂人忙忙碌碌，给秋收队的帮工送饭。在拔拔的陪伴下，麦小穗快乐地度过了入学前最后一个春夏秋冬，而经过这一年的成长，她也变得更加自信和坚强。土拨鼠拔拔像是一个来自大自然的精灵，用温暖的守护点亮了麦小穗的童年。相较于《漫长的雨季》直击现实的沉重感，《土拨鼠的四季礼物》在现实之上生发了另一种迎对困境的想象与可能。纵使生命中有很多无法逃离的沉重，文学却可以凭借自由想象和轻盈的叙事，将我们的心灵带到一个全新的空间世界，进而消除现实的种种束缚，和生活所带来的沉重压抑之感。这是每个生命在成长过程中，都渴望获得的滋养与慰藉。

校园和家庭是少年儿童的日常生活空间，也是最能展现儿童真实生活状态的地方。书写真实的儿童，不是对童年现实生活进行简单复制，而是透过生活表面，从更深层次去发现和抵达儿童的精神世界，呈现儿童成长的丰富性和复杂性。2022年的短篇小说创作进一步发掘校园家庭空间中的成长书写，勾勒出少年丰富而美好的心灵图景。

闫耀明的短篇小说创作善于捕捉少年心灵成长变化的特殊时刻。在《夏天与老皮》中，男孩老皮和女孩夏天经常在学校里吵架斗嘴，然而在经历了几次碰撞冲突之后，夏天渐渐发现了老皮身上的闪光点，她突然觉得老皮好像不再那么讨厌了，而她自己也开始下意识变得"淑女"起来。在夏天身上，我们看到了青春成长带给她的变化。儿童成长的过程，就是不断对自我的精神世界进行探索的过程，他们无时无刻不在以身边的同龄人为镜像来进行对自我的探索、塑造和确认，他们在不断看见别人的同时，也看见了别人眼中的自己，这将为他们的精神成长提供重要参照。

李广宇的《击个掌吧，少年》从少年母亲怒闯课堂开始写起，运用倒叙手法呈现了一个少年在成为班长后内心的矛盾与纠结。面对强势的母亲，少年一方面对暗箱操作行为深感不齿，另一方面又被动地接受母亲的操作安排，享受着班长身份带来的各种"福利"。在班长职务和友情信义之间，他纵然心中万分挣扎，却还是在虚荣心的驱使下选择了后者，然而这个选择又让他陷入深深的愧疚和自责。少年刘子琪所面对的，其实也是每个人在成长过程中都会遇到的，它将一个问题抛在读者面前——在虚荣和诱惑前，该如何做出理性的选择？是背信弃义、不择手段，还是坚守内心的正义和底线，少年刘子琪最后用行动给出了他的答案。

　　李广宇的另一篇作品《海豚米粒儿》将笔触探入一个单亲家庭男孩的内心世界。父母离异后，男孩和在海洋馆工作的父亲生活在一起，一场突如其来的疾病，让他原本平静的童年生活发生了翻天覆地的变化。男孩随父亲辗转各地进行手术治疗，病痛的折磨让他开始倍加想念母亲的怀抱，想念他的好朋友海豚米粒儿。然而随着父亲与母亲打电话时声嘶力竭的怒吼，他对母爱的最后一丝希望也破灭了，他的心和父亲的手机一起沉进了池底。最终男孩在治疗后康复出院，但米粒儿的生命却永远停留在手机掉落水池的那个夜晚。海豚米粒儿不仅是男孩的情感寄托，同时也映射着男孩真实的内心世界。他们同样被至爱的亲人离弃，孤单地面对眼前偌大的世界。相似的命运让他们之间产生了一种特殊的情感牵绊，对于男孩来说，米粒儿就像是同一时空中的另一个自己，承载着他对生命和世界的恐惧、爱与期待。

　　女作家李丽萍的《萤火虫之夜》以第一人称视角，将我们带入两个少年的友情天地。喜欢写诗的"我"和阿宾趣味相投，想要成为永远的朋友，然而阿宾却为我们的友情提出了"约法三章"，"我"后来才知道这是因为阿宾有一个精神障碍的母亲。阿宾妈妈将对阿宾的爱也一并给了"我"，她总是突然出现，神秘地向"我"讲述那些精灵世界的故事。这些稀奇古怪的言语不仅让我恍恍惚惚，也彻底激怒了"我"的母亲。经过这件事情后，我和阿宾的友情一度到达冰点，"我"万般后悔自己的怯懦，这时，曾经为友情写下的一首小诗给了"我"去向阿宾道歉的勇气。经过这一次的交心，"我"对阿宾和他的家庭有了更多的了解，我们之间的友情也变得更加深厚了。在少年阿宾的身上，我们感受到了一种如阳光般美好的品质。如王尔德所言："我们都生活在阴沟里，但仍有人仰望星空。"即便是在生活的重压之下，少年内心的光亮也从来没有熄灭过。他理解母亲也深爱母亲，他包容和接纳了生活给予他的一切，对眼前的世界和身边之人，他始终保有期待和爱，这就是少年最美好的生命力量的显现。

少年时代总是有很多熠熠生辉的难忘时刻，但是有些人、有些事，却是在我们历经世事之后，才发现他们对于我们人生的重要意义。作家薛涛和原空军大校宁明在散文中以回忆视角记述了令自己终生难忘的人和事。薛涛的《烛光课》讲述了多年前一次令人难忘的停电，那是中考前的一个夜晚，突如其来的停电，让本就有些醉意的老师丢下书本，在昏黄的烛光中讲起了魏晋文人和酒。正是那次停电让"我"有机会见识到文学的另一种面貌，也就此开启了"我"的文学梦。宁明的《偏航》将时光倒转回到20世纪80年代初，"我"作为一名新飞行员准备进行航行课目飞行，尽管在地面上已经做了充足的准备，但是飞上天空后的"我"还是被辽河的美景所吸引，不小心发生了偏航，幸亏"我"及时发现，避免了飞行事故的发生。洞察一切的中队长对此事进行了妥善处理，而"我"也从中吸取教训，成长为一名优秀的空军战士。作品中对于航行过程的书写极尽真实，带给读者身临其境之感。此外，中队长这一形象的塑造也给读者留下了深刻印象，他对待飞行任务尽职尽责，遇事沉着冷静，对晚辈理解包容，令人心生敬佩。

两位青年女作家贾颖和源娥用她们的童话创作点亮了2022年辽宁儿童文学创作的幻想空间。贾颖的《来福的午餐》讲述了一对

"天敌"在饥饿环境之下患难与共的真挚友情。主人的一次远行，让猫咪来福和金鱼踏雪红梅成了相依为伴的朋友。然而，这份友情却随着食物告急而面临巨大考验。踏雪红梅看到来福眼中闪现的蓝光，心中感到一丝不安：自己究竟是朋友，还是一顿午餐？而对于来福来说，对孤独的恐惧感远大于饥饿带来的痛苦，在午餐和陪伴之间，它选择了后者。作者以轻盈的寓言叙事呈现了极端环境下的人性考验。午餐与陪伴，一个是身体的需要，一个是心灵的渴求，二者对于生命而言都是至关重要，缺一不可的。但是，当二者在极端环境下遭遇冲突时，我们内心中真正的选择是什么，这是童话留给读者的深深思考。

源娥的《饕餮餐馆》曾在2021年斩获青铜葵花奖。作品主人公梁家宝是一个贪吃任性的男孩，因为外婆不给吃零食而负气出走，结果误入了妖怪的饕餮餐馆，被迫沦为苦工。四体不勤五谷不分的梁家宝在做工时困难重重，幸亏有伙计丙申的帮助才得以渡过难关。在这个过程中，梁家宝渐渐改正了自己任性、贪吃、好逸恶劳的毛病，克服了自私、胆小的弱点，也理解了父母对自己的爱和付出，成长为一个勤劳勇敢、聪明善良的少年。在成长叙事之外，童话最具魅力的地方莫过于打造了一个变幻离奇的精怪美食世界。在这里，妖怪与美食发生了一次奇妙的碰撞：贪吃的饕餮、暴虐的穷奇、吝啬又爱贪小便宜的山魈夫妇、多愁善感的鲛人，一个个古老而熟悉的名字带着骇人的气势竞相登场；东坡肉、莼菜汤、蟹酿橙，一道道"舌尖上的中国"携带着深厚的历史文化底蕴迎面而来。传统诗词、饮食文化、神魔幻想交融在一起，激荡生发出无穷的艺术魅力。此外，作品中对于时空穿越的设定也颇为巧妙，相隔半个多世纪的祖孙二人，竟然在饕餮餐馆以同龄人的身份相遇，他们化身餐馆的小伙计丙申和丁亥，在同甘苦、共患难的过程中，建立起对彼此的信任和友谊，曾经难以逾越的代际隔阂也在这场跨时空的相遇中涣然冰释。这似乎表示，虽然不同的时代造就了童年不同的生命样态和生存图景，但是童年的精神内核是永恒不变、始终如一的，它永远承载着人类本真的天性和对自由的崇高追求，也正因为如此，当我们回首童年时光才会如此神往，因为那里是我们永恒的精神栖居之地。

王立春的诗集《雪橡皮》以童心观照自然，将童真幻想融入对自然万物的想象和书写中，勾勒出一幅清新灵动的生命画卷。王立春一直在诗歌创作中探求儿童思维的本真状态，从本质上来说，儿童思维是一种主客不分、主客互渗的诗性思维，他们常常将自己的意识、情感投射到客观事物上，把世间万物看作和自己一样有生命有情感的人。当诗人用儿童的诗性思维观照客观世界时，客观世界也变得像孩童般灵动鲜活起来。于是，在诗人的笔下，我们看到了一个泛灵化的自然世界：雨水在屋顶踩着小脚跳舞（《雨踩着小脚》），小草因为性子倔而把土地顶翻个儿（《草芽》），月光下的小河将闪亮的辫梢甩到了山外（《水辫子》），冬天用"雪橡皮"擦去了大地上的绿草、石头，还有万物的棱角（《雪橡皮》）。诗句精妙地捕捉到大自然中美好的动态瞬间，将其运用拟人手法表现出来，于童真想象中跃动着大自然的生机与灵性。这不由得令人惊叹，是怎样敏锐细腻的心灵，才能生发出如此灵动诗意的想象。

此外，还有一些作品也在2022年的辽宁儿童文学中留下了自己独特的印记。阎秀丽的《那些年，有飞机飞过》，由眼前天空中的飞机，回忆起童年时和小伙伴一起追着飞机奔跑的场景，小小飞机不仅承载着一代人对天空的无限遐想，更点亮了孩子对未来的美好期盼。宫佳的《芦苇画》细致描绘了两个女孩在苇爷的指导下学习制作芦苇画的过程，将芦苇画这一非物质文化遗产带入儿童读者的审美视野。宋晓杰的《渔雁小镇的夏天》讲述了男孩夏天在奶奶家的渔雁小镇过暑假的故事，通过儿童视角将小镇的渔猎民俗传统与现代儿童生活巧妙融合在一起，勾勒了一幅极具民俗色彩的童年生活画卷。

在这一年里，辽宁儿童文学不仅取得了丰硕的创作实绩，在国内各项重要的儿童文学奖项也是屡获殊荣。薛涛的《桦皮船》《脚印》分别荣获中宣部第十六届全国精神文明建设"五个一工程"奖和第十七届文津图书奖，刘东的《我和你》和王立春的《鼠哥哥出嫁》荣获2020—2021年冰心儿童图书奖，马三枣的《月亮男孩》荣获第三十四届陈伯吹国际儿童文学奖最佳文字奖提名奖，源娥的《声花绽放》荣获首届陈伯吹新儿童文学创作大赛佳作奖。

2022年，我们欣喜地看到辽宁儿童文学作家在民族、乡土、校园、回忆、幻想等叙事空间中留下的探索足迹，期待他们在新的一年里再接再厉，为儿童读者贡献更多的文学佳作。

（本文系辽宁省社科规划基金项目之青年项目"乡土文化视域下的童年书写研究"成果，项目编号：L19CZW005）

**图书在版编目（CIP）数据**

2023辽宁文学. 散文儿童文学卷/李海岩主编. —
沈阳：春风文艺出版社，2023.10（2024.8重印）
ISBN 978 - 7 - 5313 - 6538 - 9

Ⅰ. ①2… Ⅱ. ①李… Ⅲ. ①散文集 — 中国 — 当代 ②
儿童文学 — 作品综合集 — 中国 — 当代 Ⅳ. ①I217.1

中国国家版本馆CIP数据核字（2023）第181820号

北方联合出版传媒（集团）股份有限公司
春风文艺出版社出版发行
沈阳市和平区十一纬路25号　邮编：110003
永清县晔盛亚胶印有限公司印刷

责任编辑：孟芳芳　　　　　　责任校对：赵丹彤
封面设计：雷　宇　　　　　　幅面尺寸：155mm × 230mm
字　　数：219千字　　　　　印　　张：16
版　　次：2023年10月第1版　印　　次：2024年8月第2次
书　　号：ISBN 978-7-5313-6538-9
定　　价：78.00元